Choice

編輯的口味

讀者的品味

文學的況味

失物守護人

A Novel

Ruth Hoagn

The Keeper of Lost Things

茹思・霍根—著

楊沐希—譯

來自各界的壓倒性好評！

這是我們見過最迷人的一本書，好好留著，別搞丟了！

——**「理查與茱蒂讀書俱樂部」二〇一七年秋季選書**

這本完美無瑕、充滿人性的小說讓我徹底刮目相看！

——**《週日先驅報》年度小說**

這是我今年讀的第一本書，如果接下來十二個月裡還有一樣棒的書出現，我就把專門看黃金選書的眼鏡吃掉。作者感人、幽默、浪漫的處女作就是這麼珍貴罕見，這個故事充滿高明的角色……太棒了！

——**《每日郵報》「夏季海灘最棒讀物」選書**

這是一本精緻、引人入勝的小說，結合了充滿洞見的心理寫實、奇想及閃亮的魔法，希望與重新開始的光彩褪去哀傷與失落的銳角，耐人尋味的開頭會立刻讓你掉進書裡！

——**《淑女》雜誌**

作者完美也令人心碎地捕捉讓生命轉變的微小時機，我們在書中都能感受到一部分的自己。

——**BBC主持人、作家／柯斯蒂·沃克**

偶爾慘痛，偶爾風趣，但總是溫暖人心，《失物守護人》就是我在尋找的書！

——**作家／克莉絲·曼比**

優良睡前讀物，不過卻讓人難以放下，只能一直留意時間！

——**書袋評論網**

推著讀者前進的是溫暖、古怪的角色，還有每件失物的神秘故事。作者的第一部小說告訴我們，就算是遭到拋棄的物品都有其意義，而看似無關的人事物地點也都緊緊相連。

——**《書單》雜誌**

作者的文筆溫暖舒心，如同她筆下角色常喝的茶與可可。本書會讓尋找帶著魔法光芒古典敘事手法的讀者感到心滿意足。

——**寇克斯評論**

作者的處女作帶領讀者走進精心刻畫的每一章……太棒了！

——**圖書館雜誌**

寧靜、優美、引人入勝的小說，讓讀者想起我們每個人都互有關聯。

——**《書頁》雜誌**

迷人的故事，開頭充滿新意，自我探索的旅程也溫暖人心。

——**《女性與居家》雜誌**

開頭第一段就引人目光，一直到歡快的結局，作者結合了迷人的童話故事，裡面的人物比失物還要迷失，加上慷慨與同情，才是找到回家之路的鑰匙。

——**《裴少校的最後一戰》作者／海倫・西蒙森**

充滿奇想的迷人小說，提醒讀者把握最重要的一切。

——**《Red》雜誌**

美好的閱讀經驗，古怪、有趣，幽默到不行！

——**貝德福郡週日報**

這趟神秘也充滿靈性色彩的歡快閱讀旅程能夠豐富你的想像力、溫暖你的心。

——**《OK！》雜誌**

超級無敵棒！

——**Lovereading 書評網**

迷人、美好、感動人心！

——**《Fabulous》雜誌**

優美的故事，講述愛、失落及友誼的拯救力量。

——**作家／凱薩琳．霍爾**

本書復古的美好會擄獲你的心！

——**週日郵報**

充滿魔法，感動人心！

——《Heat》**雜誌**

優美又暖心！

——《Prima》**雜誌編輯、書評人／妮娜．波特爾**

溫暖人心的處女作！

——《Prima》**雜誌**

謹將本書獻給

比爾，我忠實的好兄弟，

還有緹莉豆豆公主。

不敢握住荊棘的人，
永遠也不敢渴望玫瑰。
——安妮・勃朗特

1

查爾斯・布蘭姆威爾・布勞克利獨自搭乘下午兩點四十二分從倫敦橋前往布萊登的列車，他沒有買票。火車搖晃停在海沃茲希車站時，裝著他的杭特利與帕默斯餅乾金屬盒正在座椅的邊緣上，岌岌可危。不過，就在盒子差點掉到車廂地板時，一雙可靠的手接住了它。

他很慶幸到了家。派杜瓦大宅是一座維多利亞式的紅磚住宅，斜斜的尖頂陽台兩側爬滿金銀花及鐵線蓮，冷冽的玫瑰香氣迴盪在入口門廳，歡迎他從無情的午後烈陽下返家。他放下包包，將鑰匙擺回門口邊桌的抽屜櫃格裡，並把他的巴拿馬草帽掛在衣帽架上。他累進骨子裡，但寧靜的大宅撫慰著他。寧靜，卻不是悄聲無息。屋裡持續響著長櫃老爺鐘滴答聲，遠處有古早冰箱的低低運轉聲，花園某處還有黑鳥的啁啾。不過，大宅裡卻沒有現代科技所帶來的耳鳴，沒有電腦，沒有電視，沒有DVD或CD播放器，屋裡跟外面的世界就靠著門廳裡的老電木電話及收音機連結。進了廚房，打開水龍頭，一直到流出冰涼的水後，他才裝了一杯。現在喝萊姆琴酒太早了，卻也熱到喝不下茶。蘿拉已經回去了，但她留了字條，冰箱裡有火腿沙拉，是他的晚餐，真是個好女孩。他大口喝下涼水。

回到走廊，他從長褲口袋裡掏出一把單獨的鑰匙，打開厚實的橡木大門，撿起地上的袋子，然後走進房間，在身後輕輕關上門。層架跟抽屜櫃、層架跟抽屜櫃，還是層架跟抽屜櫃。完全看不見三面牆的牆面，每個櫃子都堆滿東西，每個抽屜櫃都擺滿四十年來各種哀傷的蒐集品，這些東西上了標籤，存放於此。蕾絲窗簾妝點著法式大窗戶，午後無情的陽光蔓延開來。一束穿透窗簾的光線劃開幽暗，照亮粉塵微粒。男人從袋子裡將杭特利與帕默斯餅乾盒拿出來，小心放在大大的桃花心木桌上，這張桌子是這裡唯一空曠的表面。他打開蓋子，檢視內容物，有如粗沙的灰白色顆粒。多年前，他曾在大宅後方的玫瑰花園裡分撒這種東西，但這應該不會是人的骨灰吧？不可能擺在餅乾盒裡，出現在火車上？他把蓋子蓋回去。在車站的時候，他想送去失物招領處，但售票員信誓旦旦地說那只是垃圾，建議他把盒子扔進最近的垃圾桶裡。

「乘客留在火車上的垃圾會讓你大吃一驚。」他一邊說，一邊聳肩打發安東尼。

再也沒有什麼東西能夠讓安東尼吃驚，但無論大小，失物總能讓他動容。他從抽屜裡抽出一張棕色的行李標籤紙及金色筆尖的鋼筆，用黑色墨水仔細記錄下日期、時間以及地點，非常詳細。

杭特利與帕默斯餅乾金屬盒，裡面是人的骨灰？

地點：下午兩點四十二分從倫敦橋前往布萊登的列車，前面算來第六節車廂。

死者身分不明。願上帝保佑此人，且願他安息。

他撫摸餅乾盒蓋，然後在架子上找了一個空間，溫柔地將餅乾盒推進去。門廊大鐘敲響的聲音提醒他可以喝萊姆琴酒了。他從冰箱裡拿出冰塊及萊姆汁，放在銀製飲料托盤上，還準備了綠色的雞尾酒玻璃杯跟一小碟橄欖，一起端去花園房間。他不餓，但他希望橄欖能夠喚起他的食慾，他不想讓蘿拉失望，不想留下她精心準備的沙拉。他放下托盤，打開屋後正對花園的窗戶。

留聲機是一台漂亮的木頭裝置，有大大的金屬喇叭。他拉起唱針，輕輕放在甘草黑色的圓盤上。艾爾．包利（Al Bowlly）的歌聲出現在空間裡，流瀉進花園中，與黑鳥一較高下。

〈想起你〉。

這是他們的歌。他在舒適的真皮高背翅膀椅裡伸展他修長、放鬆的四肢。他年輕時又高又壯，勻稱的身材讓人印象深刻，現在他老了，肌肉退化，只剩下貼著骨頭的皮膚。他一手拿著酒杯，另一手握著鑲在銀框裡的女子照片，他向她乾杯。

「乾杯，我親愛的女孩！」

他啜了口酒，對著冰冷的照片玻璃獻上充滿愛意及思念的一吻，然後將照片擺回椅子另一側的邊桌上。她不是古典美人，是一位年輕女孩，雖然這是張黑白照片，但她有一頭波浪鬈髮還有閃著光芒的深色雙眼。她還是相當美麗，這麼多年過去了，她的存在還是觸動著他，讓他神魂顛倒。她已經過世四十年，但還是他的生命，而她的死也賦予了他此生的任務。她的死讓安東尼．派爾杜成為失物守護人。

2

蘿拉曾經失落，絕望浮沉。她能持續生活，靠的是百憂解、灰皮諾，以及假裝一切沒有發生，這三個令人不悅的組合讓她勉強撐下去。假裝什麼沒有發生？噢，好比說文斯的外遇，是安東尼．派爾杜跟他的大宅救了她一命。

她把車子停在大宅外頭時，計算起自己在這裡工作了多久，五——不，差不多要六年了。她當時坐在醫生候診間，焦慮地翻著雜誌，結果在《淑女》上頭看到一則吸引她目光的廣告：

紳士作家誠徵管家／個人助理。
意者請來函二七三一二號郵政信箱，安東尼．派爾杜收。

她來候診間，打算哀求醫生開更多藥，讓她稍微能夠忍受不快的存在，最後卻帶著應徵這份工作的決心離開，而這個決定改變了她的生命。

她轉開門鎖，踏進大門時，房子的寧靜跟以往一樣擁抱住她。她進了廚房，在茶壺裡注水，然後擺在爐架上。安東尼早上出門散步去了。她昨天一整天都沒見著他，他去倫敦見他的律師。等水煮開的當兒，她翻起他整齊擺放要她整理的信件，幾份要繳錢的帳單，幾封要以他的名義回覆的信件，以及要與醫生見面的通知。她感覺到心神不寧的焦慮，過去這幾個月，她一直不想去注意他老化的狀況，彷彿他是一張精美的肖像畫，只是在強烈的陽光照射下失去了色彩與清晰度。多年前，他面試她的時候，他還又高又壯，一頭黑髮，有雙丹泉石色的眼睛，聲音就像詹姆士．梅遜。她覺得他沒有六十八歲這麼老。

蘿拉一進門，就愛上了派爾杜先生及這棟大宅。她對他的愛不是男女之情，而是孩子對叔叔的喜愛。他輕柔的舉止、安詳的態度，以及毫無缺點的雅緻都是她學會用來欣賞男人的特質，只是當她了解這點的時候，已經有點遲了。他的存在總能讓她心情飛揚，且讓她珍視自己的生命，她已經很久沒有重視過自己了。他就跟英國廣播公司的四號收音機頻道、大笨鐘、愛國歌曲〈希望與光榮的土地〉一樣，能夠持續撫慰人心。不過，總會帶著一點距離。有部分的他從未現身，彷彿是個永遠隱藏的秘密。蘿拉很慶幸，因為生理或情感的親密總會帶來失望。完美雇主派爾杜先生後來變成安東尼，一位好朋友，但永遠不會過分親密。

至於大宅派杜瓦，讓蘿拉愛上它是因為桌布巾。安東尼在面試她的時候替她泡茶，他把東西端到花園房間，蓋著保溫罩的茶壺、牛奶壺、糖罐及夾子、杯子與碟子、銀湯匙、濾茶器及架子。東西統統擺在一張桌布巾上，四角有蕾絲的純白亞麻布。桌布巾是關鍵。顯然這一切，包括桌布巾，都是派杜瓦這棟大宅的日常生活，而派爾杜先生這個人的日常就是蘿拉渴望的那種生活。剛結婚的時候，文斯取笑她想把那套東西弄進家門來。如果他被迫自己泡茶，他會把泡完的茶包擱在瀝水盤上，無論蘿拉要求他扔進垃圾桶多少次，他都不聽。他會直接就著包裝盒喝起果汁跟牛奶來，吃飯時，他的手肘會擺在桌上，用拿筆的方式拿刀，還會滿嘴食物高談闊論。這些都是小事，就跟其他他幹下的小事一樣，那些蘿拉假裝沒有看見的小事，但這些小事還是擦傷了她的靈魂。日子一天天過去，小事不斷累積、發生，讓蘿拉的心變硬，也阻撓了她追求夢想的生活，就算那種生活只是她去同學家體驗的碎片都好。當文斯的玩笑終於變成嘲諷的時候，桌布巾對他就只是笑柄。蘿拉也是。

面試安排在蘿拉三十五歲生日當天，過程非常短暫，讓人詫異。派爾杜先生問她怎麼喝茶，然後把茶湯倒出來。他們只有互相提了幾個惜字如金的問題，然後他就決定雇用蘿拉，她也立刻接受。這是完美的生日禮物，也是蘿拉希望的起點。

水開了，笛音劃破她的回憶。她拿著茶、抹布跟亮光劑，前往花園房間。她不喜歡打掃，特別厭惡清理她與文斯一起住的家，不過在這裡打掃則是愛的行動。她初來乍到時，房子及裡面的一切都疏於照料，不髒不亂，只是欠缺照顧。多數房間都沒有使用。安東尼大多待在花園房間或書房，從來沒有客人在多出來的臥房過夜過。蘿拉喜歡輕緩帶領一個又一個房間活過來，除了書房。她從來沒有進過書房，安東尼一開始就告訴她，書房只有他能進去，而他不在的時候，書房會上鎖。她沒有質疑過這件事。不過，其他空間都保持乾淨明亮的一面，準備好接待任何人，就算沒有人會來也沒關係。

在花園房間裡，蘿拉拿起銀框相片，將金屬跟玻璃擦到發光。安東尼告訴過她，照片裡的女人叫做特芮絲，蘿拉曉得他肯定很愛她，因為整棟大宅裡，展示出來的相片有三張，而其中一張就是她的獨照。剩下兩張照片是安東尼與特芮絲的合照，一張擺在他床邊的小桌上，另一張則擱在房子後方大臥室的梳妝台上。在她認識他這麼多年的日子裡，她從來沒有見過他笑得跟照片裡一樣開心。

蘿拉離開文斯的時候，她做的最後一件事就是把他們那裱框的大幅結婚照扔進垃圾桶裡去，但她不忘在之前還踩了幾腳，用鞋跟把碎玻璃踏進他那得意笑容之中。客服部的賽琳娜很歡迎他。他就是個徹頭徹尾的大混蛋，這是她第一次向自己坦承這點。她的心情並沒有因此好轉，反而難過了起來，因為她跟他在一起浪費了這麼多時間。不過，低學歷、沒有工作經驗、沒有其他方式能夠養活自己，她實在沒有什麼選擇。

蘿拉整理完花園房間，繼續穿過走廊往樓上前進，一邊走還一邊用抹布把曲線木頭扶手擦得閃起金色的光澤。她常好奇書房裡有什麼，當然會囉。不過，她與安東尼尊重彼此的隱私。上了樓，最寬敞也是最漂亮的房間裡有一扇大大的凸窗，能夠俯瞰後花園。這原本是安東尼與特芮絲的房間，但他現在睡在隔壁比較小的房間裡。蘿拉打開窗戶透氣，下方花園花團錦簇，緋紅、粉紅、奶油色的花瓣隨風搖曳，周圍有打顫的牡丹花及一串串紫藍色的飛燕草點綴。溫暖的空氣帶著玫瑰香飄上來，蘿拉深呼吸，接受這令人陶醉的香氣。不過就算是在深冬，花園冰凍、沉睡，而窗戶結霜緊閉的時候，這個房間還是聞起來有玫瑰味。蘿拉撫平已經完美鋪好的被單，將枕頭放在軟墊椅上。綠色玻璃化妝品瓶器也已經抹去灰塵，在陽光下閃著光芒。不過這個房間裡不是什麼都十全十美，小小的藍色瓷釉時鐘又停在十一點五十五分，沒有滴答聲。每天這個鐘都會停在同一個時間。蘿拉看了看手錶，調整時鐘小小的指針，輕柔轉動小小的發條，直到低低的滴答聲出現，然後才將時鐘擺回梳妝台上。

前門傳來的聲音代表安東尼散步回來了，書房的門解鎖、開門然後又關上，這串聲音蘿拉非常熟悉。她去廚房泡了一壺咖啡，跟杯碟、一小壺鮮奶油跟一片消化餅一起放在托盤上。她端著托盤穿過走廊，輕敲書房的門，門開了，她將托盤交給安東尼。他看起來好累，散步沒有讓他振奮精神，反而臉色蒼白。

「親愛的，謝謝妳。」

她不悅地注意到他接過托盤的手微微顫抖。

「你中午有什麼特別想吃的嗎？」她貼心地問。

「沒關係，我相信妳準備的料理一定很可口。」

門關上了。蘿拉回到廚房，把出現在水槽裡的髒馬克杯洗掉，無庸置疑，這是園丁佛萊迪留的。他於兩年前開始來派杜瓦工作，但他們不常見面，蘿拉覺得有點失望，因為她覺得自己也許會想多了解這個人一點。他身材高䠷，皮膚黝黑，但不是很帥，沒那麼老套。他的人中到上唇有條垂直的疤，所以他會朝一側噘嘴，但這似乎只有帶來加分的效果，他的笑容因此帶有不對稱的迷人。他們遇上彼此的時候，他都很友善，保持客氣禮貌的態度，蘿拉因此有點想要跟他做朋友。

蘿拉開始整理那堆信，她會帶信件回家，用筆記型電腦打字。她剛開始替安東尼工作的時候，還會用那台老式電動打字機幫他校對、繕打，但他幾年前就不再寫作了，她很懷念那項工作。她小時候曾將寫作當志業，也許寫小說，或投身進新聞業，她有各種計畫。她是個聰明的女孩，靠著獎學金進入地區女子中學，以及獲得未來大學的一席之地。她原本可以（也應該）過著充實美好的人生，結果她卻邂逅了文斯。十七歲的她脆弱也不成熟，不曉得自己的價值在哪裡。她在學校很開心，但領獎學金意味著她永遠跟同學有點格格不入。聰明的女兒讓工人父親及店員母親很是驕傲，錢到處攢上了，就是要買齊學校昂貴制服的所有配件，包括沒聽說過也不必要的室內鞋及外出鞋。什麼都要是新的，他們的好女兒不能用二手貨，她非常感謝爸爸媽媽，真心感激。她很清楚父母做出何等犧牲，但這樣還不夠，看起來聰慧體面不足以讓她完美融入朝會隊伍的社會結構之中。那些女孩會出國度假、去戲院看戲、參加晚宴，坐船出海度週末只是基本配備而已。她當然交了朋友，這些女孩善良大方，她接受她們的邀請前往她們的豪宅，接受她們善良大方父母的款待。大豪宅，茶裝在茶壺裡送上來，吐司擺在立架上，奶油裝在碟子裡，牛奶在壺子裡，還要用銀湯匙抹奶油。這種房子有名字，而不是門牌號碼，還有露台、網球場跟修剪過的樹木，以及桌布巾。她看到不一樣的生活方式，深受吸引，因而提高期待。在家，牛奶在原本的容器裡，乳瑪琳在原本的包裝裡，糖在袋子裡，茶在馬克杯裡，這些東西有如她口袋裡的大石頭，將她向下拖。十七歲的她陷在兩個不同的世界裡，而她覺得這兩個世界都不屬於她，然後她邂逅了文斯。

他年紀比較大，帥氣、自信滿滿、充滿抱負，他看她的目光讓她覺得受寵若驚，他的自信讓她印象深刻。文斯對一切都很篤定，他甚至以「無敵文斯」自稱。他是汽車銷售員，他開紅色的捷豹E型跑車，就是很老套。蘿拉的父母覺得心痛，他們原本希望她的學歷能夠成為她前往更好生活的鑰匙，過比他們更好的生活。那種生活是享受，而不是一直辛苦。他們也許不懂為什麼要用桌布巾，但他們希望蘿拉能夠過著不要為金錢煩惱的生活。對蘿拉來說，錢從來不是重點；對文斯來說，錢跟地位才是一切。沒多久，蘿拉的父親就以代表性病的VD來私下稱呼文斯・達比（Vince Darby）。

經過不愉快的好幾年後，蘿拉常常懷疑文斯到底看上她哪一點。她是個漂亮的女孩，但不是真正的美女，當然也不是通常會吸引他目光的前凸後翹貝齒妞兒。文斯約會的對象大都是出身低下的女孩，脫衣服的速度很快。也許他把她當成挑戰，或覺得新鮮，不管理由是什麼，都足以讓他覺得蘿拉能夠成為一名好妻子。最後，她懷疑他開口求婚的動機是出自他對地位的渴求及肉體的渴望。文斯很有錢，但不足以讓他加入共濟會或選上高爾夫球俱樂部的會長。蘿拉有充滿氣質的儀態及私校背景，他原本是希望她能替他的銅臭味帶來些許成熟的社交手腕，雖然他覺得扼腕，但遠不及蘿拉失望的程度。

當她剛發現文斯外遇時，把一切都怪在他身上實在很簡單，把他當成珍．奧斯汀筆下的鎮上小混混，而蘿拉則是貞潔的女主角，留在家裡織毛線廁紙保護套，或在帽子再縫點緞帶。不過蘿拉心裡曉得那只是虛構的情節，她急著想要逃離令人不滿的現實，她請醫生開抑鬱劑給她，但他堅持要她跟專業人士諮詢後才會給她藥。對蘿拉來說，手段並不重要，只要拿得到藥就好。她原本以為替她開藥的人會是畏首畏尾、穿著塑料服裝的中年女子，結果她卻遇到活潑亮麗、身著俐落套裝的金髮妞露蒂。露蒂逼她面對討厭的事實，她要蘿拉聆聽腦子的聲音，這個聲音指出令人不快的真相，提出令人不舒服的爭執。露蒂說這叫「與內在對話」，還說蘿拉會因此得到「心滿意足的感覺」；蘿拉說這叫跟「實話仙子」聊天，而令人心滿意足的程度？差不多就像是把你最喜歡的唱片拿去刮一刮然後放出來吧。實話仙子的個性令人存疑，她指控蘿拉身繫父母期待的重擔，嫁給文斯只是不想去上大學。就仙子的看法，蘿拉不敢上大學是害怕自己會失敗，不敢自己靠雙腳站起來，因為她怕會摔個狗吃屎。仙子也提起蘿拉流產，以及之後近乎執著地想生孩子，雖然最終還是沒有成功。說實話，實話仙子沒有解決蘿拉的問題。不過，當她開始吃百憂解的時候，她就不再聽什麼仙子的至理名言了。

走廊的大鐘敲響下午一點鐘，蘿拉開始準備午餐的材料。她把蛋、起司及花園裡摘回來的香草打在一起，倒入爐上的熱鍋之中，看著液體冒泡，最後成為一道金黃色的鬆軟煎蛋捲。托盤上擺著乾淨整齊的亞麻餐巾、銀色的刀叉及一杯接骨木花釀。她在書房門口跟安東尼交換早上喝剩的咖啡，他的餅乾連碰都沒有碰。

3

尤妮絲

四十年前，一九七四年五月

她決定戴鈷藍色的軟呢帽。她的外婆曾告訴過她，一個人生得醜，可以怪罪基因不好；一個人沒知識，可以把責任推到教育上；但一個人無趣沒意思可就怪不了人了。學校很無聊，尤妮絲是個聰明的女孩，卻永遠不滿足，課堂太無聊，她無心認真。她想要刺激、充滿生氣的生命。她工作的公司死氣沉沉，裡面都是無趣的人，工作本身也了無新意，就是永無止盡的打字、建檔。她父母說這是一份體面的工作，但這說法也只是無聊的另一個同義詞而已。她的慰藉是逃進書籍與電影的世界，她閱讀的時候，好像性命維繫在書本上一樣。

尤妮絲在《淑女》雜誌上看到一篇徵人啟事：

知名出版社誠徵助理，
薪資微薄但絕不無聊！

這份工作顯然就是替她量身打造的，她當天就應徵了。

面試約在中午十二點十五分，她留了充分餘裕，所以能從容散步過去，一路欣賞市區的風景與聲音，作為珍藏的回憶。街上人很多，尤妮絲穿過層層人牆，這些人看起來都一個樣，偶爾會有一、兩個身影從模糊的浪潮中探出頭來，誰曉得為什麼。她在飛魚餐廳外頭對一邊吹口哨，一邊掃人行道的服務生點點頭，然後轉身閃開一個渾身是汗的胖觀光客，這位小姐看著導覽手冊，研究該往哪裡走。尤妮絲在大羅素街轉角看到一個身材高眺的男子正在等人，他看起來是個好人，卻憂心忡忡，尤妮絲向他面露微笑。她經過他身邊的剎那，她仔細看了看他，身材很好，滿帥的，有一雙藍色的眼睛，應該是個善良的人。他焦急地望著手錶，然後抬頭看著街道，顯然是在等人，而對方遲到了。

尤妮絲還有時間，現在才十一點五十五分。她漫步前進。她的思緒飄到等等的面談及面試官身上。她希望面試她的人看起來像她剛剛在街角遇到的那個人，但說不定是個女的，很刻薄，瘦瘦高高，一頭黑色鮑伯頭，還抹了紅色的唇膏。她抵達對方通知她的布魯姆斯伯里街上的綠色大門時，根本沒有注意到對面人行道上擠滿了人，以及遠處傳來的救護車警笛聲。她按下電鈴，等待時腰背打直，雙腳併攏，揚起頭來。她聽到跑下樓的聲音，門打開了。

尤妮絲一見到這個男人，就愛上他了。他的外表相當不起眼，中等身高、中等身材、淺咖啡色頭髮、討喜的臉、兩隻眼睛、一個鼻子、一個嘴巴、兩隻耳朵，不過組合起來就是一張傑作，真是太神奇了。他拉著她的手，彷彿是將溺水的她從水裡打撈起來一樣。他拉著她的手，帶她上樓，因為熱情與吃力，他氣喘吁吁，一邊上樓一邊跟她打招呼。

「妳肯定就是尤妮絲，很高興認識妳。大家都叫我轟炸機。」

他們跑進位於階梯頂樓的辦公室，空間寬敞明亮，整理得井然有序。層架跟抽屜櫃靠牆排放，檔案櫃位於窗戶下方。尤妮絲好奇地看著檔案櫃上的標籤，分別是「湯姆」、「迪克」與「哈利」。

「隧道的名字。」轟炸機跟隨她的目光，注意到她好奇的神情而解釋起來。她還是一臉不解。

「《第三集中營》那部電影？史提夫．麥昆、李察．艾登堡祿主演，一袋一袋的土、鐵絲網，還有一輛摩托車？」

尤妮絲笑了笑。

「**妳看過**，對不對？超棒的。」他開始用口哨吹起主題曲。

尤妮絲決定了，這肯定就是適合她的工作。如果得到這份工作意味著要把她自己栓在檔案櫃上也在所不惜，所幸，用不著走到這一步。她的確看過《第三集中營》，而且非常喜愛，這點就夠明顯了。轟炸機在辦公區旁小小的茶水間裡泡了一壺茶，慶祝她的到來。一個奇怪的滾動聲跟著他過來。發出聲音的是條棕白相間的小㹴犬，耳朵一高一低，左眼上還有一塊咖啡色的毛。牠的後腳搭在兩個木頭輪子做成的裝置上，只用前肢爬行前進。

「見過道格拉斯，我的得力助手，應該說，我的得力助狗。」

「道格拉斯，午安。」尤妮絲嚴肅地向牠打招呼。「我猜是以著名飛行員道格拉斯・貝德爾來命名的。」

轟炸機開心地敲了一下桌子。

「我立刻就曉得妳是我要的人。好了，妳喜歡怎麼樣的茶？」

配著茶跟餅乾（道格拉斯從盤子裡舔著喝），尤妮絲得知道格拉斯小時候出過車禍，因此遭人遺棄，是轟炸機發現了牠。獸醫建議將狗狗安樂死，但轟炸機卻把牠帶回家。

「這個裝置是我自己做的，比較像是老爺車，不是什麼賓士，但能夠行動就是了。」

他們同意尤妮絲下個禮拜開始上班，薪水根本一點也不「微薄」，而她的工作基本上就是所有需要有人做的事。尤妮絲非常開心，就在她要收拾準備離開時，門忽然開了，一位瘦瘦高高的女人大步走了進來。她的鼻子、手肘跟膝蓋都有稜有角的，看起來很銳利，肌肉完全沒有柔軟的效果，那張臉看起來像是不屑了多年一樣嘴角下垂。

「我看到你那醜陋的小鼠輩還活著。」她驚呼道，用香菸比著道格拉斯，同時將包包扔在一張椅子上。她看到尤妮絲，臉上閃過一絲歪嘴的微笑。

「老天，哥哥！別告訴我，你給自己找了個小情人。」她講話的口氣好像是在吐葡萄籽。

轟炸機耐著性子無奈地說：「這位是尤妮絲，我的新助理。尤妮絲，這是我妹妹波夏。」

她用冰冷的灰色雙眼打量尤妮絲，但沒有作勢要握手。「我該說很高興見到妳，但這樣我就是在說謊了。」

「彼此彼此。」尤妮絲回答，聲音極小，而波夏已經將注意力轉到哥哥身上，但尤妮絲發誓，她看到道格拉斯的尾巴尖端搖了幾下。她讓轟炸機跟他那個討厭的妹妹獨處，下樓走進燦爛的午後陽光裡。關門前，她最後聽到的是波夏的口氣不一樣了，雖然還是讓人不悅的花言巧語口氣。

「好啦，親愛的，你到底什麼時候才要出版我的書啊？」

她在大羅素街的街角佇足了一下，想起讓她送出微笑的男人。她希望那個人等待的對象沒有讓他等這麼久，而在同一時間，就在她腳邊的塵土之中，一個黃金與玻璃的閃光吸引了她的注意力。她彎下腰，從水溝蓋上撿起一個圓型的小物品，然後安然放進口袋裡。

4

永遠都是這樣，他一直低頭，沒有望向天空，不斷在人行道及水溝裡尋找。他的眼睛好痛，濕濕的，又是淚水又是硬塊。然後，他跌了下去，回到自己床上那汗濕、扭曲的床單之中，一片黑暗。這個夢永遠都是這樣，永無止境地尋找，卻永遠找不到那件能夠讓他平靜的東西。

房裡充滿夏夜裡深邃、輕柔的黑暗。安東尼用虛弱的雙腿跨過床，坐直身子，想要擺脫腦裡夢境的頑固碎片。他必須起來，今晚他是睡不著了。他走下樓，木頭地板發出的聲響與他痠痛的骨頭共鳴。到了廚房才需要開燈，他泡了壺茶，卻發現泡茶的過程比喝茶更有撫慰人心的作用，然後將茶端去書房。銀白色的月光沾染在層架邊上，集中在桃花心木桌面中央。在角落層架的上層，金色蓋子的餅乾盒正跨越空間與他使眼色。他小心翼翼拿下盒子，放在桌上閃爍的月光中。在他尋獲的物品裡，這個東西讓他最覺困擾，因為這不是「一件東西」，而是「一個人」，這點，他非常肯定，真不合理。他再次打開蓋子，檢視內容物，自從幾週前撿回盒子後，他每天都會有這種動作。他已經把盒子在層架上換過好幾次位置了，無論是擺得高高的還是藏進注意不到的地方，但他總會想起它。他就是不能不要動。他把手伸進盒裡，輕輕用手指搓揉起粗糙的灰色顆粒。回憶襲上心頭，讓他喘不過氣，彷彿結結實實朝他的肚子打了一拳。他的雙手再次捧著死亡。

他們能夠一起擁有的生活是一則自殘的幻想，安東尼鮮少沉迷其中，他們現在可能已經成了祖父母囉。特芮絲沒有提過想生小孩，但他們都相信自己還有時間。事實證明，這只是悲劇般的沾沾自喜。她一直都想養狗，安東尼想辦法拖了很久，吵著說玫瑰花園會遭到破壞、草坪會被挖得亂七八糟，不過她最後還是贏了，她總是這樣，施展致命的雞尾酒魔法，仰賴徹頭徹尾的純真氣息。她過世的後一個禮拜，他們本來要去巴特西貓狗之家領養一條狗。結果安東尼這天卻在空蕩蕩的屋裡遊晃，急切想要蒐集她存在的證據，好比說睡到凹陷的枕頭、梳子上橘紅色的頭髮，以及杯子上那一抹緋紅的唇膏，這些是已逝生命所留下來瑣碎卻珍貴的證據。安東尼會走進一個房間，覺得她不一會兒前才離開。日子一天天過去，他與她的影子玩起捉迷藏。他聽到花園房間傳來她的音樂，在花園裡捕捉到她的笑聲，還在黑暗裡感受到她在他唇上的一吻。不過她逐漸以幽微的方式離開他，讓他開始過起沒有她的生活，唯一留到今天的痕跡是出現在不可能之處的玫瑰香氣。

安東尼把指尖的灰色粉末拍掉，然後把蓋子蓋回去。有一天，他也會變成這樣，也許這就是為什麼這盒骨灰讓他心神不寧的原因。他不能像盒子裡的悽慘靈魂一樣失落，他必須跟特芮絲在一起。

蘿拉躺在床上，非常清醒，雖雙眼緊閉，卻實在睡不著。白日活動隔絕的擔憂與疑慮鑽進黑暗的夜色之中，拆解開她編織出來的舒適生活，有如啃食喀什米爾毛衣的飛蛾。鄰居家傳來的關門聲及大叫大笑也碾碎了僅存的睡眠希望，新搬來的那對男女非常享受喧鬧忙亂的社交生活，完全不顧其他居民。他們才帶著好幾個狂歡之人回來幾分鐘，蘿拉薄薄的公寓牆壁就開始隨著打鼓和貝斯持續的節奏振動起來。

「老天爺，別又來了！」

蘿拉跳下床，無奈地用腳跟踏了踏沙發床一側。這是這個禮拜第三次了，她嘗試跟他們理論，她也威脅要報警過。到頭來，她出盡洋相，只能繼續鬼叫咒罵。他們的反應每次都一樣，不斷抱歉，加上空洞的承諾，最後一點改變也沒有。他們基本上根本沒把她當回事，也許她該戳破他們福斯小車的輪胎，或將馬糞塞進他們的信箱裡。雖然生氣，但這念頭還是讓她會心一笑，這年頭該去哪裡弄馬糞啊？

進了廚房，蘿拉拿了一個醬汁鍋煮熱巧克力，又用另一個鍋子敲打派對狂歡的那面牆。有如餐盤大小的牆面灰漿掉落下來，砸在地上。

「見鬼！」

蘿拉用指控的目光，不悅地望著手裡緊握的鍋子。另一個醬汁鍋裡的牛奶煮焦了，發出嘶嘶聲。

「該死！該死！該死！」

蘿拉清理善後，又熱了更多牛奶，她捧著溫熱的馬克杯，坐在餐桌旁。她感覺得到烏雲密布，籠罩著她及腳邊不斷陷落的土地。風雨將至，這點她很確定。重點不只是讓她心煩的鄰居，還有安東尼。過去這幾個禮拜，他變了，他的肢體的確隨著年齡增長逐漸走下坡，這是無可避免的，但不只這樣，還有難以明說的改變。她覺得他很像是失望的情人，偷偷打包行李，準備閃人。如果她失去安東尼，她也會失去派杜瓦，而這兩者都在瘋狂的真實世界裡提供她一處收容避難之地。

她離婚之後，用來調整人生走向的幾個珍貴關鍵也漂走了。放棄讀大學及寫作的生涯嫁給文斯，她本來期待生完孩子跟成為人母之後，也許能夠尋求開放式大學的學位。不過，這一切都沒有發生。她只懷孕一次，孩子短暫帶來的期待照亮了已經觸礁的婚姻。文斯打造育嬰房，花錢不手軟，結果下一個禮拜，蘿拉就流產了。接下來幾年，他們固執想要將這個永遠沒有出世的孩子生回來。床笫之事變得黯淡，只剩責任與義務。他們忍受所有必要的入侵及沒有尊嚴的醫療介入，想要搞清楚問題到底出在哪裡，但結果都很正常。得不到想要的孩子，文斯不傷心，反而憤怒。最後，蘿拉鬆了口氣，因為性這檔事終於告一段落。

這個時候，她開始計畫逃亡。她邂逅文斯的時候，他堅持她無須工作，而等到她確定無法成為人母時，她沒有工作經驗，也不符工作資格，這兩點成為她開始找工作時的大麻煩，而她需要工作，因為她需要錢，她要錢來離開文斯。蘿拉只想攢到足夠的錢，能夠租間公寓，養活自己就好。她想趁文斯上班時默默離開，然後在安全距離之外將離婚協議書寄給他。不過她能做的工作都是兼差性質的事兒，薪水很低，根本不夠，所以她開始寫作，夢想成為暢銷作家。她每天花幾個小時寫小說，瞞著文斯不讓他發現。六個月後，小說完成，蘿拉滿心期待，開始將書稿寄給每一位經紀人。六個月後，退稿信及拒絕的電子郵件猶如小說本身一樣厚，內容大同小異，令人沮喪。蘿拉的寫作比較重視風格，而不是內容，她文筆絕佳，但沒什麼情節。出於絕望，她應徵了女性雜誌上的一則徵人啟事。只要能夠替正在擴展讀者群的小眾出版撰寫特定主題的短篇故事，作家就能領到錢。最後替蘿拉賺到公寓押金的是號稱專屬「慾火焚身火辣女人」的《羽毛、蕾絲及幻想小說》雜誌，她寫的是令人尷尬、難以分類且倒人胃口的情色故事。

蘿拉開始在派杜瓦工作後，她就不再寫作了。謝天謝地，那些短篇故事不再是支持她生活的必要收入來源，而她的長篇小說則進了垃圾桶。她實在沒有自信開始寫新的書，在蘿拉最黑暗的人生時刻裡，她懷疑起她到底能讓自己落魄到什麼程度。她習慣當膽小鬼了嗎？因為害怕跌倒，所以不敢往上爬？在派杜瓦跟安東尼在一起，她根本不用思考這種問題，那棟大宅是她情緒與實際的堡壘，而安東尼是他閃亮的騎士。

熱巧克力涼了，她用指尖戳了戳表面凝結的薄膜。沒有安東尼跟派杜瓦，她會茫然失落。

5

安東尼晃了晃萊姆琴酒的玻璃杯，聽著冰塊在無色液體裡的碰撞聲。現在還沒中午，但冰冷的酒精喚醒了他血管裡僅存的微小火焰，正是他現在所需要的。他喝了一口，然後放下杯子，桌面上還有他從其中一個抽屜櫃裡拿出來、各種貼了標籤的小東西，他正在向這些物品告別。坐在粗糙的橡木椅上，他覺得自己好像穿著爸爸大外套的小男孩，他注意到自己的確縮水了，卻一點也不害怕，因為他現在有了一個計畫。

多年前，他開始收集失物的時候，他並沒有計畫。他只是安然守護這些失物，希望有一天這些東西能夠與失主重逢。他常常不曉得自己找到的是垃圾還是寶藏，但有時的確能夠找到寶藏。而且那時他又提筆寫作了，以他找到的失物為主題，編織出短篇故事。幾年下來，他的層架與抽屜櫃裡充滿他人生命的碎片，而這些碎片不知怎麼著也幫忙修補他那遭到無情摔碎的生命，讓其完整起來，當然經過那種事情發生後，是補不到完美的境界。這個生命依舊傷痕累累，扭曲變形且充滿裂痕，但至少值得活下去了。這個生命是灰色背景裡的一抹藍天，就跟他現在握在手裡的天空一樣。根據其標籤，這是他十二年前在古柏街的水溝裡找到的，是一塊亮藍色但一角有白點的拼圖。那只是一片有顏色的厚紙，多數人根本不會注意到，而看到的人只會把它當成垃圾。不過安東尼曉得對某個人來說，失落感難以言喻。他在掌心將拼圖翻過去，它的歸屬在哪裡呢？

單片拼圖，藍色有白點
地點：古柏街水溝
時間：九月二十四日……

她們的名字沒取好。茉德是個中庸的小老鼠名字，實在很不配叫這個名字的女人，說她刺耳只是恭維而已。還有葛樂蒂絲，聽起來多歡快，甚至還有「樂」這個字在裡頭，但這可憐的女人現在卻沒有什麼理由開心。這對姊妹一起在整齊的古柏街排屋裡過著不快的生活，這原本是她們父母的房子，她們也在此出生成長。茉德來到這個世界的時候就跟她接下來的路線一樣，吵鬧、討厭、要求別人注意她。她是家裡的長女，所以父母一路溺愛，一直到敏感與無私從她的性格裡徹底消失。她成了自己世界裡唯一重要的人物，且一直留在王座上。葛樂蒂絲則是個安靜、知足的孩子，她的母親只要關照她的基本需求即可，同時徹底滿足她四歲大姊姊的一切索求。十八歲的時候，茉德邂逅了一位跟她同樣難相處的追求者，全家人稍微一起鬆了口內疚的氣。

大家熱情鼓勵他們訂婚、結婚，在茉德的未婚夫表明他因工作需求，必須帶著妻子前往蘇格蘭時，家人更是滿心支持。茉德指定要一場鋪張、昂貴的婚禮，之後又批評個沒完，婚禮是她父母出的錢，之後，她就前往位於蘇格蘭遠方西部的小鎮，那裡的人完全不知道自己即將迎接何許人物的到來。因此，古柏街的生活又變得輕鬆愉快。葛樂蒂絲跟她的父母寧靜愉快地生活在一起。禮拜五晚上吃炸魚薯條，禮拜天晚上吃鮭魚三明治、水果沙拉佐罐裝鮮奶油。他們每個禮拜四晚上會出門看電影，每年夏天去海邊的佛萊頓待上一個禮拜，有時葛樂蒂絲會跟朋友去地區合作社跳舞。她買了一隻鸚鵡，取名為賽利爾，終生未嫁。這不是她的選擇，只是她從來沒有選擇的餘地。她邂逅了最適合她的人，不幸的是，最適合他的女人竟是葛樂蒂絲的朋友。葛樂蒂絲縫紉自己的伴娘服，用香檳加鹹鹹的淚水祝賀他們的幸福。她跟他們一直保持友好的關係，還成了他們兩個孩子的教母。

茉德與她的丈夫沒有孩子。每次只要提到這個話題，她的父親就會低聲對賽利爾說：「幹得好。」

葛樂蒂絲的父母逐漸衰老虛弱，她照顧他們，餵他們吃飯、照料他們的起居、幫他們洗澡，讓他們保持舒適與安全。茉德持續留在蘇格蘭，偶爾寄些沒有用的禮物來。不過當父母過世後，她卻發現葬禮令她心煩意亂。郵局儲蓄帳戶的存款平均分給兩個姊妹，為了認可葛樂蒂絲的辛勞，她的父母將房子留給了她。不過，還有一條要命的條款，上頭說明，如果茱德無家可歸，她也能住在古柏街的房子，直到狀況改善。她的父母覺得這種狀況不可能發生，只是好心以防萬一，所以隨手就加進條款裡。不過，「不可能」不代表完全沒機會。茱德丈夫死後，她無家可歸、身無分文、無言以對、無比憤怒。他把他們所有的財產統統賭光，而他寧可選擇死亡，也不要面對茱德。

茱德回到古柏街的時候，是一瓶老女人形狀的硫酸。在她抵達家門口，要求葛樂蒂絲替她出計程車費用的時候，妹妹一直過著的寧靜、愉悅生活終於遭到破壞。茱德沒有展現出一絲感激，就邀請悲慘的生活成為她們家的常客。她嫻熟各種手段，時不時以各種微小的折磨來凌虐她的妹妹。她很清楚葛樂蒂絲喝茶不加糖，還是在她的茶裡加了糖、淹死家裡的植物、只要醒著就會留下一道混亂與天翻地覆。她完全不肯幫忙做任何家事，成天坐在那裡發福、自以為是，吃牛奶糖、玩拼圖、把收音機開到最大聲來聽。葛樂蒂絲的朋友不再來家裡了，她得鼓起勇氣才敢出門。不過她每次回家都會發現一點小小的懲罰，好比說珍貴的裝飾品「不小心」打碎了，或心愛的洋裝莫名其妙燙壞了。茱德甚至用貓食引來鄰居的貓，害得葛樂蒂絲用心餵養的小鳥不敢飛進花園裡。葛樂蒂絲不敢忤逆父母的期許，跟姊姊的任何理論或抗議最後都會演變成輕視或暴行。對葛樂蒂絲而言，茱德跟「報死蟲」一樣，是種令人討厭的寄生蟲，入侵了她家，將她的幸福快樂化為塵土。

而且她會敲東西，她就跟報死蟲一樣會發出敲擊聲，胖胖的手指敲著桌面、椅子的扶手、水槽的邊緣。最糟糕的折磨居然是這敲擊聲，持續不斷，無孔不入，日日夜夜糾纏葛樂蒂絲。馬克白也許謀殺了睡眠，但茉德謀殺了寧靜。那天，她坐在餐桌前，一邊敲擊桌面，一邊思考面前拼到一半的大型拼圖。這是由風景畫家約翰．康斯特勃的畫作〈乾草車〉製成的要命拼圖，總共有一千片，這是茉德嘗試過最巨大的作品。這幅拼圖會是她的傑作。她跟蟾蜍一樣蹲在拼圖前面，肥肥的屁股從在她體重下發出哀號的椅子邊緣滿溢出來，然後，她的手指還敲個不停。

葛樂蒂絲輕輕在身後關上家門，走在古柏街上，秋風颳起，帶著乾脆的落葉沿著水溝蓋打轉前進時，她露出了微笑。她的手指在口袋裡感覺到小片厚紙的機器裁切邊緣，表面是藍色的，有些白點。

安東尼把拼圖放在掌心，用另一隻手撫摸其不平的邊緣，思索起這塊拼圖曾經是某人生命的一小部分，或者，也許不是很小，也許失去的拼圖與大小無關，造成了慘重的影響，讓人流淚，讓人憤怒，讓人心碎，所以拼圖才跟安東尼在一起，而許久以前，安東尼自己也掉了一樣東西。就世界的目光而言，那只是個廉價不值錢的小東西，但對安東尼來說，其價值難以計量。失去那個東西有如每日每夜敲擊他肩頭的折磨，無情提醒他打破的誓言，特芮絲只有要求他起過這誓，但他辜負了她。於是，他開始收集別人搞丟的東西，他只有這個機會能夠贖罪。他很擔心他沒辦法把失物還給失主，這麼多年來，他試過在地方媒體及報紙上登廣告，甚至還登過大幅個人專欄，卻都毫無回音。而現在，時間所剩不多，他希望他能至少找到接手的人，夠年輕、夠聰明，能夠想出新方法的人，能夠找出方法將東西還給失主的人。他找過律師，在遺囑裡進行了必要的調整。他靠回椅子上，伸了個懶腰，感覺到木頭抵在他的背脊上。餅乾金屬盒擺在層架高處，向晚的陽光將其照得閃耀。他好累，他覺得自己待太久了，但他做得夠多了嗎？也許他該跟蘿拉談談，告訴她，他要走了。他將拼圖放在桌上，拿起萊姆琴酒。他必須把握時間及早告訴她。

6

尤妮絲

一九七六年六月

尤妮絲把鑰匙放進零錢盒裡正確的位置，然後闔上抽屜，她座位的抽屜。尤妮絲至今已經替轟炸機工作了一個月，他請她去幫他們三個買糖霜麵包回來慶祝。這個月過得很快，尤妮絲愈來愈早上班，愈來愈晚下班，她的時間在這個地方延伸，還能跟點燃各種欣喜可能性的人待在一起。在這短短四個禮拜裡，她曉得轟炸機是個公平且大方的老闆，對於工作、狗狗及電影充滿熱情。他是她的偶像。他習慣引用他心愛電影裡的對白，尤妮絲也開始有樣學樣。她的品味比較現代，但他教她慢慢開始欣賞伊靈電影公司的好作品，而她已經讓他好奇到去附近的戲院看了兩部新上映的電影了。他們一致認為《仁心與冠冕》很棒；《相見恨晚》（Brief Encounter）是個悲劇；《大法師》很嚇人，但腦袋三百六十度扭轉那段很搞笑；《惡靈線索》令人毛骨悚然；《樂觀主義者》（The Optimists of Nine Elms）太神奇了；《威尼斯癡魂》氣氛很好，很嚇人，但唐納．蘇德蘭光溜溜屁股的戲分太多了。尤妮絲考慮要不要買一件電影裡侏儒穿的那種紅色厚呢外套，到處嚇人。然後，當然，《第三集中營》再完美不過，轟炸機說書本最棒的地方莫過於它們是在腦袋裡播放的電影。尤妮絲還曉得道格拉斯喜歡十一點去散步，特別是帶牠經過販售美味糖霜麵包的烘焙坊時。牠總會先舔掉糖霜，然後才吃麵包。最後，她也知道惡毒的波夏的確就跟一整碗魚雜一樣令人作嘔。

轟炸機正在茶水間泡茶，道格拉斯期待糖霜麵包，在轟炸機的那雙栗子色的Loake雕花厚底皮鞋上滴口水催促他。尤妮絲從窗口看出去，下方的街道今天看起來生氣勃勃，不久前這裡才因為一起死亡事件而癱瘓，行人與車流因為在他們面前永遠停止跳動的一顆心臟而在路線上停滯住。根據烘焙坊老闆娘道爾太太的說法，尤妮絲當時也在場，但她卻什麼也沒有注意到。道爾太太回想起確切的日期與時間，還有實際發生的狀況。她很喜歡看警察辦案的電視節目，她很自豪自己能夠在狀況發生時，成為最優秀的目擊證人。道爾太太會仔細看著陌生的客人，專門留意迷濛的雙眼、稀薄的鬍子、金色的牙齒、往左邊分的頭髮，她相信上述各點都是道德存疑者會有的特色。永遠不要相信身穿紅鞋、提著綠色提包的女人。去世的年輕女性完全不符合這些條件，她穿了一件粉藍色的夏日薄風衣，還有同樣顏色的鞋子，提著同樣顏色的包包。她倒在烘焙坊外頭斷氣，背景就是道爾太太精緻的蛋糕與烘焙點心。事情發生在尤妮絲面試那天，中午十一點五十五分整。道爾太太很確定時間，因為她正巧有批巴斯圓麵包要在十二點的時候出爐。

「麵包焦得一塌糊塗。」道爾太太告訴尤妮絲：「我忙著打電話叫救護車，忘了顧麵包，但我不怪那女孩。可憐的孩子，倒在地上暴斃不是她的錯。救護車趕來的速度夠快了，但到的時候，她已經撒手人寰。順帶一提，她身上什麼外傷也沒有。我懷疑是心臟病，我家柏特說可能是血管瘤，但我押心臟病，或中風。」

尤妮絲想起群眾圍觀、遠處傳來的警笛聲，但也僅此而已。她很難過，想到她這輩子至今最棒的一天，居然是某人生命的最後一天，而分隔她們的只有幾公尺的柏油路而已。

「茶泡好了！」轟炸機重重把托盤放在桌上。「讓我來服務吧？」

轟炸機倒了茶，將糖霜麵包分放在碟子裡。道格拉斯用兩隻爪子夾住麵包，開始舔糖霜。

「好了，我親愛的女孩，告訴我，妳覺得龐特普爾最新的投稿如何？有什麼優點嗎？還是我們應該把稿子扔進滑山斜坡去？」

滑山斜坡是轟炸機對那疊拒絕手稿起的名稱。那一堆故事必然會愈堆愈高，速度之快，在扔進垃圾桶之前，肯定會引發山崩。波西．龐特普爾是充滿抱負的兒童讀物作家，轟炸機請尤妮絲讀他最新的手稿。尤妮絲若有所思地嚼著她的糖霜麵包。她不用任何時間考慮該說什麼，而是要考量她該多誠實。無論轟炸機有多友善，他始終是她的老闆，而她還是想得到這份工作的新女孩。波西替小女生寫了一本書，叫做《崔西在廚房玩得很開心》。崔西的冒險包括用洗碗刷喜爾洗東西，用掃把薩伊掃地，用海綿海兒擦玻璃，用鋼絲刷岡德來刷爐子。可惜了，作者錯過了用會讓水流啵啵起泡泡的馬桶疏通器波夏來通馬桶，如果有這個角色，肯定加分不少。崔西就跟煤坑裡的小馬一樣開心。尤妮絲擔心波西會寫續集，叫做《霍華在車庫裡玩得很開心》，他會玩螺絲刀蘿絲、圓鋸圓兒跟電鑽轉轉。整本書裡充滿性暗示。尤妮絲想把她的思緒轉變成說得出口的語言。

「我很難想到適合的讀者群。」

轟炸機差點被麵包嗆到。他喝了口茶，讓表情恢復成比較恰當的嚴肅神情。

「現在告訴我，妳到底是怎麼想的？」

尤妮絲嘆了口氣。「裡面有很多性暗示。」

「沒錯！」轟炸機如是說，從尤妮絲桌上抓起那本不妥的手稿，朝著滑山斜坡那一角扔去，手稿重重落在那疊紙張上。道格拉斯吃完了牠的麵包，到處嗅聞，希望朋友盤子裡還有沒吃完的麵包屑。

「你妹妹的書在寫什麼？」尤妮絲第一天面試後就很想知道，但在轟炸機能夠回答前，樓下電鈴響了。

轟炸機跳了起來。「肯定是我爸媽，他們說進城時會順道過來坐坐。」

尤妮絲很想見生出這對風格迥異孩子的夫妻，高弗瑞與葛瑞絲非常討喜。轟炸機完美結合了他們的外表，他有父親的鷹勾鼻、寬寬的嘴巴，以及母親那雙精明的灰色眼睛及膚色。高弗瑞打扮華麗，穿了鮭魚粉紅色的燈芯絨寬鬆長褲、金絲雀黃的短外套，打上同樣顏色的領結，還戴了一頂有點綴但還是很體面的巴拿馬草帽。葛瑞絲穿了一件顯眼的棉質連衣裙，印花看起來像是會出現在沙發上的樣式，她戴了一頂大草帽，帽簷上還別了幾朵大大的黃花，小小的腳踝踩著好看也好走的鞋子。勾在她臂彎上的巨大咖啡色手提皮包看起來堅固到可以打跑想來搶她的人，葛瑞絲相信這種人躲在城市的每一條巷弄門口裡，等著跳出來對她跟高弗瑞這種鄉下人下手。

「這位肯定是新來的女孩兒了。」葛瑞絲特別強調女孩兒的兒。「親愛的，妳好嗎？」

「很高興見到妳。」尤妮絲握起伸過來的手，柔軟但握得很有力。

高弗瑞搖搖頭。「拜託喔，女人！現在年輕人不來這套了。」他用兩隻手緊緊抱住尤妮絲，差點要把她從地上抱起來了，然後用力吻了吻她的兩邊臉頰。她感覺到有抹沒刮乾淨的鬢角鬍子，還聞到古龍水的味道。轟炸機翻了個白眼，笑了起來。

「爸，你真是厚顏無恥，抓住任何能夠親吻女孩的藉口。」高弗瑞對尤妮絲使了個眼色。

「哎啊，在我這年紀就是要把握機會啊。沒有惡意哪。」

尤妮絲也向他眨眨眼。「沒放在心上。」

葛瑞絲充滿愛意地吻了兒子的臉頰，然後特意坐下來跟他講話，隻手打發走茶與糖霜麵包。「好，我答應過我會問這件事，但我不是要插手……」

轟炸機嘆了口氣，他徹底明白接下來的話題。

「你妹顯然寫了本書，希望你來出版。我還沒讀過，說到這個，我甚至連稿子都沒看見，但她說你故意鬧脾氣，不肯認真考慮。為此，你有什麼解釋？」

尤妮絲迫不及待也好奇望著葛瑞絲用這麼嚴肅的口吻說話時，飛掠在她嘴邊的一抹笑容。轟炸機大步走向窗邊，彷彿是辯護律師要對陪審團講話一樣。

「第一點無庸置疑。波夏的確寫了她自稱為是書的東西，的確希望由我來出版。第二點，則是子虛烏有的指控，我全身上下都否認這種說法。」轟炸機用手掌大力拍了一下辦公桌，強調他外顯的憤怒，然後大笑起來，跌坐進椅子裡。

「聽著，媽，我已經看完了，寫得很糟糕。同時，別人已經寫過這個故事了，而人家寫得比她好多了。」

高弗瑞皺起眉頭，發出不滿的嘖聲。「你是說，她抄襲人家？」

「這個，她說這叫『致敬』。」

高弗瑞轉頭面向他的妻子，搖了搖頭。「妳確定妳在醫院時沒抱錯小孩？我實在不曉得她是遺傳到誰。」

葛瑞絲絞盡腦汁想替女兒的偷雞摸狗辯護。「也許她沒注意到她的故事跟別人的作品很像？也許一切只是個不幸的巧合。」

這招行不通。

「媽，這招不錯，但她的書叫做《克萊特利夫人的司機》，講述一個名為邦妮的女人，還有她老公吉佛的故事。吉佛在打英式橄欖球時重傷癱瘓，這位太太最後跟她的司機梅洛有染，他是一個粗鄙但異常溫柔的北方人，有口語障礙，養熱帶魚。」

高弗瑞不敢置信地搖了搖頭。「我相信那女孩撞到頭了。」

葛瑞絲沒搭理她丈夫，卻也沒有反駁他，只轉頭面向轟炸機。

「好吧，至少這件事解釋清楚了，聽起來太糟糕了。如果我是你，我也會把稿子扔進垃圾桶。我無法容忍偷懶，如果她連自己的故事都懶得想，她實在不該期待什麼。」

轟炸機滿懷感激地向她使了個眼色。「男孩最要好的朋友就是他媽媽。」

她起身，重新將手提包掛在手上。「高弗瑞，走吧，該去克拉里奇酒店了。」

她向轟炸機吻別，高弗瑞向他握手。

「我們來城裡的時候都會去那邊吃下午茶。」她向尤妮絲解釋道：「他們有全世界最好吃的小黃瓜三明治。」

高弗瑞用帽子向尤妮絲點點頭。「萊姆琴酒也不錯。」

7

紅寶石色的血滴在她的指間閃耀，然後啪的一聲落到她新買的淺檸檬色洋裝裙子上。蘿拉咒罵起來，憤怒地吸吮手指，希望自己今天穿的是牛仔褲。她喜歡在房子裡擺滿鮮花，但玫瑰的美麗是有代價的，而荊棘的刺還卡在她的手指裡。她在廚房把剪回來的玫瑰花莖下方葉子拔掉，然後在兩個大花瓶裡裝好微溫的水。其中一瓶要放在花園房間，另一瓶則放在走廊上。她一邊修剪、擺放花朵，卻也心煩意亂地想起安東尼早上跟她的對話。他希望在她今天下班回家前，能夠來花園房間「聊一下」。她望了望錶，覺得自己好像是被叫去校長辦公室，太荒謬了，安東尼是她的朋友，但，這個搔著她皮膚的「但」是什麼？外頭天色尚藍，但蘿拉嗅得出風雨欲來的味道。她捧起一個花瓶，深呼吸，然後拿去走廊。

到了花園房間，這裡寧靜無聲，但即將到來的風暴讓空氣變得沉重。安東尼的書房沒有東西移動，也沒有任何聲響，不過空氣卻因為各種故事而凝重。雲遮蓋的太陽有束光線穿過了幾乎沒有遮蓋效果的窗簾，照出層架上一抹血紅色的閃光，就在餅乾盒旁邊。

紅寶石

地點：聖彼得教堂院落

時間：七月六日，接近傍晚……

梔子花的香氣總會讓莉莉亞想起她母親身穿紫丁香色史嘉帕蕾莉（Schiaparelli）長禮服的身影。聖彼得教堂到處都能看到蠟白色的梔子花花朵，冷冽的空氣裡充滿花香，歡迎親朋好友進來，躲避外頭炙熱的午後豔陽。至少花是伊萊莎選的。莉莉亞很慶幸能夠坐下來，新鞋刮著她的腳趾，但她的虛榮心可不會因為關節炎及年老而讓步。戴著誇張帽子的女人肯定就是他媽。坐在她身後長椅上的半數觀禮者都看不到婚禮了。牧師開口，大家都緩緩起身，因為新娘穿著她那醜陋的洋菇禮服、急切地牽著她爸的手臂出現了。莉莉亞微微感到心痛。

她提議要伊萊莎穿史嘉帕蕾莉禮服。伊萊莎很喜歡，但新郎興趣缺缺。「拜託，小伊！妳不能穿死人的衣服結婚。」

莉莉亞一直都不喜歡伊萊莎的未婚夫亨利，她沒辦法信任跟吸塵器同名的人。他們第一次見面時，他就用他那油亮圓大的鼻子望著她，那模樣暗示著六十五歲以上的女人什麼也不是。他對她講話的時候特別有耐性，口氣很像是在家裡訓練調皮的小狗一樣。事實上，在第一次精心準備、意圖良好的家族午餐時，莉莉亞覺得家裡成員除了伊萊莎以外，統統不符合對方的標準。就她看來，伊萊莎最大的資產就是她的美貌及溫柔。噢，他恭維了食物幾句。烤雞跟他母親的手藝可以媲美，而酒「真的很不錯」。不過，莉莉亞看著他用不屑的神情注視叉子上的垢點，以及酒杯上那不存在的汙痕。就算是那個時候，伊萊莎都已經開始解釋，開始替他的行為找藉口了，彷彿她是任性小小孩的焦急母親。莉莉亞覺得他所需要的是有人在他那粗壯的大腿用力拍一下。不過，她沒有很擔心，因為她覺得這段關係不會長長久久。亨利出現在家裡實在令人討厭，但她可以接受，畢竟，他不會待上太久，對吧？

伊萊莎原本是個生氣勃勃的孩子，決定要走出自己的路。她穿派對洋裝搭威靈頓雨鞋，跑去花園下方的小溪釣蠑螈。她喜歡香蕉加鮪魚三明治，有次還一整天都倒著走路，「只是想體驗這是什麼感覺」。不過，她十五歲時，一切都變了，她的母親、莉莉亞的女兒過世了。父親再娶，找來的後母把她照顧得很好，但她們不親。

莉莉亞的母親教她兩件事，一，為自己打扮；二，為愛結婚。她自己勉強達到第一點，但第二點是她畢生的懊悔。莉莉亞從媽媽身上學到教訓，服裝永遠都是她的熱情所在，這段戀情永遠不會讓她失望；她的婚姻也是。詹姆士是她父母找來照料鄉村別墅的園丁。他種出有寶石光暈的牡丹花、澎澎的大理花，還有聞起來像夏天的絲絨玫瑰花。莉莉亞很訝異，這一個肌肉發達的強壯男人，手比她大上兩倍，居然能夠呵護如此嬌嫩的花朵。她墜入愛河。伊萊莎很喜歡她的外公，但她小時候，莉莉亞就開始守寡了。多年後，伊萊莎問莉莉亞，怎麼曉得他就是她該嫁的人，外婆是這樣回答的，因為不管怎麼樣，他都愛她。他們交往的過程漫長又辛苦。她父親不答應，她偏偏又是個急性子、意志堅定的孩子。不過不管她的脾氣有多差，太陽把她的臉曬得多黑，她的廚藝有多差，詹姆士還是愛她。他們婚後過了四十五年快樂的生活，而至今，她還是天天想他。

伊萊莎的母親過世時，她覺得生命失去意義，她若有所失，彷彿是個被風肆意吹弄的空紙袋。所以她持續飄盪，直到有一天，紙袋卡在什麼鐵絲網欄杆上，就是亨利啊。亨利是避險基金經理人，大家都曉得這不算什麼正當職業。他是鈔票園丁，專門種鈔票。聖誕節的時候，他出錢讓伊萊莎去上藍帶烹飪課，帶她去找他母親的設計師打理造型。莉莉亞等著這一切過去。伊萊莎三月過生日的時候，他買了昂貴的衣服給她，讓她看起來像別人，還把她鍾愛的老Mini小車換成全新的兩人座敞篷車，她不敢開出門，擔心會刮花車身。而莉莉亞持續等著這一切過去。六月的時候，他帶她去杜拜，向她求婚。她想戴她母親的戒指，但他說那枚鑽石「好過時」。他買了新的戒指給她，寶石顏色跟血一樣。莉莉亞一直覺得這不是什麼好兆頭。

伊萊莎馬上就會到了。莉莉亞想到她們可以坐在蘋果樹下，樹蔭可以遮陽，她喜歡聽著令人昏昏欲睡的蜜蜂嗡嗡聲，聞著溫暖草地的香氣，好像乾草。伊萊莎每個禮拜六下午都會跟莉莉亞一起喝茶吃點心，會準備鮭魚小黃瓜三明治跟檸檬凝乳塔。謝天謝地，香蕉鮪魚三明治最後失寵了。就是在這種星期六午後，她帶著婚禮邀請函來給莉莉亞，她還問莉莉亞，她媽對亨利會有什麼看法？她會喜歡他嗎？會贊成他們結婚嗎？雖然伊萊莎的頭髮造型很華麗，還穿著一身僵硬的新衣服，她卻看起來好年輕，焦慮地要人贊同，急切希望某人能夠確保她這樣就能得到她所渴望的「幸福快樂」。莉莉亞是個懦夫，她撒了謊。

亨利轉身，看著他的新娘緊張地沿著走道緩緩前進，他臉上露出微笑。不過他的表情可不是什麼充滿柔情的神色，不是新郎看見摯愛新娘整個人要融化的表情，而是男人收到新車的表情。她走到亨利身旁，父親把她的手交給他，亨利看起來非常得意，他同意這樁婚事。牧師宣布唱詩歌，當大家掙扎著跟上〈求神領我〉時，莉莉亞感覺到內心焦躁起來，彷彿是煮果醬的小鍋子沸騰了一樣。

禮拜六的時候，莉莉亞總會拿出最好的瓷茶器，檸檬凝乳塔永遠會放在玻璃蛋糕架上。三明治會準備好，水壺會燒開，好溫熱茶壺。這是她們的小茶會，在她母親過世後，她們就持續舉行。今天，莉莉亞替她準備了一份禮物。

靜默是個致命的玩意兒。安靜穩固、可靠，但靜默是一種期待，彷彿意味深長，接著會帶來胡鬧或紛爭，就像是懇求別人伸手拉扯的鬆脫線頭一樣。牧師先開始的，可憐的傢伙，他自找的。二戰時，莉莉亞還是小女孩，他們家在倫敦，花園裡就有一個防空洞，但他們從來沒有使用過。有時，他們會躲在餐桌下，真是瘋了，她很清楚，但你必須要在場才會明白。當飛彈掉下來的時候，他們最害怕的不是「轟」的一聲或爆裂聲或震耳欲聾的爆炸聲，而是靜默。靜默代表飛彈就在你頭上。

「如果在場任何人有任何異議……」

牧師投下炸彈，一陣靜默，然後莉莉亞引爆。

新娘一個人沿著走道往外跑的時候，她的臉上掛著鬆了口氣的燦爛笑容，她看起來容光煥發。

伊萊莎把戒指還回去，但紅寶石在婚禮那天掉了，他們一直沒找著。亨利非常生氣，莉莉亞覺得他的臉跟失去的寶石是同一個顏色，他們現在應該在杜拜了。伊萊莎更喜歡義大利的蘇連多，但那裡對亨利來說不夠體面，最後他帶他媽去杜拜。而伊萊莎來找莉莉亞吃下午茶，擱在座位上的就是她的禮物。銀色包裝紙，綁上淺藍色緞帶，裡頭是那件史嘉帕蕾莉禮服。反正他沒愛過她。

安東尼從特芮絲的梳妝台上拿起裱框的相片，端詳起她的倩影。照片是他們訂婚當天拍的。外頭的閃電劃開碳黑的天空。從她臥房的窗戶，他可以看到外頭的玫瑰花園，第一陣雨就這麼灑在絲絨般的花瓣上。他沒看過特芮絲穿這件禮服，但經過失去她這麼多年以後，他常常想像他們婚禮當天的景象。特芮絲會很期待，她親自挑選要布置教堂的花朵與儀式的音樂。而，當然，她買了這件禮服。邀請函都發出去了，他想像自己緊張地站在聖壇前等她，這位美麗的新娘會讓他開心又驕傲。她肯定會遲到，這點無庸置疑。她會華麗登場，穿著那件矢車菊雪紡長禮服，選擇這種洋裝作為婚禮禮服滿罕見的，但特芮絲本身就是個難得一見的女人。與眾不同。她說，這件衣服的顏色很搭她的訂婚戒指。現在禮服外頭裹著有如壽衣般的包裝紙，埋在閣樓裡的盒子之中。他沒辦法看那件洋裝，卻也沒辦法扔掉。他坐在床沿，臉埋在掌心裡。原本該是大喜之日的日子，他出現在教堂，參加的卻是特芮絲的葬禮。時至今日，他幾乎還聽得到她說，至少他的西裝沒有白買。

蘿拉把鑰匙扔進門口桌上，踢掉鞋子。她的公寓又熱又悶，她打開狹小客廳的窗戶，然後從冰箱裡拿出白酒，倒了好大一杯，她希望酒精能夠安撫她亂糟糟的心情。安東尼跟她說了好多她不知道的事，這份認知有如吹過大麥田的狂風，把她的思緒吹得亂七八糟。她可以想像多年前，他盯著手錶在人群裡等待、尋找特芮絲的臉，或瞥見她粉藍色的外套。她感覺得到噁心的焦慮感在他的腹部醞釀，彷彿是滴進水裡的一滴墨汁，而隨著時間過去，她還是沒有出現。不過，她絕對不會曉得，當他跟著號叫的救護車車聲過去，發現她倒在人行道上死亡時，他的血液凝結了，內臟糾結了，呼吸卡住了。細節還歷歷如繪，有個戴著亮藍色帽子的女孩在大羅素街街角對他微笑，他第一次聽到警笛聲時是十一點五十五分，烘焙坊傳來的焦味，還有櫥窗裡一排一排的蛋糕與烘培點心。他還記得車流的聲音，然後是靜默，白色的布蓋在她臉上，而就算巨大的黑暗籠罩著他，豔陽還是無情閃耀。他們分享了特芮絲過世時的細節，因此安東尼與蘿拉之間形成了新的親密連結，這點讓蘿拉覺得得意卻也心神不寧，為什麼挑現在講？過了差不多六年後，他選現在告訴她？她相信不只這樣，他還有話沒說完，但他在講清楚之前就打住了。

安東尼躺上床，抬頭望著天花板，想起他跟特芮絲共度的夜晚。他躺在他那一邊，伸出雙臂，形成一個空空的擁抱，想起她活生生的溫暖軀體靠在他懷裡的時刻。外頭雷聲大作，怒吼得有如他鮮少允許自己流出的無聲淚水。一輩子的罪咎與哀傷終於讓他累了，不過他並不後悔這段沒有特芮絲的生活。如果有機會，他寧可跟她一起共度，但她死後，虛擲生命感覺就是不對。她的生命遭到剝奪，如果他也拋下這份厚禮，他就是不知感恩、膽小懦弱。何況，他找到方法繼續生活、寫作。失落所帶來的隱隱痛楚從未離開，但至少他的生命有了目標，給他珍貴且未明的希望放眼接下來的一切。死亡是確切的，能否與特芮絲重逢則是未知數。不過，至少現在他膽敢期望。

下午的時候，他跟蘿拉談過，他還是沒有告訴她，他要離開了。他本來要說，但一看到她那焦慮的神情，話語統統消失在他口中。結果他告訴她特芮絲的事，而她為他們流淚。他從來沒有見過她哭，這完全不是他的本意。他並不是要找人同情或憐憫，真是老天啊。他只是想告訴她，接下來一切會發生的原因，不過至少她的眼淚證實了他沒有選錯人。她能夠感覺到別人的喜樂與悲痛，賦予這些情緒價值，有違她平常給人的印象，她其實不只是別人生命的觀眾，她會參與。關懷別人的能力是種本能，這是她最大的資產，也是最大的弱點，她曾受過重傷，他很清楚她因此留疤。她雖然沒有提過，但他就是知道。她過起不一樣的生活，長出新皮，但在外人看不見的傷口之下，那裡還是又紅又繃又起皺，且一碰就痛。

安東尼望著擺在他枕頭旁的照片，玻璃面板及相框上都沒有汙點，這是蘿拉的功勞，她用由愛而生的驕傲與溫柔照料屋裡的每一個部分。安東尼在蘿拉身上看到這點點滴滴，曉得他沒有選錯人。她明白所有的物品都有超越金錢的價值，帶有故事與回憶，最重要的是，在派杜瓦大宅的生活裡擁有最獨特的一席之地。而派杜瓦不只是棟房子，還是讓人療傷的避風港，一個可以舔舐傷口、擦乾淚水、重新作夢的聖殿，無論要花多久時間。無論要花多久時間才能讓一個殘破的人再次堅強、面對世界都不成問題。而他希望選擇她來結束他的任務，也許這樣蘿拉就能自由。因為他曉得她是流放到派杜瓦來的，雖然她很自在、自願，但她還是流放來的。

外頭的風雨過去了，花園彷彿洗刷乾淨。安東尼寬衣，最後一次爬進他曾經與特芮絲共享的大床被毯冰冷擁抱之中。這天晚上，夢境沒有出現，他一路熟睡到天明。

8

尤妮絲
一九七五年

潘蜜拉驚恐地躲進古怪的家具之中時，轟炸機緊緊握住尤妮絲的手。顯然那是人骨做的家具。她轉身要跑，但詭異的人皮面具男抓住了她，而他正要把可憐的女孩掛上肉鉤時，尤妮絲就醒了。

他們昨晚跑去附近的電影俱樂部看《德州電鋸殺人狂》，兩人都著實非常害怕。不過，打擾尤妮絲睡眠的不是惡夢，而是美夢成真。她跳下床，跑去廁所，對著自己剛醒的臉龐開心微笑。轟炸機牽了她的手，雖然只有一下下，但他真的握了她的手。

後來，尤妮絲去公司的路上，她提醒自己要小心點。對，轟炸機是她的朋友，但他也是她的老闆，而她還有工作要做。到了布魯姆斯伯里街上的綠色大門前，她停頓了一下，深呼吸，然後才跑上樓。道格拉斯跑過來以平常的熱情歡迎她，轟炸機從廚房裡大喊：「喝茶嗎？」

「好的，麻煩了。」

尤妮絲坐在座位上，開始認真分類信件。

「睡得好嗎？」

轟炸機重重把熱氣騰騰的馬克杯放在她面前的桌上，尤妮絲驚恐地發現自己臉紅了。

「這是我最後一次讓妳選電影。」他又說，顯然是不以為然或好心假裝沒注意到她的尷尬。「雖然我有道格拉斯保護我，床邊小燈也沒關過，但昨晚我根本不敢闔眼！」

尤妮絲大笑起來，感覺到自己的臉色恢復了，轟炸機總能讓她覺得自在。這天早上過得跟平常一樣輕鬆，午餐時，尤妮絲去道爾太太的店裡買了三明治。他們坐著吃起司、醃黃瓜雜糧麵包，望向窗外時，轟炸機想起了什麼。

「妳是不是說下禮拜天就是妳生日？」

尤妮絲感覺自己又臉紅了。「對。」

轟炸機抽出一塊起司給道格拉斯，牠一直在他腳邊滴口水期待。「安排了什麼精采的活動嗎？」

原本的確有精采的安排，尤妮絲跟她在學校裡最好的朋友蘇珊本來說好要一起慶祝她們的二十一歲生日，就是幾天之後的事，他們會去布萊登玩一天。尤妮絲不是很喜歡派對，她的父母很樂意出錢讓她出門走一走，而不是在酒吧裡租個場地，請毛髮濃密的ＤＪ來播歌。不過，蘇珊交了個男朋友，他是個在超市打工的陽光歡樂帥哥，而他顯然準備好要給蘇珊的生日驚喜了。她很抱歉，但她還是選擇新歡，拋棄昔日老友。尤妮絲的父母提議要跟她一起去布萊登，但她的計畫實在不是那樣。轟炸機為她感到煩惱。

「我去！」他自告奮勇。「前提是，如果妳不介意上了年紀的老闆跟妳出門啦。」

尤妮絲欣喜若狂，但還是努力不表現出來。「好，我猜我可以接受。」她笑了笑。「只希望你能跟上我的腳步！」

禮拜六早上，尤妮絲去髮廊剪髮、吹頭，還做了指甲。下午的時候，經過無數次查看氣象預報後，她基本上把衣櫥裡所有的衣服都拿出來穿了一遍，做了各種搭配。最後選了一條紫色高腰喇叭褲，一件印花罩衫，有寬軟大帽簷的紫色帽子，好搭配她新做好的紫色指甲。

她走進客廳，擋在爸媽與電視劇《朗尼對對碰》之間，問：「我看起來如何？」

「妳看起來很可愛，親愛的。」她媽如是說。

老爸只有點頭同意，什麼也沒說。這麼多年下來，他了解，時尚這件事還是尊重家裡女性的意見就好。

這天晚上，尤妮絲差點睡不著覺，但當她睡著時，她夢見了轟炸機。明天肯定是個很棒的日子！

9

那天看起來是個普通的完美日子。不過，在接下來幾個禮拜裡，蘿拉會不斷回想，在記憶裡尋找她可能忽略的線索與跡象。她肯定已經知道有什麼壞事就要發生了吧？蘿拉常覺得自己會是個優秀的天主教徒，因為她很容易感到內疚。

那天早上，安東尼跟平常一樣去散步，唯一的不同是他沒有帶他的袋子出門。那天早晨天氣很好，他回來之後，蘿拉覺得他看起來開朗多了，他很久沒有看起來這麼放鬆了。他沒有立刻回去書房，反而請蘿拉將咖啡送到花園裡去，她看到他與佛萊迪正聊起玫瑰花。蘿拉將托盤放在花園小桌上時，故意不與佛萊迪對看。也許這是因為她覺得他很有吸引力，而他的存在會讓她覺得不自在。他輕鬆有自信，迷人又帥氣，蘿拉覺得小鹿亂撞。不管怎麼說，他對她來說都太年輕了，她心想，然後又叫自己別胡思亂想，這根本不該是個問題才對。

「蘿拉，早安，天氣真好。」

現在她必須看著他了，他對她微笑，目光穩穩停留在她身上。她的尷尬讓她回答得簡潔冷漠。

「對，很好。」

現在她臉紅了，不是討喜的粉紅色紅暈，而是燙燒燒的脹紅，彷彿她剛剛把頭探進烤箱裡去一樣。她連忙趕回屋內，派杜瓦大宅室內的涼爽立刻讓她恢復平靜，她上樓，更換樓梯平台上的花朵。主臥房的房門是開的，蘿拉走進查看一切是否整齊。那天的玫瑰香氣非常濃郁，但窗戶緊閉。樓下門廳的大鐘敲響中午時分，蘿拉自動地望向手錶。大鐘走快了，她本來打算要調一下大鐘的時間。她的手錶顯示上午十一點五十四分，她忽然有個念頭。她拿起擺在特芮絲梳妝台上的藍色瓷釉時鐘，看著秒針規律地繞著轉盤前進，抵達十二的時候，就不走了。停了。

安東尼在花園房間吃午餐，蘿拉去收托盤時，很高興見到他差不多都吃光了。也許他這幾個月的困擾已經解決了，或者，也許看醫生改善了他的健康。她也懷疑分享特芮絲的故事是否也有所幫助，無論原因為何，她都很高興，也鬆了口氣。看見他氣色這麼好，真是太棒了。

下午，蘿拉整理起安東尼的帳戶。他還是會收到寫作的版稅收益，偶爾也會有人邀請他去附近的讀書團體或圖書館進行朗讀。俯首於紙張文件兩個小時後，蘿拉靠在椅背上。她的脖子好痠，背也好痛。她揉揉疲憊的雙眼，在心底註記第一百次，記得去找醫生看看。

安東尼最後還是無法抗拒書房的誘惑，蘿拉聽見他走進去，在身後關上門。她把文件放進面前幾個不同的資料夾中，然後去花園裡伸展雙腿，感受陽光照在她的臉上。已經四、五點了，但陽光還是溫暖，在忍冬附近的蜜蜂讓悶熱的空氣悸動。玫瑰看起來美極了，花朵的形狀、大小、顏色都不一樣，打造出一片充滿顏色與香氣的璀璨花海。草坪正方，綠草茂盛，果樹跟底下的灌木發起新芽，承諾著夏末的豐收。說到園藝，佛萊迪顯然很有天分。蘿拉剛開始替安東尼工作時，花園裡唯一妥善照顧的就是玫瑰園。草地坑坑巴巴，雜草叢生，樹木任其亂長，枝幹單薄到支撐不起果實，不過佛萊迪來派杜瓦工作兩年後，花園又恢復生意盎然的模樣。蘿拉坐在溫暖的草地上，抱起雙膝。每天下班時，她都捨不得離開派杜瓦，但在這種日子，感覺更難。相較之下，她的公寓一點吸引力也沒有。在派杜瓦，就算她獨自一人，她也從來不會感到寂寞；在她的小公寓裡，她只覺得寂寞。

文斯之後，她沒有其他長久的關係。婚姻失敗打擊了她的信心，嘲笑著她青春的自傲。婚禮籌備速度之快，連她媽都問她是否懷孕了，並沒有。只是承諾給她全世界的帥氣白馬王子讓她神魂顛倒，但跟她結婚的男人只是個俗不可耐的無賴，沒有全世界，只能給她無趣的郊區生活。她的父母竭盡一切所能，說服她再等一等，等到她年紀更大一點，更清楚自己的心思再說。不過，她太年輕，不耐煩，甚至可以說是固執，而嫁給文斯當時看來就是長大的捷徑。她還記得她母親那一直僵在臉上的哀傷、焦慮微笑，一路看著女兒在紅毯上前進。她的父親比較沒有隱瞞他的疑慮，不幸的是，多數賓客都覺得那是開心、驕傲的淚水。最糟糕的是，在婚禮當天，她也才第一次擔心起自己會不會鑄下大錯。她的疑慮埋藏在密集的七彩碎紙與香檳之後，但她是對的，她對文斯的愛是流於幻想的幼稚之愛，愛來得太快，有如銀邊喜帖分發的速度，也如她走上紅毯的禮服裙襬一樣脆弱。

那天晚上，蘿拉在電視機前面吃晚餐。她並不餓，也不想仔細觀賞閃動的螢幕。放棄兩者後，她打開門，站在公寓外頭小小的陽台上，抬頭望著墨黑的天空。她好奇世界上現在有多少人跟她一樣抬頭看著同一片浩瀚的天空，她因此覺得自己好渺小、好孤單。

10

夏天的午夜是黑暗的水彩畫布，上頭有閃亮的小小星斗點綴。安東尼沿著小徑走去玫瑰花園的時候，空氣還是很溫暖，他品聞著珍貴花朵的濃郁香氣，這是他們剛搬來這棟房子時，他替特芮絲種的花。他走去郵筒，他的腳步聲在鄉間空蕩的街道上產生淺淺的回音。寄出去的這封信就是他人生故事的句點，等到時機成熟，他的律師會把信交給蘿拉，而他現在準備好要離開了。

他們搬進這棟大宅那天是個禮拜三，房子是特芮絲找的。

「超完美的！」她如是說。

的確。他們才邂逅幾個月，但他們無須時間的「認可」就確定彼此是對的人。他們一見鍾情，吸引力沒有盡頭，就跟現在籠罩他的天空一樣浩瀚。一開始，這段感情讓他害怕，也許他只是害怕失去。這份愛太重要、太完美，不可能直到永遠，不過特芮絲很有信心。他們找到了彼此，而這就是天註的姻緣。他們在一起就是神聖不可侵犯的一對。她的名字來自「玫瑰的聖特芮絲」[1]，所以他在花園裡種玫瑰花，作

1. 玫瑰的聖特芮絲（St. Therese of the Roses），天主教的聖女，正式名稱為利雪的德蘭（Thérèse of Lisieux）。

為給她的禮物。整個十月，他都穿著威靈頓雨鞋，在地上挖花床的溝渠，翻攪腐熟肥料，而特芮絲端茶給他，還送上大量的鼓勵。濕冷起霧的十一月早晨，玫瑰花送到了，安東尼與特芮絲一整天都在外頭，繞著完美的草坪，決定花該怎麼擺放、種植，他們的手指、腳趾、鼻子都凍僵了。不過，在冬天褪色調色盤上所畫出的風景，在特芮絲一一念出每種玫瑰的名稱時，聽起來彷彿充滿五顏六色。粉紅色、香氣濃郁的「阿爾貝汀」會爬上拱門的格架，靠向日晷；血紅色的絲絨「大普麗絲」，純白的「瑪西亞．史丹霍普」，紅銅色的「燦爛」，銀粉紅的「亨利．摩斯太太」，深紅色的「荷蘭之星」，黃色花瓣但帶有紫藍色的「梅蘭妮．蘇柏特」，朱紅帶有陳舊金色光芒的「亞歷珊卓王后」。他們在草坪四角種了垂枝單棵玫瑰——「阿博莉克．巴比耶」、「海華莎」、「蓋伊夫人」跟「黃金雨」，而當他們將花朵統統種下去之後，他們就著妖魔般陰鬱的冬天傍晚緊緊靠在一起。她輕輕吻了他的嘴唇，將一個小小的圓型物品放進他冰冷、瘀青的掌心。那是玫瑰的聖特芮絲畫像，就壓在玻璃及金屬框架之中，外型是一枚圓形獎章。

「這是我第一次領聖餐時的禮物。」她說：「現在給你，感謝你替我美麗花園付出的努力，同時也提醒你，無論如何，我會永遠愛你。你要保證你會永遠把它留在身邊。」

安東尼面露微笑，然後嚴肅發誓：「我保證。」

安東尼在這美好夏夜一個人站在玫瑰園裡，淚水再次沿著輪廓滴落。一個人孤零零的，失去了她，想起她的吻，她的話語，以及獎章壓在掌心裡的感覺。

他搞丟了那枚獎章。

他站在大羅素街等特芮絲的時候，東西還在他的口袋裡。不過她沒有出現，等到後來他到家時，他兩者都失去了。他回去尋找獎章，在街道與水溝裡找，但他曉得這樣只是徒勞無功，彷彿他失去了她兩次。原本在她離開後，他跟她彷彿還有什麼看不見的連結，現在，連結跟著他對她的誓言一同破碎斷裂。書房裡的東西見證了他想進行的補償，但他做得夠多了嗎？他馬上就會知道答案了。

草地還暖暖的，聞起來有乾草味。安東尼躺了下去，向著想像中的指南針伸展他細長、萎弱的四肢，準備好要走上這最後的一程。一波又一波的玫瑰香氣席捲著他，他望著上方無垠的天空之海，選了一顆星星。

11

她以為他在睡覺，她曉得這麼想太荒謬了，但她實在不敢思考其他選項。

蘿拉在平常的時間抵達，發現屋裡空蕩蕩的，以為安東尼去散步了，不過立即出現的不安敲著她的肩膀，她走去廚房泡咖啡，想要擺脫這種感覺。感覺愈敲愈強烈、大聲、快速，就跟她的心跳一樣。花園房間通往外面的門是開的，她走了出去，覺得自己根本不想往那裡前進。安東尼躺在玫瑰花瓣裡，大字型躺在結滿露水的青草上。從遠處看，他的確可能在睡覺，但等到她走到他身邊時，卻一點安慰也沒有。他曾經湛藍的雙眼沒有闔上，現在蒙上一層白色的薄霧，他張開的嘴巴沒有氣息，唇邊泛紫。她不情願的手指碰觸他的臉頰，油油的皮膚感覺冰涼。安東尼走了，留下了一具屍體。

如今，她一個人在屋裡。醫生跟葬儀社主任來了又走。他們壓低聲音講話，以效率與親切處理死亡，畢竟這是他們賴以為生的技能。她發現自己希望佛萊迪今天會來工作，但今天不是他該來派杜瓦的日子。她坐在廚房餐桌旁，看著另一杯咖啡變涼，她的臉因為憤怒的淚水而脹紅緊繃。這天早上，她的全世界就跟風裡的羽毛一樣遭到吹散。安東尼跟派杜瓦原本已經變成她的生命了，她完全不曉得現在該怎麼辦，這是她這輩子第二次覺得全然失落。

走廊裡的大鐘敲響六點，蘿拉還是沒辦法回家。她現在才曉得，她已經在家了。小公寓只是她不能待在這裡時的棲身之所。淚水又沿著她的臉頰流下，就算短暫，但她得做點轉移注意力的活動。她可以繼續她的工作，她還是有房子跟所有的東西需要照料，至少現在還是如此。她會一直整理這間房子，直到哪個人叫她住手為止。她開始巡視，先去樓上，檢查一切都沒問題。在主臥房，她把床單撫平，拍了拍枕頭，覺得好像有人最近躺在這裡，但她打發這個念頭。玫瑰香氣很重，安東尼跟特芮絲的相片正面朝下掉在地上。她拿起相片，放回梳妝台上的位置。小小的藍色時鐘又停在平常的十一點五十五分，她旋上發條，直到滴答聲出現，這聲音好像小小的心跳。她經過凸窗卻沒有望向外頭的花園。在安東尼的房間裡，她覺得尷尬，他在世時，她從來沒有這種感覺，似乎太親密了，是種不妥的打擾。他的枕頭聞起來還有肥皂味。她想到陌生人會來翻他的東西，趕緊將這個討厭的念頭拋諸腦後。她完全不曉得他最近的血親是誰。到了樓下，她關上花園房間的窗戶，鎖了去外頭的門。特芮絲的照片平擺在桌上。蘿拉拿起照片，望著這個安東尼為其生也為其死的女人。

「希望上帝讓你們團聚。」她低聲地說，然後將照片放回平常立起的樣子。蘿拉懷疑這樣算不算是在禱告。

回到走廊，她站在書房門前。她的手擱在門把上方，彷彿摸到會燙到一樣，然後又把手收回來，貼在體側。她急著想看門後到底有什麼秘密，但書房是安東尼的私人王國，她從來沒有受邀進去。她無法決定，在他死後，這點有沒有改變。

她壯起膽，從廚房後門走去外頭花園。已經夏末了，玫瑰花的花瓣開始掉落，看起來就像穿久的派對禮服，從縫線處開始扯裂。草坪又恢復完美的模樣了，完全看不出曾有屍體躺在上頭。當然啦，她以為呢？看不出來的。她站在草坪中央，體驗太陽的溫暖及玫瑰的香氣，她的心情變好了，也放心多了，真怪。

回去室內的時候，一縷照到掀起玻璃的陽光吸引了她的目光。那是書房的窗戶，沒關。她不能讓窗戶開在那裡，房子會遭小偷。現在，她必須進書房了。當她伸手時，她完全不曉得如果鑰匙不在安東尼口袋裡，還可能在哪裡。她還在思索的時候，她就緊握著冰涼的木頭把手，輕輕一轉，書房的門就打開了。

12

層架與抽屜櫃、層架與抽屜櫃，還是層架與抽屜櫃，三面牆都堆得滿滿的，看不見牆面，法式大窗戶上頭的蕾絲窗簾隨著窗縫吹進來的傍晚空氣韻律起伏飄動。就算光線昏暗，蘿拉也看得見每座架子上都是滿的，而且，不用仔細看，她就曉得抽屜裡也擺滿東西。這是一輩子的收藏。

她逛起書房，訝異查看裡頭擺放的東西。原來這就是安東尼的秘密王國，仔細標籤、寵愛的無主失物收藏。因為蘿拉看得出來，這些不只是物品而已，不只是隨便擺在架上的裝飾品而已。這些東西很重要，這些東西別具意義。安東尼每天在這裡跟這些東西相處上好幾個小時，她不曉得原因為何，但她曉得他肯定有很好的理由，而且，為了他，她會想辦法保存這些東西，她拉開最近的一個抽屜櫃，拿起她看見的第一樣物品，那是一顆深藍色的大鈕釦，看起來很像是女性外套上的釦子。標籤註明這是在何時、何地尋獲，回憶與解釋開始在蘿拉的意識裡串連，觸手不斷緊抓著她感覺到，但還不明確的連結。

蘿拉扶著椅背，穩住腳步。雖然窗戶是開的，也很通風，房間裡還是感覺很悶，空氣因為各種故事而凝重。這一切就是這樣嗎？這些東西是安東尼寫作靈感的來源？她讀過那些作品，確定有篇藍色鈕釦的故事，但這些東西都是打哪兒來的？蘿拉輕撫層架上餅乾盒旁邊孤苦無依的泰迪小熊。這是人生失落碎片的博物館，還是安東尼小說的陳設？也許兩者皆然。她拿起架上泰迪熊旁邊的一枚萊姆綠髮圈，這東西就算全新也值不了多少錢，現在還嚴重破損，但安東尼還是跟房裡其他物品一樣，將其妥善收好，加上標籤。蘿拉想起自己還在讀書的時候，也會用這種一模一樣的髮圈綁著兩支搖擺的小辮子，回憶讓她微笑起來。

萊姆綠髮圈，上頭有塑膠花朵
地點：德里伍德公園遊戲場尋獲
時間：九月二日……

那天是暑假的最後一天，黛西的媽媽答應她要給她一個特別驚喜，她們去野餐。明天黛西就要去新的學校上課了，規模很大的學校。她今年十一歲，原本的學校非常失敗，好吧，至少對她而言的確如此。她長得還不錯，一頭深色長髮，也滿聰慧，但不是非常聰明，沒有戴眼鏡跟裝牙套，不過，這樣也不足以讓她偽裝自己。她跟其他孩子觀看世界的目光不一樣，不是很明顯，只是偶爾會出亂子，這是她人格特質裡的微小特殊之處。不過艾許莉安．強森跟她的狐群狗黨還是立刻嗅出了不同，她們會扯她的辮子、在她午餐裡吐口水、在她書包裡尿尿、扯破她的制服外套。讓她最難過的不是她們的所做所為，而是這些行為帶給她的感受——沒用、軟弱、害怕、可悲、一無是處。

她媽知道的時候，整個人氣炸。黛西一直沒有聲張，但當她開始尿床的時候，她不得不解釋。不過，這也再次證明了她有多可悲，十一歲的大女孩還尿床。她媽媽直接跑去找女校長，把她嚇個半死。之後，學校也盡力了，基本上就是無能為力，黛西咬緊牙關，剪了頭髮，期待學期結束。她用廚房剪刀把兩條小辮子剪掉，媽媽發現的時候，她哭了。不過，暑假過去，頭髮又長回來了，沒有長到可以綁辮子，但剛好可以紮成一條馬尾。今天，她用新的髮圈把頭髮綁起來，亮綠色的髮圈，上頭還有花朵。她媽說，這是「給黛西的小花」。她坐著欣賞髮圈在鏡子裡的倒影時，她的胃就跟檔位滑掉的腳踏車一樣翻了一下。如果明天新同學看到鏡裡女孩的臉，卻不喜歡她，那該怎麼辦？

安妮拉上保冷袋的拉鍊，很滿意她將女兒喜歡的東西統統帶去野餐，起司與鳳梨三明治（加上種子的全麥麵包）、鹽醋口味洋芋片、卡士達巧貝、日本仙貝，還有薑汁汽水。她還是覺得暴力的怒火在心中悶燒，而那白癡仙女放屁的校長根本連一籃睡著的小貓咪都搞不定，更別說一群養尊處優、專吃薯條的小鬼了，這群小鬼相信世界欠他們一棟公寓、一個孩子，或至少一雙耐吉運動鞋，而校長的態度讓安妮火氣不減反增。黛西的父親離家後，安妮成了單親媽媽，努力工作拉拔女兒長大。她有兩份兼差，她們住的公寓地段不是很好，但房子很乾淨，有家的感覺，而且還是她們的家。黛西是個好孩子，但「好」很糟糕。在學校那種黛西必須生存下來的環境裡，安妮教她的一切根本不夠，禮貌、體面、善良、認真讀書，別人頂多把這幾點當成異於常人之處，但黛西的柔順會被視為軟弱，讓她成為遭到懲罰的缺點。所以，安娜還要替女兒上一堂課。

她們抵達公園的時候，暖乎乎的太陽高掛在天上，草地上有幾群年輕女子，有人推著嬰兒車，抱著哭哭啼啼的小奶娃，玩著手機，或抽起菸來。黛西的母親牽著她的手，她們快步穿過草地遊樂場，朝公園後方的樹林前進。她們不是散步漫遊，而是昂首闊步，朝著目標前進。黛西不曉得她們要去哪裡，但她感覺得到媽媽的使命感。樹林是另一個世界，涼爽、寧靜、空無一人，保留給小鳥跟松鼠。

「我以前會跟妳爸一起來這裡。」

黛西抬起頭，用無辜的眼神望著媽媽。「為什麼？」

她媽笑了笑，回憶過去。她放下保冷袋，抬頭望向天空。「我們到了。」她說。保冷袋就放在一棵巨大的橡樹下方，樹枝又彎又折，好像得了關節炎的老人。黛西抬頭望著樹枝，從陽光閃爍的樹葉天棚間瞥見一抹藍天。

二十分鐘後，她坐在天棚下，低頭看著保冷袋。

當她媽宣布她們要爬樹的時候，黛西覺得她肯定是在開玩笑。結果，沒有打趣也沒有歡笑，黛西逃進恐懼之中。

「我爬不上去。」她說。

「是爬不上去，還是不肯爬？」

黛西雙眼泛淚，但媽媽心意已決。「不試試看怎麼知道不行？」

接著出現的靜默與寧靜似乎有永遠這麼久。最後，她媽開口了。「黛西，在這個世界上，我們很渺小。不可能每次都贏，也不可能永遠開心，但我們永遠能做的就是去試試看。世界上永遠會有垃圾桶強森那種人——」黛西臉上閃過一抹笑容。「——妳無法改變這點，但妳可以改變妳的心情。」

黛西不怎麼相信的樣子。「怎麼做？」

「跟我一起爬這棵樹吧。」

這是黛西做過最可怕的事情，但不知為何，當她抵達樹冠時，神奇的事情發生了。黛西的恐懼就跟大風裡的羽毛一樣吹走了。在樹下的時候，她好渺小，樹是無法克服的巨人；到了樹上，樹還是很大一棵，但她雖然這麼渺小，她還是爬上來了。

這是暑假裡最棒的一天。等到她們穿過遊樂場走回家的時候，公園已經空得差不多了，只有一個男人開著除草機要來修草。她因為爬樹，頭髮散落，她把髮圈隨手塞進口袋裡，但到家後，她發現髮圈不見了。經過下午的凱旋之後，她已經不在意了。

這天晚上，黛西準備好要上床睡覺時，她的新學校制服掛在衣櫥門上，她注意到鏡子裡出現了一張嶄新的臉，開心又期待的臉。今天，黛西學會如何征服巨人；明天，她就要去新的學校了。

蘿拉把髮圈放回架上，走出書房，在身後帶上門。她映照在走廊鏡子的面容屬於昔日的蘿拉，還沒有邂逅安東尼與派杜瓦的蘿拉，那是一張空洞的臉，憔悴挫敗的臉。時鐘敲響九點，她得走了。她從門廊桌上的信件大碗裡拿起鑰匙，她平常都把鑰匙放在這裡，但底下有另一把鑰匙。就在她自己那份住家與汽車鑰匙下方，是一支單獨的內門鑰匙。蘿拉忽然明白了，而鏡子裡的面容緩緩露出微笑。安東尼為她打開了秘密王國的門，他的死原本抹殺了她果斷的態度，他對她的信任現在又喚醒了這份決心。今天，他把這個王國留給她，明天，她會開始打開其中的秘密。

13 尤妮絲 一九七六年

波夏的身子傲慢地越過尤妮絲的辦公桌，她將菸灰撢在一個迴紋針罐裡。尤妮絲帶著道格拉斯去對街的道爾太太店裡買巧貝，而轟炸機出門拜訪客戶去了。波夏打了個呵欠，貪婪地抽著香菸。她又累又無聊，還宿醉。昨晚跟崔西還有麥利喝太多「哈維撞牆」了，或該說今天早上，她凌晨三點才到家。她從一疊手稿裡抽出最上面一份，心不在焉地翻了起來，細瘦的雙手還握成螳螂祈禱的模樣。

「《有失有得：短篇故事集》，作者安東尼．派爾杜。」她大聲朗讀，高聲嘲弄起來。她翻著書名頁，結果紙張就從盲公繩上掉了下來。

「哎呀！」她假惺惺地說，然後隨手把封面扔了。她看著第一頁，彷彿是在聞牛奶有沒有壞掉一樣。

「拜託！真是狗屁連篇。誰會想看什麼大鈕釦從一個名叫瑪嬌莉的女服務生外套上掉下來的故事！說到這個，他還不肯幫他妹妹我出書呢！」

她不屑地將手稿扔回桌上，力道之大，稿子撞翻半杯咖啡，濕濕的紙頁上現在有咖啡的嘲笑了。

「真操他媽個豬！」波夏一邊咒罵，一邊將濕濕的紙頁拿過來，匆忙塞進岌岌可危的「滑山斜坡」之中。下一秒，轟炸機就走進辦公室。

「妹仔，外頭下雨了，妳會淋濕的。要不要借妳傘？」

「首先，別叫我妹仔，再來，我不撐傘，我搭計程車。最後，你是打算擺脫我嗎？」

「沒錯。」尤妮絲歡快地說，跑回樓上，懷裡揣著一團雨衣、濕答答的道格拉斯，還有巧貝。她把道格拉斯放在地上，巧貝擺在轟炸機辦公桌上，然後掛起滴水的雨衣。

「我覺得我們也許需要大一點的船。」她咕噥地說，微微朝波夏的方向點點頭。轟炸機壓抑住威脅要鑽出來的大笑，尤妮絲看到他搖搖晃晃的，開始哼起電影《大白鯊》的主題曲。

「這個荒謬的女孩在幹什麼？」波夏從座位上高聲地問。

「只是用電影對白講述糟糕的天氣而已。」尤妮絲歡快回答。

波夏不相信，但她更擔心道格拉斯拖著小輪子靠近她，打算朝她的方向將毛上的水甩掉。

「把那隻髒老鼠弄開。」她咬牙切齒地說，開始後退，忽然向後倒在尤妮絲桌上，打翻了筆、瓶瓶罐罐跟迴紋針，東西全散落在地上。尤妮絲帶著道格拉斯進茶水間，用一顆巧貝安撫牠受傷的心。不過，波夏的粗魯終於顛覆了轟炸機額外的冷靜沉著，他平常的友好親切有如風雨中的土石流一樣消失。他勃然大怒，拉著波夏的手腕，把她從尤妮絲的座位上拉起。

「清乾淨。」他命令道，比著她搞出來的混亂。

「親愛的，別傻了。」她回覆道，還拿起包包在裡面翻找口紅，其實是想掩飾她的訝異與尷尬。「這種事，有人會幫我做。」

「好啊，現在沒有別人，不是嗎？」轟炸機火冒三丈地說。

「對，但親愛的，你在啊。」他妹妹如是說，還補了一抹新的緋紅唇色。「乖乖的，幫我叫輛計程車。」

她紅著臉，將口紅扔回包包裡，然後踩著誇張的高跟鞋叩叩叩下樓等她知道哥哥會幫她叫的計程車。波夏不喜歡他對她發脾氣，但她曉得自己活該，而他是對的這點讓她心情更差。她就像是個永遠在鬧脾氣的小奶娃一樣，她曉得自己行為不對，但不知為何，她就是停不下來。她有時希望他們能夠回到小時候，而他還是那個寵愛她的大哥。

轟炸機看著她出去，他回想起這脾氣差的女人，竟然是他曾經疼愛的溫柔小女孩，不，他辦不到。多年以來，他哀悼他多年前就失去的妹妹，那個妹妹會相信他說的一切，坐在他腳踏車的橫槓上，還會帶著他的蟲子，一起去釣魚。他的回報就是替她吃抱子甘藍、教她如何吹口哨，在鞦韆上，把她推得「跟天空一樣高」。不過，那個妹妹屬於遙遠的過往，他現在就只有惡毒的波夏。他聽到計程車門甩上的聲音，這個波夏也走了。

「現在安全可以出來了嗎？」尤妮絲從茶水間門口探頭出來。

轟炸機抬起頭，露出充滿歉意的微笑。「這一切我很抱歉。」他比了比她座位旁邊的地上。

尤妮絲笑了笑。「老闆，不是你的錯，而且東西都沒事。」

他們一起把物品從地上撿起來，放回適當的位置。

「我話說太早了。」尤妮絲如是說，手裡拿著一個小小的東西。那是一位捧著花的女士肖像，金邊裡面的玻璃碎了。這是她在面試當天回家路上撿到的東西，從上班第一天就擺在桌上，這是她的幸運符。轟炸機檢查起破碎的狀況。

「我馬上拿去修。」他一邊說，一邊從她手中接過照片，小心放進信封袋裡，然後沒多說話，就消失下樓。尤妮絲拯救完剩下的東西，把菸灰掃掉。水壺剛滾，轟炸機就興高采烈地回來了，他又淋濕了，但他的笑容很燦爛，幽默感也回來了。

「大羅素街的鐘錶匠保證最晚明天下午就能換好玻璃。」

他們坐了下來，享用起遲來的茶與巧貝，而道格拉斯終於確定波夏離開後，才拖著小輪子回到辦公室，等著吃第二個巧貝。

「妳知道，她不是一直都這樣的。」轟炸機一邊攪茶，一邊若有所思地說。「我知道難以置信，但她小時候其實很可愛，是有趣的小妹妹。」

「真的？」尤妮絲懷疑地問，情有可原啦。「發生什麼事？」

「葛楚姨婆的信託基金。」

揚起的眉毛表達出尤妮絲的好奇。

「她是我媽的阿姨，有錢、寵溺，超級難相處。她終生未嫁，但總希望有個女兒。不幸的是，我媽不是她理想中的好女孩，沒辦法用昂貴的娃娃及漂亮的衣服收買。用小馬或火車玩具組，運氣可能會好一點……但總之……」轟炸機咬了一口巧貝，還把果醬噴到臉上。

「波夏就是另一回事了。媽想插手，想退回某些比較昂貴的禮物，跟潑婦般的葛楚講道理，面對她那妖怪般的嘴臉。不過，波夏長大了，媽媽的影響力最後還是式微了。她氣憤地說是我媽吃醋，所以在那邊瞎管。葛楚姨婆過世後，她真正的復仇計畫才展開。她留了很多錢給波夏，真的很多，當然，波夏要到二十一歲才能動那筆錢，但這不重要。她曉得錢在，她再也不用費心替自己生活，只要等著生命來找她就好。妳看得出來葛楚姨婆的遺產是個骯髒的王冠，最糟糕的禮物。波夏因此富有，但她也因此失去了生命的意義。」

「如果金錢能夠讓女孩變成那樣，那我真是謝天謝地，一點也不髒。」尤妮絲打趣道：「所以到底是多髒？」

「發臭生蛆囉。」

尤妮絲收拾午茶餐具，回去工作了。

轟炸機顯然還是很擔心波夏鬧脾氣的後遺症。「我希望妳不會後悔來這裡工作。」

尤妮絲露出狂躁的笑容。「進這種精神病院，我肯定是個瘋子。」她努力模仿出傑克．尼克遜的聲音。

轟炸機鬆了口氣，大笑起來，他從他桌子旁邊地上撿起一張紙，揉成一團。尤妮絲跳了起來，雙手在空中揮舞。

「轟炸機，傳給我，我可以上籃！」

他們上禮拜看了第三次的《飛越杜鵑窩》。他們現在很常在工作及下班後持續相處，轟炸機不能想像沒有她的生活。那部電影留下難以抹滅的印記，結局讓他們落淚，而尤妮絲把台詞都背起來了。

「所以妳不會提出辭呈，把我留給我妹處置？」

她用電影結局的對白回他，害他又差點雙眼泛淚。

「轟炸機，沒有你，我不會走。我不會這樣留你一個人這樣……你跟我一起走。」

然後，她使了個眼色。「好了，該談談加薪了……」

14

女孩看著長著黑腿的小小紅色圓頂緩緩從她的手背爬到手指的彎曲處。

「瓢蟲瓢蟲，飛出家門。你家著火，家中無人。除了一個，他叫小哥。我很遺憾，但他死了。」

瓢蟲張開翅膀。

「這又不是真的。」女孩講話的速度很慢，彷彿她努力想要想起詩文的內容一樣。「這只是一首亂編的童謠。」

瓢蟲還是飛走了。九月，天氣好熱。女孩在木頭長凳上擺盪著腿，從小小的綠地望向派杜瓦。閃亮黑色禮車抵達屋外時，她也看見了。第一輛車車尾有大大的窗戶，她看見裝死人的箱子擺了進去，蓋子上還有花長出來。哀傷的女士跟另一個老人走出屋內，老人不是原本住在這裡的老人。女孩不認識他，但她常常在那位女士哀傷之前見過她好幾次。戴著黑色高煙囪帽的男人讓他們坐在第二輛車上，然後走去前面那輛有大箱子的車邊開始前進。他拄著拐杖，但他走路沒有跛腳，他的確走得很慢，所以也許他的腿還是有問題。她好奇是誰躺在箱子裡。她思考得很慢，感受的速度卻很快，她可以在一眨眼的時間裡，感受到快樂、哀傷、憤怒或興奮，她也感受得到其他的東西，但那比較難解釋。不過，思考的確需要長一點的時間，思考必須在腦袋裡排對順序，看個仔細，這樣大腦才會好好思考。最後，她覺得箱子裡的人一定是原本住在大宅裡的人，她覺得難過。他對她一直都很好，不是每個人都這樣。過陣子後（她有一支很漂亮的手錶，但她還沒搞清楚該怎麼看懂時間），傷心的女士自己回來了。女孩搔搔剛剛瓢蟲細腳爬過的手背。現在男人死了，女士會需要一位新朋友。

蘿拉在身後關上大門，脫下黑色高跟鞋。冰冷的門廳磁磚地板親吻著她痠痛的雙腳，屋子的平靜再次籠罩著她。她前往廚房，從冰箱裡倒了一杯酒，她的冰箱，她的廚房，她的房子。她實在不敢相信，安東尼過世當天，她打電話給他的律師，希望他知道安東尼還有什麼親戚可以聯絡，也許是她沒聽說過的遠親，或是指定了什麼繼承人。他告訴蘿拉，安東尼指示，只要自己一過世，律師就要立刻通知蘿拉，她就是唯一的繼承人，他所有的一切都是蘿拉的。有遺囑，還有一封要給她的信，葬禮之後會詳細告訴她。不過，安東尼在乎的第一件事就是請她不要擔心，派杜瓦還是她的家。他的慷慨讓他的死變得更難以承受，她沒辦法繼續講電話，淚水害她講不下去。席捲她的不再是哀傷，而是因為她居然在這種時候鬆了口氣，所以愧疚感尾隨而來。

她拿著酒走進書房，坐在桌子前面。周遭都是安東尼的寶藏，她覺得異常撫慰。現在她是它們的守護者了，它們賦予她使命感，雖然她還不確定這是什麼樣的使命。也許安東尼在信裡會解釋，她也許能夠找到辦法來證明她值得他如此寬宏慷慨的對待。葬禮說明了安東尼這個人，蘿拉本來以為只有幾個人會出席，包括她自己跟安東尼的律師，但教堂滿滿都是人。有很多出版界的人，他們認識身為作家的安東尼，還有很多人，只跟他道過早安，但他似乎就是有辦法觸動所遇之人的生命，留下不可磨滅的印記。當然，現場還有多管閒事的人、當地社區協會的中堅分子、社區婦女組織的成員、業餘戲劇社的成員、高道德標準的外匯承包商，其中為首的是瑪嬌莉．沃絲蓋蘿及她忠實的跟班維妮．克里普。蘿拉離開教堂時，他們的「真心慰問」有點太熱情了，這種慰問伴隨著練習過的哀傷微笑及不受歡迎的擁抱，結果就是蘿拉身上聞起來有落水狗跟髮膠的味道。

蘿拉第一次進書房時擺在桌上的藍色大鈕釦還在原位，標籤壓在底下。

藍色大鈕釦，女性外套的釦子？

地點：葛雷唐街人行道

時間：十一月十一日……

瑪格莉特穿著她那條引人犯罪的新內褲。「紅寶石絲綢加奢華的奶油蕾絲」，銷售小姐是這樣形容的，顯然好奇瑪格莉特從事何種工作，需要穿到這種內褲，這種內褲完全不像她平常在瑪莎百貨買的機能型內褲。樓下，她的丈夫引頸期盼。他們結婚二十六年，他用盡一切方法讓瑪格莉特曉得他有多愛她。他用他的拳頭與雙腳愛她，他的愛是瘀青的顏色，骨折的聲音，鮮血的味道，當然，外人都不知道。他擔任副理的銀行裡沒有人知道，他負責管理財務的高爾夫球俱樂部裡沒有人知道，教堂裡的人更是毫不知情，在他們結婚的頭一年，他就以浸禮會神經病的身分重生。把她打個半死是上帝的旨意，顯然如此，但外人都不知道，只有他、上帝跟瑪格莉特曉得。他德高望重的地位像是緊身的西裝，他穿出去蒙騙世人的制服。不過，換回便服後，禽獸又出現了。他們沒有小孩，這樣最好，他可能也會愛他們。所以，她到底為什麼不走？一開始是因為愛哪。她真心愛他，然後是恐懼、軟弱、孤立感，以上皆是。身心都慘遭上帝及高登打擊。

「我他媽的晚餐在哪？」客廳傳來大吼。她想像著他，滿臉通紅，層層肥肉從褲頭滿出來，正在看電視轉播的英式橄欖球賽，喝他的茶。這是瑪格莉特泡的茶，牛奶、兩顆糖，還有六顆鴉片類鎮痛劑曲馬多。這樣的量不足以殺死他，不夠，但上帝曉得她受夠了。她上一次「跌倒」摔斷手的時候，急診室的醫生給了她一整盒。她也受過誘惑，精神異常的殺人減刑感覺起來滿划算的，不過，瑪格莉特希望他了解狀況。她的左眼腫到快閉起來了，顏色跟高登打算在晚餐時喝的上好葡萄酒一樣。她用手碰觸，露出痛苦的神情，但她又感受到貼著皮膚的柔滑絲質觸感，她微笑起來。樓下的高登覺得自己不太對勁。

走進客廳時，她直直盯著他的雙眼，她已經好幾年沒有這樣看過他了。她說：

「我要走了。」

她一直等到他聽懂她在講什麼。然後，他怒火中燒的雙眼足以證實他明白了。

「給我回來，妳這個蠢賤貨！」

他想從椅子上爬起來，但瑪格莉特已經離開客廳。她聽到他重重倒在地板上的聲音。她拿起門廳裡的行李箱，在身後帶上門，然後頭也不回地走下車道。她不曉得自己要去哪裡，但只要能夠離開這裡都好。刺骨的十一月寒風吹在她受傷的臉上，瑪格莉特放下行李箱，扣上老舊藍色大衣最上面的釦子。磨損的線斷了，釦子從她指間彈開，掉到人行道上。瑪格莉特提起行李箱，釦子留在原地。

她心想：管它的，我馬上就要買新大衣了。瑪格莉特，生日快樂。

敲擊聲讓蘿拉醒來。她趴在桌上睡著了，壓在藍色鈕釦上，現在臉上還有鈕釦的印子。她還沒完全清醒過來，卻緩緩發現敲擊聲來自前門。她在門廳經過她那個需要打開來整理的行李箱，她決定今晚才是她正式在派杜瓦度過的第一晚，好像在葬禮之後搬進來感覺比較妥當。門又敲了起來，堅定但不急迫，很有耐心，彷彿對方會花上全世界的時間來等人應門一樣。蘿拉開了門，見到一張嚴肅也美麗的圓臉，臉上有馬栗色杏仁形狀的雙眼。她之前見過這個女孩好幾次，就坐在綠地對面的長凳，但沒有如此近距離接觸過。女孩抬頭挺胸，伸直她一百五十六公分的身高，然後開口。

「我叫陽光，我可以成為妳的新朋友。」

15

「客人來的時候，可以由我來泡好喝的茶嗎？」

蘿拉笑了笑。「妳曉得該怎麼泡嗎？」

「不曉得。」

距離安東尼的葬禮已經過了兩個禮拜，除了禮拜天，陽光的媽媽阻止她以外，她每天都往派杜瓦跑。

「陽光，就這麼一天，放過那個可憐的女人吧。我相信她不希望妳成天糾纏她。」

陽光不為所動。「我沒有糾纏她，我是她的新朋友。」

「嗯……還不管人家喜不喜歡咧。」她媽一邊唸，一邊削馬鈴薯，替陽光準備午餐。她媽在老人院擔任看護，工作時間很長，白天鮮少在家，她爸在鐵路局工作。陽光的哥哥應該要顧著她，但除了出現在霸占他大部分臥房牆面、跟餐桌一樣大的高解析度畫面外，他不太管別的事情。再說，她十九歲了，他們不能把她跟小孩子一樣關在家裡。說真的，媽媽很高興陽光找了事做，而不是成天坐在長凳上，不過，她總焦慮陌生人對她女兒忽然且熱情的糾纏會做何感想。陽光天不怕、地不怕，還很容易信任別人，但她的勇氣與善良讓她變得脆弱，她的優點通常都是她最嚴重的缺陷。她媽跑去見了那個女人，她叫蘿拉，現在擁有那間大房子。她媽想知道蘿拉是否介意陽光造訪，她也向蘿拉保證，陽光絕對不會造成任何傷害。那個女人看起來有點冷漠，但人還不錯，她說她很歡迎陽光過去。不過，讓陽光她媽放心的卻是那棟大房子。房子非常漂亮，但不只如此，屋內還有一種她很難跟丈夫柏特解釋的感覺，「就是覺得很**安全**」，這是她想得出最適合的字眼來解釋，她為什麼樂意讓女兒繼續去派杜瓦。

對陽光來說，前往派杜瓦是她生活的重點，現在她坐在廚房餐桌旁，耐著性子等著蘿拉回應。蘿拉停頓了一下，水壺還拿在手裡，望向陽光嚴肅的面孔。

「我猜我可以教妳怎麼泡茶。」

有時，在她這段充滿未知數的新生活裡，她會覺得陽光不請自來，一直打擾，根本是個不速之客。當然，她是絕對不會承認的。她甚至告訴陽光她媽，她歡迎陽光來，但在某些日子裡，蘿拉會假裝自己不在家，讓陽光站在門口階梯上，很有耐性但持續不懈按著電鈴。有次，她甚至躲進花園小棚屋後面，但最後陽光還是找到了她，陽光燦爛的笑容讓蘿拉覺得自己好像天字第一號大白癡，更是個沒心沒肝的壞女人。

安東尼的律師今天會帶遺囑跟信件過來。蘿拉跟陽光解釋道，但她不曉得陽光到底明白多少。現在，陽光專注望著蘿拉把水壺放在爐架上，然後從抽屜裡拿出一條新的餐盤墊布。昆蘭先生兩點半會到，在那之前，陽光把握時間練習了五次，內容還包括清洗，而扮演昆蘭先生的蘿拉被迫喝下最後三杯茶，害她的膀胱呈現一個即將爆炸的狀態。

昆蘭先生準時抵達。陽光認得這位老先生，他就是在安東尼葬禮那天跟蘿拉一起走出房子的人。他穿了一身碳灰色的條紋西裝、淺粉紅色的襯衫，金錶的錶鏈消失進他背心的口袋之中，他看起來德高望重。陽光不曉得該怎麼跟這種人打招呼，所以她屈膝行禮，然後跟他擊掌。

「小姑娘，很高興認識妳。我是羅柏．昆蘭，妳怎麼稱呼？」

「我是陽光，蘿拉的新朋友。有時人家會叫我小太陽。」

他笑了笑。「妳喜歡哪個名字？」

「陽光。別人會叫你蘿蔔嗎？」

「恐怕這是我的職業傷害。」

蘿拉帶領他們前往花園房間，陽光確保客人坐在最好的椅子上。她意有所指地望向蘿拉。

「我該去泡好喝的茶嗎？」

「妳真是幫了大忙。」蘿拉如是說，心底暗自希望在昆蘭先生抵達前，自己先去上廁所。

陽光前往廚房的時候，昆蘭先生把遺囑的內容唸給蘿拉聽，簡單明瞭。安東尼感謝蘿拉的辛勞與友誼，但特別感謝她對房子及屋內一切物品的細心呵護。他希望蘿拉繼承他所擁有的一切，前提是她會住進大宅裡，保持玫瑰花園原本的樣子。他曉得蘿拉喜愛這個房子的程度與他不相上下，如果蘿拉能夠持續照顧這間房子，且「享受房子所提供的幸福與寧靜」，他會走得很安心。

「所以，親愛的，這一切都是妳的了。房子以及屋內所有的東西，銀行裡還有為數不少的存款，以及他寫作的版稅，現在都歸妳所有。」昆蘭先生從金框眼鏡的上緣望著她，面露微笑。

「好喝的茶來了。」陽光用手肘大力撞開門，如同走鋼絲的特技演員一樣，動作緩慢。托盤很重，重量將她的指關節都壓白了，她的舌頭從小小的花蕾嘴唇中伸出來，專注到吃力。昆蘭先生連忙起身，減輕她的負擔。他將托盤放到邊桌上。

「我來照顧大家吧？」他問。

陽光搖搖頭。「我媽會照顧我，她在工作。」

「小姑娘，沒錯。我是說，由我來倒茶吧？」

陽光考慮了一下。「你會倒嗎？」

他笑了笑。「也許妳能教教我。」

在陽光嚴密監控的目光下，昆蘭先生嫻熟地倒了三杯茶，吃完兩塊卡士達夾心奶油酥餅後，他也該告辭了。

「還有一件事。」他告訴蘿拉：「遺囑上的第三個條件。」

他把密封的白色信封交給她，上頭有安東尼的字跡，寫的是她的名字。

「我相信這封信解釋了很多細節，但安東尼希望妳能想辦法盡量將他書房裡的東西還給原本的主人。」

蘿拉回想起發出咯唧聲響的層架及擺得滿滿的抽屜櫃，工程之浩瀚，害她愣住。「但我該怎麼做？」

「我想不出來，但安東尼顯然對妳有信心，所以也許妳需要的就是更有自信一點，我相信妳會找到方法的。」

蘿拉充滿希望但不太肯定，只不過，希望跟信心都一起出現，對不對？

昆蘭先生拿起特芮絲的相片。「妳知道，她有一頭紅色的秀髮。」

「你見過她嗎？」蘿拉問。

他用手指懷念地撫摸相片臉龐的輪廓。

「好幾次，她是個很棒的女人。噢，她脾氣來的時候也會發瘋、激動，但我猜見過她的男人多少都會被她迷住。」

他不情願地放下她，將照片擺回桌上。「但安東尼是最適合她的男人。多年來，他是我的朋友，也是我的客戶，我從來沒有見過一個男人如此墜入愛河。特芮絲過世的時候，他的靈魂也受到重傷，那是天底下最悲慘的事……」

陽光靜靜坐在一旁，聽著每一個字，統統收集起來，之後她才能想辦法把這些文字拼湊成適合的故事。

「讓我猜猜。」昆蘭先生起身，朝留聲機走去。「艾爾．包利的〈想起你〉？」

蘿拉笑了笑。「這是他們的歌。」

「當然，安東尼說給我聽過。」

「我也洗耳恭聽。」

安東尼死後，蘿拉發現自己對他認知有限，特別是他的過往，她因此覺得難過。他們的關係僅限於當下，以日常例行生活與事件組成，但沒有共同的過去，也沒有計畫將來。所以，蘿拉很想知道安東尼的一切。她想更了解這位信任她、以如此慷慨大方待她的人。昆蘭先生回到他那張最好的椅子上。

「安東尼最早、最珍貴的記憶就是他小時候隨著那首歌起舞。時值二戰，他父親在英國皇家空軍，休假返家。那天晚上，他父母出席一場舞會，那是一個特殊場合，也是他爸回軍營前的最後一晚，所以他媽跟朋友借了一件紫丁香色的美麗晚禮服，我猜應該是史嘉帕蕾莉這個牌子的……安東尼有張照片……總之，他們一起在客廳喝雞尾酒，安東尼過來道晚安。他們正就著艾爾．包利的歌翩翩起舞，他那瀟灑的父親與優雅的母親，然後他們把他抱在懷裡，三個人一起跳舞。他說他一直都記得母親身上的香水味及父親制服的毛邊觸感。這是他們最後一次一家三口團聚在一起，也是他最後一次見到父親。隔天一早，安東尼還沒起床，他爸就回到空軍基地。三個月後，他在前線成為俘虜，試圖逃出波蘭的第三戰俘營時遭到殺害。多年後，安東尼跟特芮絲認識沒多久，他們一起在柯芬園附近的酒吧用餐，那裡喜歡裝置藝術，不喜歡唐尼．奧斯蒙跟大衛．卡西迪，這對戀人感覺起來一直屬於另一個年代。然後艾爾．包利的歌開始播放，安東尼把那個故事告訴特芮絲。她牽起安東尼的手，站起身來，跟他一起共舞，彷彿全場只有他們兩人一樣。」

蘿拉開始明白了。「她聽起來是個很棒的女人。」

昆蘭先生的回覆非常真誠。「她的確是。」

他開始把文件收回公事包裡。陽光打破沉默。「你還要再一杯好喝的茶嗎？」

他面露感謝的微笑，但搖搖頭。「恐怕我必須告辭了，不然就會錯過火車了。」到了門廳，他停下腳步，轉頭問蘿拉。

「不曉得在離開前，我能不能借用一下洗手間？」

16

銀色堅固的拆信刀把手有一個埃及法老王頭，蘿拉用刀刃劃過層疊的厚厚白紙，信封一開，她想像安東尼的秘密就跟低語的煙氣一樣瀰漫在空中。她一直等到陽光回家，才把信件拿進書房。花園房間是比較舒服，但感覺要在周遭堆滿相關物品的地方展讀比較適合。柔和的夏日傍晚已微妙走進舒爽的秋意薄暮之中，蘿拉有點想要升起爐柵裡的火，但她卻放下針織衫的袖子，拉到指關節，然後將信紙從信封中拿出來。她打開摺疊的硬紙，放在面前的桌上。

我親愛的蘿拉：

安東尼深沉、溫柔的聲音在她耳邊響起，黑色的字跡變成一團模糊，蘿拉眼中的淚水將文字沖走。她用力吸了吸鼻子，然後用袖子抹眼睛。

「拜託，蘿拉，振作一點！」她責備自己，但嘴上的一抹微笑卻讓她覺得訝異。

我親愛的蘿拉：

此時，妳已經曉得派杜瓦及一切都屬於妳了。我希望妳能在這裡過上愉快的生活，且原諒我對玫瑰花園的愚蠢感傷。妳知道，花是我替特芮絲種的，她的名字來自玫瑰的聖特芮絲。她過世後，我將她的骨灰撒在玫瑰之間，這樣我才能一直親近她，如果可以，我也希望我的骨灰能夠撒在那裡。如果妳覺得這麼做很可怕，也許妳能請佛萊迪動手，我相信他不會介意。那親愛的男孩就跟蟑螂一樣堅強。

而我現在必須跟妳聊聊書房裡的東西。故事再次回到玫瑰花園，我種花那天，特芮絲送我一份禮物，那是她第一次領聖餐的獎章。她說她用這枚獎章來感謝我替玫瑰花園做的努力，同時，也提醒我，無論如何，她會永遠愛我。她要我發誓我會永遠保留獎章，那是我最珍貴的一樣物品，但我卻搞丟了。特芮絲過世那天，早上離開派杜瓦時，東西還在我的口袋裡，但等到我回家後，卻發現它不見了。我感覺我跟她之間最後的連結破碎了。就像時鐘，沒上發條，我停住了。我不再生活，只是存活而已。我呼吸、飲食、睡覺，但僅僅只是撐著一條命活著而已。

最後讓我恢復理智的人是羅柏，他說：「特芮絲會怎麼想？」他說的對。她是個充滿生命力的女人，生命卻慘遭剝奪。我還活著，卻選擇當行屍走肉，她肯定會生氣，且「心碎」，這是羅柏說的。我開始散步，再次造訪世界。有天，我找到一隻深藍色的女性右手皮手套，我將其帶回家，標上標籤，寫上那是什麼、在何時、何地尋獲。於是，我的失物收藏就這麼開始了。也許我覺得，如果我能拯救我找到的每一件失物，某個人也會拯救全世界我唯一在乎的東西，而有朝一日，東西能夠回到我手上，修補我破碎的承諾。這些別人生命的小碎片也提供我故事的靈感，讓我再次提筆寫作。

我曉得這些東西大多不值錢，也沒有人想拿回去，但如果妳能物歸原主，讓一個人開心、修補一顆破碎的心，那一切都值得了。妳也許會好奇，為什麼我搞得這麼神秘，書房門常年上鎖。我自己也不清楚，但也許我是擔心別人覺得我蠢，甚至有點瘋吧。所以，蘿拉，這個任務就交給妳了，我只是希望妳能姑且一試。

我希望妳的新生活順心如願，而妳能跟別人一起分享。記住，蘿拉，派杜瓦之外還有一整個世界，值得妳偶爾出門看看。

最後一件事，屋外草地對面有個女孩，她常常坐在長凳上，她看起來似乎也是個失落的靈魂。我常希望我能替她多做一點什麼，但我只能對她說幾句友善的話，不幸的是，老男人想要幫助小女孩這種事都會遭到世人誤解。也許妳能把她「收集過來」，提供她一點友誼？妳覺得適合，就試試看吧。

滿滿的愛與感謝

上帝祝福妳

安東尼

等到蘿拉從書房椅子上起身時，寒意讓她四肢僵硬。外頭黑色夜空高掛一輪閃著珍珠光芒的明月。蘿拉去廚房取暖，一邊思索安東尼的請求，一邊煮水。撒骨灰？她很樂意，將失物還給失主可就沒這麼簡單了。她再次感受到口袋裡擺滿大石頭的感覺，提醒她，她到底是誰。蘿拉的父母已經過世好幾年了，但她一直沒有辦法擺脫她讓他們失望的心情。他們絕口不提，但說真的，她到底做了什麼回報他們一貫的愛與忠誠，且讓他們覺得驕傲？她逃避大學，她的婚姻是場災難，她也沒辦法讓他們抱孫子。她媽過世那天，她在康瓦爾吃炸魚薯條，這是她離開文斯後第一次度假，但這也不能當作藉口。半年後，她父親跟著離世，安東尼填補了一些剩下的空白，也許，現在他留給她的任務就是她能補償的機會？也許這是她終於能夠成功做些什麼的機會。

然後還有陽光。至少，這點她搶先安東尼，但她實在不能居功，率先伸出友誼之手的人是陽光，而蘿拉到現在還是不肯好好接受。她想起在安東尼過世前，她就見過陽光好幾次，卻沒有說話，沒有行動，連招呼也不打。安東尼就連死後都想為她盡一份力，蘿拉對自己感到失望，但她決定要嘗試改變。她將茶端上樓，走進飄著玫瑰香氣的房間，她將這裡占為己有，或該說，她選擇跟特芮絲共享這個房間，因為特芮絲還在這裡。她的東西還在，衣服是不在了，但她的梳妝台瓶罐、她跟安東尼的合照都還在。話說照片又莫名其妙倒下了，小小的藍色瓷釉時鐘也再次停在十一點五十五分，蘿拉放下茶杯，轉了轉發條，直到時鐘又開始滴答前進。窗簾大開，她躺上床，外頭皎潔的月亮照在玫瑰花園裡，花朵形成鬼魅般的光線與暗影。

17
尤妮絲
一九八四年

「聖誕佳節，我們滴答滴，驅逐黑暗……」

道爾太太用宏亮的歌聲招呼排在尤妮絲前面的男人，他買了兩條香腸麵包、兩塊方型的糖霜蛋糕。她停下來喘口氣，向尤妮絲打招呼。

「這個鮑勃．格爾多夫真是個好傢伙，把那些暢銷歌手湊在一起，替可憐的伊索比亞難民錄了張唱片……」道爾太太剩下的話語講得不清不楚。「……在沙漠裡。」

尤妮絲露出同意的微笑。「可以說是個聖人哪。」

道爾太太開始將巧貝放進袋子裡。「提醒妳，」她繼續說：「我可不是說喬治男孩跟米奇．烏爾之類的人搞不起慈善事業。還有那些香蕉女孩[2]，可愛是可愛，但從她們的外表看來，她們好像都沒有梳子一樣。」

尤妮絲上樓的腳步聲讓道格拉斯開始躁動，牠灰白的口鼻開始抽動，前爪微微顫抖，不曉得夢到了什麼。尤妮絲心想：不過，這肯定是個愉快的夢，因為牠嘴角上揚。轟炸機從座位望著牠，很像是看著窗外雪人開始必然融化的焦慮孩子。她想安慰他，卻不知道該說什麼。道格拉斯老了，牠的壽命愈來愈短，可以用日子來數了。牠會死掉，讓人心碎，但現在牠溫暖舒適，等到牠終於醒來後，鮮奶油巧貝會等著牠。他們從果醬巧貝換成鮮奶油巧貝（基本上是鮮奶油加果醬巧貝），就是為了讓道格拉斯的老骨頭多長點肉，過去這一年，牠莫名消瘦許多。

不過呢，轟炸機可就恰恰相反了。在尤妮絲認識他這差不多十年的時間裡，他冒出了一個謙虛的肚子，在他又高又瘦的身材上增添了一點柔軟的氣息。他會充滿愛意地拍拍肚皮，說出講了不下千百次的話：「我們真的不能繼續吃這麼多巧貝了。」這話徹底言不由衷，尤妮絲完全沒放在心上。

「你爸媽這禮拜會進城嗎？」

尤妮絲很喜歡葛瑞絲與高弗瑞，期待他們每週造訪，不幸的是，他們過來的頻率逐漸減少。太明顯了，冷漠的衰老如影隨形。高弗瑞的心智跟身體都沒有之前好，他的理智跟硬朗都無情消失。

「不，這禮拜不過來，他們覺得不太舒服。如果他們打開雅家爐取暖，備好單一純麥威士忌，放下城堡的柵門，我也不會覺得訝異。」轟炸機對他桌上攤開的手稿

2. 道爾太太這裡指的是女子團體 Bananarama。

皺起眉頭。

「為什麼？怎麼了？」尤妮絲很關切。

「他們的一位好友在布萊登飯店爆炸案中身亡，兩週前，地鐵站有人縱火，那是他們平常會搭的路線。我想他們應該覺得待在家裡比較安全，就跟泰迪熊那首受人喜愛的經典歌曲唱的一樣。」轟炸機將手稿重重闔上。

「這樣比較好吧。我想老媽覺得她對這個有責任。」他對尤妮絲搖了搖手稿，彷彿那是什麼死魚一樣。道格拉斯終於從角落醒來，牠用泛白、上了年紀的雙眼觀看四周，曉得自己在安全熟悉的環境裡，然後鼓足精神微微搖起尾巴來。尤妮絲跑過去吻了吻牠睡得熱呼呼的小腦袋瓜子，然後用巧貝吸引牠的注意力，牠的那一份已經為牠特別切好、放在盤子上了。不過，她沒忘記那條死魚。

「這是什麼？」

轟炸機發出誇張的嘆息聲。「這本書叫做《傲嬌與偏執》。」

「聽起來很有趣。」

「欸，用這個字眼形容我親愛妹妹最新的『恐怖著作』也不錯。故事講述破產足球經紀人有五個女兒，她們的老媽決定要把她們嫁給大明星或足球員或什麼有錢人都好。老媽帶她們去當地的狩獵俱樂部舞會，一名特別來賓邀請大女兒珍娜共舞，他叫賓果先生，帥氣多金，還是鄉村飯店的年輕老闆。二姊伊莉則對賓果先生的神秘朋友雅西先生感興趣，他是世界知名的鋼琴家，但他覺得年輕農夫譁眾取寵加入舞會把場面弄得很粗俗，所以不肯跟伊莉一起參加卡拉ＯＫ大賽。她說他自以為是，還有點生氣。這個令人耳熟能詳的故事還是長話短說好了，最小的女兒跟一個二流足球員私奔去馬蓋特，他們在那裡刺了相配的刺青。他搞大了她的肚子後，就甩了她，她最後淪落到倫敦東南部的佩克漢，住在一間小套房裡。經過雅西先生意圖良善但自負誇張的介入後，珍娜終於跟賓果先生結婚，而他也不顧經紀人的反對，最後跟伊莉開始交往。」

尤妮絲現在已經放棄板著一張臉了，波夏最新的抄襲作品讓她瘋狂大笑。轟炸機繼續說下去。

「這五個女孩有位堂哥，叫做柯芬斯先生，他是一名教宗教教育的老師，在非常昂貴卻管不動孩子的女子私校教書。他向這家人的女兒提親，誰肯嫁給他都好，雖然老媽急得像熱鍋上的螞蟻，但女孩都無動於衷，因為他口臭很嚴重，還有個凸起的肚臍眼，於是他最後跟這家人的另一個堂妹夏蔓結婚。夏蔓有一點鬍子，已經是二十一歲半這種嫁不出去的年紀了，所以她很高興能跟柯芬斯結婚。」

「可憐的夏蔓。如果她在二十一歲半就必須接受口臭跟凸起的肚臍，我這快三十一歲的人還有什麼指望？」

轟炸機笑了笑。「噢，我相信如果願意，妳肯定可以找到不錯的柯芬斯先生。」

尤妮絲朝他扔迴紋針。

這天傍晚，轟炸機在廚房煮晚餐，道格拉斯嚴密監控他，尤妮絲則在他凌亂公寓的院子裡走來走去。她曉得她這輩子不可能結婚了。她沒辦法嫁給轟炸機，而她也不要別人，於是，這件事就這麼決定了。過去，她有時會跟很有希望的年輕人約會，但對尤妮絲來說，這樣很不老實。跟轟炸機相比，每個男人都比不上他，而沒有人值得一輩子當第二名。每段關係都只有友誼跟性，永遠都沒有愛，而沒有任何一段友情能夠比她與轟炸機之間的感情更珍貴。後來，她徹底放棄約會。她回想起許久以前的那年生日，他們去布萊登，已經快十年了。那天太美好，但最後她心碎了。搭火車回來的路上，坐在心愛的男人身旁，尤妮絲強忍淚水，曉得她永遠都不會是最適合轟炸機的女孩，天底下沒有一個女孩適合轟炸機。不過他們是朋友，最好的朋友。對尤妮絲來說，這樣遠比生命裡沒有他好多了。

轟炸機在廚房裡攪拌著番茄肉醬，他的思緒飄到了他們先前的對話。尤妮絲是名年輕女子，聰明絕頂，聰慧反應快，還收集各色各樣的帽子，非常驚人。她從來沒有接受求婚或戴著這些帽子去見任何一個值得她的年輕人，這兩件事的確令人費解。

「妳不困擾嗎？」他一不小心把心裡的疑問說了出來，他並不是真的想提問，問這種問題似乎太不禮貌了。

「我困擾什麼？」尤妮絲出現在門口，像指揮家一樣揮舞著一根麵包棒，喝著紅酒。

「沒有開著紅色跑車、手拿真皮筆記本、在雀兒喜擁有公寓的帥氣年輕人追求妳？」

尤妮絲若有所思地咬斷麵包棒的一端。「我有你跟道格拉斯，還要那種人幹嘛？」

18

「女主人不想要回去。」陽光把杯子跟碟子放在蘿拉面前的桌上。「妳可以留著泡好喝的茶用。」

精緻的骨瓷幾乎是透明的，上頭還有手繪的深紫色紫羅蘭跟金色的小點。蘿拉望著陽光嚴肅的面容，看著她糖蜜般深色的雙眼。今天早上，她帶陽光進書房，用白話向她解釋安東尼信裡的內容。

「他說我跟妳要互相照顧。」她換句話說。

這是她第一次看到陽光微笑。陽光未經允許就好奇熱切地拿起書房裡的東西，但她的動作溫柔、充滿敬意，安東尼肯定會覺得欣慰，蘿拉也是。陽光用柔軟的雙手捧著物品，彷彿那是翅膀斷掉的小鳥。蘿拉的注意力回到杯碟及其標籤上頭，會掉這種東西真的很怪。

「陽光，但我們怎麼知道呢？我們又不曉得主人是誰。」

陽光的態度非常篤定。「我曉得。主人是位女士，而她不想要回去。」

她講話的語氣不帶傲慢或任性，只是在陳述事實。

「但妳怎麼知道？」

陽光拿起杯子，捧在胸前。「我感覺得到。我不是用腦袋想，我是感覺的。」她把杯子放回碟子上。「而且那位女士有一隻鳥。」她補充說道。

蘿拉嘆了口氣。失物的命運威脅著她，好沉重，彷彿是溺水之人的衣服。安東尼選擇她作為繼承人，她覺得驕傲也感激，但同時也害怕會辜負了他，如果按照杯子跟碟子來看，陽光的「感覺」可能比較像是阻力，而不是助力。

骨瓷杯盤組
地點：歐華公眾花園長椅
時間：十月三十一日……

尤萊麗雅終於從扶手椅上醒來，她用年邁白化的雙眼看著周遭，發現自己身處熟悉環境，且還沒死，燦爛的微笑立刻出現在她充滿皺紋的咖啡色臉龐上，她露出了還是白色的一嘴歪牙。

她心想：讚美耶穌讓我在天堂大門這邊又待了一天，然後她想起身時，關節炎讓她細瘦的雙腿刺痛了起來，害她也詛咒了耶穌幾句。她的確活著，但不怎麼靈活。她最近都必須睡在樓下的椅子上，樓上已成無人之地，所以她才準備搬家。他們說那叫避難所，她則覺得那叫認命，亮出一面慘白的旗子，不過，誰也幫不了她。分租套房，客廳與廚房共用，如果想吃，有人會準備三餐，為了避免尿床，床單上有塑膠墊。尤萊麗雅拖著腳步走進廚房，穿著拖鞋的雙腳滑行前進，手裡拄著的拐杖讓她看起來像上了年紀的越野滑雪選手。水正在煮，茶包擺在馬克杯裡，她開了後門讓陽光照進來。她的花園曾經讓她驕傲，她規劃、種植、滋養、珍愛這個地方，長達多年。不過，現在她管不動花園了，彷彿那是個任性的青少年，發狂亂來。門一開，喜鵲就出現在她腳邊。牠看起來好像過得不太順遂，大概剛從鄰居貓咪的魔掌下逃出來吧。不過，牠雙眼發亮，還輕輕地對尤萊麗雅發出聲音，不斷點著頭。

「羅西尼，早安，我的朋友。」這是他們之間的小玩笑。「我猜你想吃早餐了。」

牠跟著她跳進廚房，耐著性子等著她打開瀝水盤上的金屬罐，拿出一把葡萄乾。

「沒有我，你怎麼辦呦？」她一邊問，一邊將兩顆葡萄乾扔在廚房地上。鳥兒連忙吃掉，然後看著她，還要。

「我的朋友，出去了。」她說，然後將剩下的葡萄乾撒在門口的階梯上。

她拿著茶回到客廳，她只撐著一支拐杖，每一步都很危險，然後，她小心翼翼坐回椅子上。屋內滿是東西，有古怪、漂亮的便宜小裝飾品；閃亮的、絲絨的、神奇的、可怕的，什麼都有，不過，是該放開這些東西的時候了。這些東西是她的寶貝，命運由她決定。她不能統統帶走，但她也無法忍受她珍藏的物品統統被叫做戴夫的白色廂型車司機帶走，車身上還寫著「居家清潔，大掃除或小整理都是好工作」。再說，某些東西可能會讓她惹麻煩，某些東西……並不合法。唉，在這裡不合法啦。她櫥櫃裡有具白骨，不是說笑。

等到她把格子購物推車裝滿精挑細選的東西時，已經快中午了。她僵硬的四肢因為活動而潤滑，現在比較好行動了，她朝著公園旁的公眾花園前進。她不會把東西送掉，只要是能塞進推車裡的物品，她就到處擺，讓別人自己去找。其他的東西？誰也不該擁有。今天是上學日，公園跟花園都沒有什麼人，只有兩個人在遛狗，以及在演奏台上睡覺的可憐流浪漢。沒有人注意到尤萊麗雅將四個雪景玻璃球、一個兔子頭骨、一枚金色的懷錶，統統沿著裝飾噴泉的基座周遭擺放。更往裡頭走，兩根銀色的教堂蠟燭、填充黃鼠狼玩偶、黃金假牙，這些東西則偷偷放在戰爭紀念雕像的凹陷處裡。豬陰莖的木乃伊標本跟巴黎買回來的鍍金音樂盒擱在池塘邊的階梯上，沒有眼珠的中國新娘娃娃擺在孩子鞦韆旁邊的座位上。回到花園，水晶球在石頭小鳥戲水池裡打滾，上頭有烏鴉羽毛花結裝飾的圓頂硬禮帽放在日晷上面。黑檀大缽擺在梧桐樹下，樹葉是一片由緋紅、橘色與黃色組成的融化萬花筒。她一直繼續，直到推車將近清空，在她身後的打滑的小輪子上跳動。她在面向公園的木頭長椅上坐了下來，心滿意足地嘆了口氣。幹得真不錯，就差臨門一腳了，擺在她身旁椅子木條上的是骨瓷杯碟組，上頭有手繪的金色小點跟紫羅蘭。杯盤震動起來，因為兩條街外爆炸的餘震，一名郵差因此身亡，一名路人嚴重受傷。濃濃黑煙如同伸進午後天空的黑柱，尤萊麗雅露出微笑，想起自己沒有把爐火關掉。

「在水壺下打開爐火，茶葉加進茶壺，牛奶倒進牛奶壺。」

回到廚房，蘿拉笑著看陽光自言自語說起該怎麼泡茶，需要專注的時候，她就會自言自語。後門傳來敲門聲，佛萊迪沒有等人回話就直接進來。昨晚，蘿拉跟他談過，如果他願意，他可以繼續園丁的工作，還邀請他一起來廚房喝茶，不要老是一個人在花園裡喝茶。葬禮後，他好陣子沒來，他不在的時候，派杜瓦的命運還懸而未決。

邀請他來喝茶讓她自己都覺得訝異，但她理論道，也許常跟他交流，她就不會一直小鹿亂撞。因為她實在忍不住，還是覺得他愈來愈帥。

「兩顆糖，謝謝。」他說，還對陽光使了個眼色。她脹紅了臉，彷彿忽然在手裡的湯匙上看到什麼有趣的東西，一直低頭。蘿拉明白她的心情，這個偶爾會以絕佳效率修繕大宅且用心呵護花園的寡言男人實在讓人著迷。出了派杜瓦，蘿拉對他的生活一無所知，他沒有多說什麼，她也還沒有勇氣問，不過她承諾自己，她會鼓起勇氣的。他只會開口問需要做什麼，以及還有沒有餅乾而已。

「佛萊迪，這位是我的新朋友與助手，陽光。陽光，這位是佛萊迪。」

陽光把目光從湯匙上移開，注視著佛萊迪的雙眼。

「嗨，陽光，妳怎麼樣？」

「什麼怎麼樣？我十九歲，我是跳舞的蟹鴴[3]。」

佛萊迪笑了笑。「我三十五歲九個月，我是魔羯。」

陽光把一杯茶擺在佛萊迪面前，然後是牛奶壺跟糖罐，接著擺上了茶匙跟一盤餅乾、一罐洗碗精、一盒玉米脆片、一個打蛋器，以及一盒火柴。佛萊迪帥氣的臉上緩緩浮現笑容，露出完美的白牙齒，微笑立刻發展為從喉嚨深處發出來的大笑。無論陽光的考試是什麼，他都通過了，她在他身旁坐了下來。

「聖安東尼把所有的失物留給我們，我們必須把東西還給原本的主人，除了杯子跟碟子。」

「是這樣嗎？」

「對，沒錯。我該帶你去看嗎？」

「今天不行。我喝完茶、洗完杯子，然後還要趕去做下一份工作。不過，我下次來的時候，妳再告訴我，就這麼說定了。」

陽光差點露出微笑，蘿拉開始感覺到自己有點多餘。「陽光，安東尼的確是個

3.「跳舞的蟹鴴」（dancing drome）與英文唐氏症（Down's syndrome）發音類似。陽光雖有唐氏症，但喜歡玩文字遊戲。

很好的人，但嚴格來說，他不是聖人。」

佛萊迪喝完他的茶。「這個嘛，他也許是喔。妳沒聽說過派杜瓦的聖安東尼[4]嗎？他是失物的守護聖者。」

蘿拉搖搖頭。

「我沒開玩笑，這是真的，我上了五年的主日學。」他解釋起來。

陽光露出得意的微笑，現在她有兩個朋友啦。

19

蘿拉忙著擺脫舊生活，一切都亂糟糟的。她把一箱垃圾扔進外頭的垃圾箱裡，用力關上蓋子，塵土噴得她一臉都是。她已經整理到最後一批從公寓帶過來的東西了，很多物品自從她離開與文斯一起住的房子後，就沒有打開過。如果她在過去將近六年左右的時間都用不上這些東西，她現在肯定也不會用。附近的二手慈善商店也許會很歡迎她的某些「垃圾」，但那樣就要出門一趟，蘿拉很不想跑，她說服自己：「我現在實在太忙啦……」藉口都還沒說完，她就想起安東尼信上的文字：「派杜瓦之外還有一整個世界，值得妳偶爾出門看看。」一陣罪惡感襲上心頭，改天吧，她向自己承諾道。

她用手抹抹臉上的灰塵，然後再抹在牛仔褲上。老天，她真髒，該洗澡了。

「妳好，妳在這裡工作嗎？」

提問的是一名長腿金髮女郎，她出現在屋子旁邊的小徑，身穿緊身牛仔褲、淺粉紅色的麂皮樂福鞋，上頭還有怕人家看不出來是名牌的GUCCI馬銜金屬裝飾，完

4. 這裡指的是「帕多瓦的聖安多尼」（Sant'Antonio di Padova），也作「里斯本的聖安多尼」。

美搭配喀什米爾毛線衣。蘿拉錯愕的神情讓這位年輕女性以為她要麼就是外國人，要麼就是頭腦簡單，不然就是聽不見。她又試了一次，這次講得很慢也講得很大聲。

「我要找園丁小迪。」

謝天謝地，此時，園丁他本人出現了，漫步穿過花園，將一木箱剛挖出來的馬鈴薯擺在蘿拉腳邊。

「親愛的小迪！」

年輕女性用雙手繞在他的脖子上，熱情與他接吻。佛萊迪溫柔掙脫出來，牽著她的手。

「費莉絲蒂，妳在這裡做什麼？」

「我來找我親愛的男朋友去吃午餐。」

佛萊迪笑了笑，他看起來有點不自在。「費莉絲蒂，這位是蘿拉。蘿拉，這位是費莉絲蒂。」

「我想也是。」蘿拉點點頭，卻沒有要向她握手的樣子，這樣也好，因為費莉絲蒂不習慣跟「管家」握手。這對佳人手牽手離開了，蘿拉將馬鈴薯拿回廚房，重重將木箱摔在餐桌上。

「真他媽見鬼！」她火冒三丈。「我看起來像在這裡工作嗎？」

蘿拉看到自己在走廊鏡子的倒影，不得不重新思考。水玉頭巾把她的頭髮向後扭得亂七八糟，臉上還有汙痕，身穿寬大的毛衣，她看起來的確像現代女幫傭。

「可惡！」

她重重跑上樓，花了不少時間沖了個熱熱的澡，但之後當她裹著浴巾，坐在床上的時候，顯然清水只成功洗去髒汙，卻無法澆熄她的怒火。她吃醋了，雖然她死也不承認，但她的確吃醋。看到那討厭的女人親吻佛萊迪徹底惹毛了她，蘿拉望著自己在梳妝台鏡子的倒影，揚起眉毛，露出愚蠢的笑容。

「如果**我**要，我也可以出門。」

就這樣，她**要**出門吃午餐。安東尼希望她多出去，所以她這就出發。就是今天，就是現在。

「月空」是一間半正式酒吧，期待客人會打領帶。餐廳跟聖路加教堂距離不遠，意味著這裡是熱門葬禮後的提神地點，也是婚禮前準備、打扮的好所在。蘿拉點了威士忌蘇打水、香草炸魚條配現切愛德華國王馬鈴薯塊及清爽的塔塔醬。她選了面向吧檯貼牆的雅座座位，她出色的表現幾乎在她離家那一刻就開始崩壞，原本該是犒賞自己一頓的大餐成了必須容忍的時刻，彷彿是在尖峰時刻以龜速爬行或是去看牙醫一樣的酷刑。蘿拉慶幸自己到得早，還能坐在雅座，也慶幸她記得帶本書裝飾，免得有人想來搭訕她。過來的路上，她忽然擔心起佛萊迪跟那個聒噪的費莉絲蒂可能也來這間店吃飯，雖然這個念頭讓她害怕，她還是固執到沒有回頭。於是，她坐在這裡，大白天喝酒，這點對她來說史無前例，還假裝讀著一本她根本沒有興趣的書，等著她根本不想吃的午餐上桌。一切都只是為了證明她可以，且不要讓安東尼失望。她想到她現在可能在家刷鍋子，這麼荒謬的念頭讓她忍不住露出微笑。

客人魚貫坐進酒吧，就在女服務生將她那份看起來很厲害的炸魚薯條端上桌來時，蘿拉隔壁的座位也有人坐進來，然後是一連串噴氣、喘氣、脫外套、放購物袋的聲音。她的新鄰居開始讀起菜單來，蘿拉注意到那是傲慢霸道的女低音瑪嬌莉·沃絲蓋蘿跟她慌張不安的跟班維妮·克里普。兩位小姐點了波特菇春雞濃湯之後，互敲琴湯尼玻璃杯，開始討論起《開心鬼》（Blithe Spirit）這齣他們業餘戲劇社團最近正在排演的戲。

「當然，嚴格來說，我的年紀還不足以扮演雅卡提夫人。」瑪嬌莉如是說。「但這個角色要求演員要演得細緻，演技還要有廣度，所以我猜在艾維亞的出場人物安排下，就剩我能演這個角色了。」

「對，親愛的，就是妳了。」維妮同意。「吉莉安是很專業的服裝及彩妝師，不費吹灰之力，她就會讓妳看起來變得很老。」

瑪嬌莉不確定她該對這話感到愉快與否。「嗯，她這麼喜歡戴緞面小帽，看起來是挺『專業』的。」她暴躁地說。

「妳真淘氣！」維妮咯咯笑了起來，女服務生端著雞肉蘑菇湯跟「各式手工麵包」過來時，她又連忙安靜下來，忙著在湯裡撒鹽、在麵包上抹奶油時，兩人有短暫的寧靜。

「要我扮演伊蒂絲，我覺得有點緊張。」維妮坦承：「這是我至今演過戲分最重的角色，要記的台詞不少，還要端著飲料走來走去。」

「妳是指『舞台動作』與『走位』，維妮，用正確的術語講話很重要。」瑪嬌莉咬了一大口雜糧麵包，若有所思地咀嚼起來，然後說：「親愛的，我是不會太擔心啦。畢竟伊蒂絲只是個女僕，所以妳不用真正演到多少戲。」

蘿拉吃完午餐，要求買單。就在她收拾東西準備離開時，她們提到一個熟悉的名字，吸引了她的注意。

「我相信傑佛瑞能演查爾斯．康多邁，但如果安東尼．派爾杜年輕一點，他就是最適合演這個角色的人了，又高又帥，黝黑，還很迷人。」瑪嬌莉的聲音聽起來可以說是充滿懷念。

「而且他在真實生活裡還真是個作家。」維妮加油添醋地說。

瑪嬌莉的舌頭忙著把卡在假牙底下的一顆穀物挖出來，成功之後，她繼續說：「他把所有財產留給他那個脾氣古怪的管家蘿拉的確是有點奇怪。」

「嗯，案情肯定不單純，對不對？」維妮就喜歡用八卦配午餐。「如果**那兒**案情不單純，我肯定不會訝異的。」她意有所指地說，很高興自己講了雙關語。

瑪嬌莉喝完最後的琴湯尼，示意要女服務生再送一杯來。

「這個嘛，我猜她的工作大概不只有打掃跟吸灰塵吧。」

蘿拉原本打算避開她們，但她卻厚著臉皮對她們微笑。

「法雷西奧。」她說：「每個星期五。」

沒有多解釋，她就離開了。

維妮轉頭面向瑪嬌莉，露出不解的神情。「那是什麼玩意兒？」

「義大利文。」瑪嬌莉用餐巾紙點點嘴巴，說：「我在餐廳也品嘗過一次。」

5

陽光將唱針擺在旋轉的黑膠唱盤上，得到的是美國藍調歌手伊特・珍悅耳的歌聲，火辣又豐厚，有如煙燻紅椒粉。

進了廚房，佛萊迪坐在餐桌邊，蘿拉正在準備午餐的三明治。

「她品味很好。」佛萊迪朝音樂的方向點點頭。

蘿拉微笑。「她在挑我們撒安東尼骨灰時的音樂，她說就跟電影一樣，狗狗得到了骨頭，時鐘暫停了，因為聖安東尼過世了，但他跟特芮絲會永遠在一起。只不過她稱她為『繁花聖女』，我跟你同樣不懂為什麼。」

她把小黃瓜切成透光的薄片，把鮭魚罐頭裡的液體倒掉。

「她也想致詞，但我不確定我們能不能理解。」

「我相信我們都聽得懂。」佛萊迪轉起一支擺在桌上的茶匙。「她只是有她自己講話的方式，她知道我們都用哪些字眼，但我猜她只是更喜歡她的措詞而已。」

蘿拉將手上的一抹奶油舔掉。她不習慣跟佛萊迪聊天，他的溝通方式通常只是

5. 法雷西奧（Fellatio），為義大利文的「口交」。

點頭、聳肩跟哼聲的組合而已。不過陽光可不來這套，她用她那嚴肅的雙眼、柔軟潤澤的嗓音，如同弄蛇人一樣讓他乖乖開口說話。

「但這樣不是讓她的生活變得更辛苦了，讓她更遠離……」

蘿拉沒講下去，她的思緒陷入政治正確的字眼選擇上。佛萊迪思量了她的話語，卻沒有批判。「妳是指，讓她更遠離『正常人』？」

輪到蘿拉聳肩了，她根本不曉得自己在說什麼，她只知道陽光在學校有幾個朋友，但在附近公園鬼混、喝廉價蘋果酒、破壞盪鞦韆、找人上床的不良青少年曾經無情嘲笑過她。那些人正常嗎？如果他們算正常，陽光為什麼會想要跟他們一樣？佛萊迪把茶匙平放在食指上，保持平衡。蘿拉繼續準備三明治，沒好氣地將它們切成三角形。現在他會怎麼想她？偏執？白癡？也許她是。她愈見佛萊迪，愈覺得他對她的觀感很重要。蘿拉原本邀情佛萊迪休息時來廚房是為了要促進彼此之間更為輕鬆的關係，目前還不算成功，但一整天下來，她最期待與他共處的時光。

佛萊迪小心翼翼將茶匙放在面前，然後整個人向後靠，椅子前方的兩根椅腳懸空，她掙扎要不要請他坐好。

「我覺得那是一種偽裝。」他又恢復了四根椅腳在地上的坐姿。「她講話的方式。就跟傑克遜．波洛克的抽象『滴畫』一樣，這麼多滴濺的顏料，就算不小心畫錯了，別人也都看不出來。如果陽光講錯話，我們永遠也聽不出來。」他面露微笑，搖搖頭說：「真是天才。」

這時，天才她本人走進廚房找午餐吃。蘿拉還在思考佛萊迪的話，園丁用傑克遜．波洛克作為語言學的象徵實在有點超出她的預期，再次讓她覺得他的確是個令人費解的男人。蘿拉只急切地更想多了解他一點。

「對了。」佛萊迪對蘿拉說：「那部電影是《妳是我今生的新娘》。」

陽光笑了笑，在她最新結交的朋友身邊坐下。

午餐之後，他們全部前往書房。陽光急著把安東尼的失物博物館展示給佛萊迪看，蘿拉則考慮問他對於把東西還給失主有沒有什麼想法。她每次走進書房，這裡感覺都堆得滿滿的，沒有空間，只有失物，而她覺得自己變小了，縮水了，無力了。層架似乎在哀嚎，威脅即將崩塌，抽屜櫃會斷裂，卡榫脫落爆炸，她擔心雪崩的失物會埋了她。對陽光來說，這裡根本是寶庫。她輕撫、擁抱這些東西，對自己說話，也許是在對物品講話，然後用陶醉的神情讀起標籤。佛萊迪的訝異很恰當。

「誰想得到吶？」他低聲地說，環視四周。「這就是為什麼他出門都會帶袋子的原因。」

微弱的十月陽光無力照進蕾絲窗簾的花朵、樹葉格屏之中，整個房間暗暗的，充滿幽影。他拉開窗簾，一束陽光照亮在書房打轉的灰塵微粒。

「咱們把東西照亮一點，好嗎？」

陽光帶他到處參觀，彷彿是得意的策展人正在展示精美的藝術品。她讓他看鈕釦、戒指、手套、泰迪熊、玻璃義眼、首飾、一片拼圖、鑰匙、零錢、塑膠玩具、鑷子、四副假牙、娃娃的頭，而這只是一個抽屜裡的東西而已。上頭畫有紫蘿蘭的奶油色杯子與碟子還擱在桌上，陽光拿起杯碟，交給佛萊迪。

「漂亮吧？女主人不想要回去了，所以蘿拉可以留著喝好喝的茶。」

蘿拉打算反駁，但陽光臉上篤定的神情讓話語消失在蘿拉嘴邊。

「那就給妳囉。」

蘿拉從他手中接下杯碟，他的手指碰觸到她的手，他還與她四目相視了一會兒，才將目光移開，坐在安東尼的椅子上。

「然後妳要想辦法擺脫這些東西。」他對空間張開雙臂。「送回原本的主人身邊？」他的語氣相當平靜，彷彿這巨大艱難任務與他無關似的。

「概念是這樣沒錯。」蘿拉說。

陽光看著從剛剛開抽屜裡掉出來的東西分神，她從地上將其撿起，卻立刻鬆手，還發出痛苦的尖叫聲。

深藍色真皮女用右手手套

地點：牛橋橋墩的草地邊

時間：十二月二十三日……

太冷了，冷到下不出雪來。蘿絲抬頭望著暗色的天空，透著光芒的是窗格般的星子及皎潔的弦月。她已經快速步行了二十分鐘，但她雙腳麻痺、手指凍僵。太慘了，哭都哭不出來。她快到了，謝天謝地，沒有車輛經過，沒有人讓她分心，沒有人打算插手。現在要思考已經來不及了，已經走到這步田地。就是這裡了，橋下就是一處淺淺的青草水岸。她拆了一隻手套，從口袋裡拿出一張照片，她親吻畫面裡對著她笑的小女孩。太黑了，看不清楚，但她曉得她在。「媽媽愛妳。」在青草斜坡上，她沒戴手套的那隻手緊緊揪著有如剃刀的冰冷野草，底下是泥板岩。「媽媽愛妳。」她低聲地說，而遠處的亮燈劃破黑暗，欄杆開始震動。太苦了，活不下去了。

「太苦了，活不下去了。那位女士死了。」陽光想要解釋的時候，渾身顫抖。佛萊迪把她拉到身邊，用力捏捏她。「我覺得妳需要來杯好喝的茶。」

他在陽光嚴密的監督下泡了茶，兩杯茶跟一枚果醬夾心奶油酥餅下肚後，她試著繼續跟他們解釋。

「那位女士很愛她的小女兒，但她很難過。」她只能講出這些話。

蘿拉覺得很不安。「陽光，也許妳之後最好不要再進書房了……」

「為什麼？」

蘿拉猶豫了一下，她一方面不希望陽光插手太多，她曉得這樣很自私，但她急著想要想辦法讓安東尼及她的父母在死後替她感到驕傲。這是她終於能夠證明自己的機會，她不希望有任何分心的理由。

「免得裡頭還有其他讓妳難過的東西。」

陽光固執地搖搖頭。「我現在好了。」

蘿拉一臉不信的模樣，但陽光言之有物。

「如果妳從來不傷悲，妳又怎麼曉得開心的滋味為何？」她問。「而且，再說，每個人都會死。」

「我覺得她將了妳一軍。」佛萊迪咕噥著說。

蘿拉用不情願的微笑坦承失敗。

「不過，」佛萊迪繼續說：「我想到讓妳開心的方法，我有個點子。」

21

陽光站在日晷旁邊，她穿著粉紅色的毛呢大衣跟上頭有銀色亮片的帆布靴。陰冷的十月下午慢慢流逝，空蕩蕩的天邊有一抹橘紅的色調，日落即將逼近。在陽光的指令下，佛萊迪播放音樂，然後走到蘿拉身旁，跟她一起走在燭光搖曳的「紅毯」上，陽光等著開始舉行儀式。佛萊迪用素雅的木罐盛裝安東尼的骨灰，蘿拉拿著一盒花瓣及花園房間裡那張特芮絲的照片。蘿拉掩住笑意，配著一定會出現的艾爾．包利歌聲緩慢前進。

陽光把一切細節都規畫好，唱機擺好角度，這樣佛萊迪只要靠在窗邊就能方便操作，而花瓣及玫瑰香味蠟燭也是特別安排的。陽光原本想要等到玫瑰花開花時進行，但蘿拉實在無法忍受讓安東尼的骨灰繼續在架上枯等九個月，她不能攔著他與特芮絲重聚，讓陽光妥協接受玫瑰香氛蠟燭跟花瓣也不是什麼容易的事。佛萊迪跟蘿拉走到陽光面前，艾爾．包利唱起最後一段，這是蘿拉第一次仔細聆聽歌詞。

內容很像是在寫安東尼與特芮絲的故事，陽光停頓了很久，製造戲劇效果，然後才望向她握在手裡的紙張。

「有『凝』的各位，在上帝的關照及命運的捉弄下，今天我們齊聚一堂，參加聖安東尼——」她敲敲他的木罐。「——以及繁花聖女——」她比了比特芮絲的照片。「——『審慎』的結合。繁花聖女會成為聖安東尼合法的妻子，從今以後，無論順境或逆境，貧窮或富有，且在來生之年裡相愛相守相扶持。都是『相』開頭呢。」她得意地對自己說。

她又停頓了一下，這次停很久，讓人感覺有點不舒服，但無疑是在強調這個場合的莊嚴肅穆。

「塵歸塵，土歸土，兒子歸兒子。我們曉得湯姆上校是隻猴子，我們今天可以當英雄。」

她靠向前，用大家都聽得到的「低語」對佛萊迪、蘿拉講話：「現在你撒骨灰，妳撒花瓣。」但她隨即又想了想，說：「跟我來！」

他們成了一條古怪的小小縱隊，在玫瑰花園裡穿梭，陽光帶領他們進出看起來荒蕪的灌木叢，夏季的華麗已經消縮成濕淋淋的破布袋，轉黃的樹葉固執地不肯放手。佛萊迪跟著陽光，輕手輕腳清空木罐，蘿拉跟在他身後，把花瓣撒在安東尼那一小把灰色的骨灰上時，還小心翼翼避開反衝的氣流。蘿拉覺得「撒骨灰」這種事聽起來很虛無飄渺，但她仔細想想，其實滿像清空吸塵器集塵袋。等到木罐終於倒完，陽光再次望向她的紙張。

「他是她的北南東西，她的工作週期，她的短袖上衣。他們以為能夠相愛相依，沒錯，直到時間完訖。」

佛萊迪對她使了個眼色，燦笑地低聲說：「還押韻呢。」

陽光沒有受他影響。「我現在宣布你們成為夫妻。上帝跟陽光結合的，不可分開，也不會有人偷走他們的光火。」

她向佛萊迪點點頭，他跑向唱機。

「現在新郎跟新娘要跳第一支舞。」

隨著消逝的太陽將冰藍色天空染紅，一羽黑鳥的啼叫回響在逐漸明顯的暮色之中，預告著潛行徘徊的虎斑貓，而伊特・珍唱起〈終於吶〉。

當最後的音符在冷冽的空氣中悶燒時，蘿拉轉頭望向佛萊迪。他直直望著她，兩人四目相視，他面露微笑。蘿拉正要去收拾燭火，但陽光還沒結束呢，她又拿起那張紙，清了清嗓。

「復活在我，光明也在我，耶穌對他說，信我的人雖然死了，也必復活。我道晚安，他也道聲晚安。」

這天晚上，蘿拉上床睡覺的時候，她覺得房間有點不太一樣，也許是變暖和了，也許只是因為她、佛萊迪、陽光為了慶祝特芮絲與安東尼的結合，喝了一點小酒。梳妝台上的東西都擺得整整齊齊，小小的藍色時鐘也跟平常一樣停在十一點五十五分。她替時鐘轉好發條，這樣明天時鐘才會在同一時間停下來。她拉上窗簾，轉身上床。

床單上居然有玫瑰花瓣。

22

尤妮絲

一九八七年

貝蒂走在他們前面，巡視公園裡有沒有不受歡迎的人。牠偶爾會轉過頭看看他們有沒有乖乖跟上，牠毛毛的小臉會糾結成誇張的眉頭。牠的名字來自一位跟牠長得很像的演員，但他們後來都叫牠「珍寶貝」，也是出自於這位演員令人印象最深刻的角色。

道格拉斯的死讓轟炸機定格。他把小小的狗抱在懷裡，直到牠嚥下「全劇終」的最後一口氣，牠柔軟的皮毛變得冰冷古怪。尤妮絲痛苦哭喊，但轟炸機沒有掉眼淚，只有直坐著，哀傷的烏雲籠罩著嚥下淚水的他。道格拉斯身影的空白出現在辦公室裡，每天都讓人難過。一名戰友離去，甜甜圈總是買多，但尤妮絲繼續生活，一開始呈現自動導航狀態，但還是持續前進。轟炸機墜毀燃燒，他借酒澆愁，醉倒入睡。

最後，只有一個人能夠鑽進他的心房。實在很難說轟炸機跟尤妮絲誰比較愛湯姆．克魯斯，看著他大搖大擺戴著雷朋墨鏡走下摩托車、走進酒吧、踏上飛機。去年

《捍衛戰士》在戲院上映時，他們連續三晚都跑去看。道格拉斯過世三週後，尤妮絲跑去轟炸機的公寓，用備用鑰匙開門，將他哀傷的屁股從床上踢下來。他坐在廚房餐桌邊時，淚水終於沿著他的臉龐滴進尤妮絲泡的黑咖啡，她握起他的手。

「老天，轟炸機，牠多愛跟你一起翱翔。不過沒有你，牠也要飛。就算不喜歡，但牠還是飛走了。」

隔天，轟炸機清醒走進辦公室，隔一個禮拜，來自巴特西流浪動物之家的珍寶貝就抵達了。牠是一團霸道的黑色與金色毛球，珍寶貝不喜歡甜甜圈，他們第一次給牠吃甜甜圈時，牠不屑地嗅了嗅，然後把頭撇開，彷彿那是什麼討人厭的東西。珍寶貝喜歡維也納夾心奶油酥餅，對流浪狗來說，牠的品味相當高貴。

小小的哈巴狗鼻子湊進草地上的洋芋片包裝袋時，尤妮絲抬頭望向轟炸機，幾乎又認得他了。他的哀傷讓他眼下掛著大大的黑眼圈，還在他臉頰上擰了幾下，但他的微笑正在暖身，他的肩膀正從哀傷的彎腰駝背之中開始伸展挺起。珍寶貝無法取代道格拉斯，但牠能夠讓人分心，而且，如果珍寶貝每次都得逞，牠通常都這樣，尤妮絲相信牠最後肯定會成為一位超級巨星。

回到辦公室，尤妮絲煮水泡茶，轟炸機查看信件。珍寶貝躺在牠的靠墊上，頭擺在前肢上，準備好要進行享用甜點這種艱難的任務。尤妮絲端著茶過來的時候，轟炸機在空中揮舞著一本薄薄的短篇故事集，這是他們競爭對手出版社寄來的。

「《有失有得》，作者是安東尼．派爾杜。嗯，我聽說過這本書，賣得還不錯，真不曉得為什麼老好人布魯斯要寄這本書給我。」

尤妮絲拿起附在書裡的字條，說：「幸災樂禍。」

「轟炸機，」她讀起字條：「請接受這本短篇故事集的成功。老傢伙，你有過你的機會，你搞砸了！」

轟炸機搖搖頭。「不曉得他在講什麼。如果這個作家派爾杜先寄給我們，我們肯定會一把咬住不放。布魯斯是髮膠噴太多，腦子都壞了嗎？」

尤妮絲拿起書本，翻了幾頁。作者的名字跟書名如同兩塊打火石，點燃模糊回憶的火花，是手稿嗎？尤妮絲爬梳自己腦袋，但感覺好像是在水缸裡咬蘋果，當她以為她的牙齒咬到蘋果皮的時候，蘋果又漂走了。珍寶貝發出誇張的嘆息，牠的蛋糕「遲到」了，牠餓到發軟。尤妮絲大笑起來，搓揉牠頭上那層柔軟的鬈毛。

「小姑娘，妳真是個天后！妳會變肥，到時就不准吃蛋糕了。運氣好的話，只能去公園跑步，偶爾啃啃芹菜梗。」

珍寶貝抬頭哀傷望著尤妮絲，有如黑鈕釦的大眼睛外頭有一圈長長的深色睫毛。每次都奏效，她終於去拿蛋糕了。

就在牠舔著嘴巴，期待還有剩下的鮮奶油時，電話響了起來。每響一次，牠就跟著急迫地叫一次。珍寶貝加入後，牠立刻擔任管理職位，而牠紀律嚴明。轟炸機接起電話。

「媽。」

他聆聽了一會兒。尤妮絲看著他的神情，立刻曉得這通電話不是什麼好消息。

轟炸機站了起來。

「妳要我過去嗎？如果妳要，我現在就可以過去。別傻了，媽，當然不麻煩。」

肯定是在講高弗瑞，可愛、友善、風趣、充滿紳士氣息的高弗瑞，他的失智症讓他漂浮。曾經雄偉的大帆船經過歲月的侵蝕而破爛，沒辦法繼續行駛其航線，只能留待風雨及暴風的摧殘。上個月，他讓家裡失火，卻又同時讓家裡淹大水。他打算泡澡，放了一缸水，但他忘了這回事，他跑去樓下烘襯衫，結果卻把衣服留在雅家爐高溫鐵板上，跑去鎮上買報紙。等到葛瑞絲從溫室回來的時候，樓上浴室的水從廚房屋頂滲下來，碰巧澆熄了襯衫正要引發的大火，她實在不知道是該哭還是該笑。不過，她拒絕任何援助。他是她丈夫，而她愛他，她承諾過「無論生老病死」，直到死亡讓我們分開的那一天。她無法接受讓他住進室內裝潢包括便盆椅的安養之家，只不過……這次他跑走了，好吧，比較像是遊蕩吧。經過葛瑞絲一個小時在鎮上瘋狂的尋找後，她回家打電話報警。她在自家柵門口時遇到教區牧師，他正要去拜訪一位居民，碰巧在路上遇到走在路中間的高弗瑞，他將掃把壓在胸前，彷彿那是一把來福槍，頭上戴著葛瑞絲的貝雷帽。他告訴艾多史托普牧師，經過週末休息後，他要回部隊了。

轟炸機掛斷電話，無奈地嘆了口氣。

「要我陪你去嗎？還是我跟珍寶貝留守堡壘？」

在他能回答前，門鈴響了。

波夏用異常冷靜的反應聽取父親最近一次的冒險，她不肯跟轟炸機一起去看爸媽，更別說提供任何協助或支持。轟炸機實在沒有辦法打破她那無情的冷漠。

「妹仔，這很嚴重。我們不能期待媽每分每秒盯著他，他可能會傷害自己。要不了多久，他也可能會傷害媽啊，希望上帝保佑。」

波夏望著自己紅色的指甲，她剛剛才去做指甲，心情大好。甚至還給美甲女孩一英鎊的小費。

「然後呢？你覺得我能怎麼辦？他該去安養之家。」

「他**是**在家，在家安養。」尤妮絲低聲地說。

「噢，小妮子，閉嘴，這不關妳的事。」

「至少她在乎！」轟炸機沒好氣地說。

轟炸機的斥責刺傷了她，父親的病情讓她暗自懼怕，波夏只能用她熟知的唯一方法回應，那就是侮辱。

「你這個沒心沒肝的混蛋！我當然在乎他，我只是中肯了點。如果他會造成危險，我們就該找個地方把他關起來。至少我有種說這種話，你總是一點骨氣也沒有，就會順著爸媽的毛摸，一次也不敢跟我一樣站起來面對他們！」

珍寶貝看得出來場面逐漸失控，牠不能接受別人對牠的朋友用這種語氣講話，牠發出不滿的低吼聲。波夏尋找告誡之聲的來源，看到了準備開戰的好鬥小哈巴狗。

「那個令人作嘔還會在枕頭上尿尿的傢伙在這幹嘛？另一個小怪物終於死了，我以為你受夠了呢。」

尤妮絲轉過頭望向安然放在轟炸機桌上的盒子，無聲地道歉，裡頭是道格拉斯的骨灰。她還在思索該如何讓這個討厭的女人感到適當也難受的痛苦時，珍寶貝已經決定好了。牠以覓食的獅子鎖定慌張瞪羚的威脅姿態從墊子上起身，用最銳利的目光看著波夏，然後提高音量怒吼，直到全身都跟著震動。牠翻起嘴唇，露出小顆但還是很好使的牙齒。波夏朝狗狗揮手，卻沒有用，珍寶貝繼續前進，目光盯著獵物，低吼現在還加上了誇張的吠嚎。

「呿！呿！坐下！」

但珍寶貝持續前進。

在地板另一端的波夏以有失尊嚴的姿態投降撤退，還用很不淑女的髒話砲火連擊。

轟炸機開始收拾東西。

尤妮絲再次提出協助。「如果你要，我可以陪你去。」

他感激地笑了笑，但搖搖頭。「不、不，我一個人沒事的，妳留下來照顧夫人。」他一邊說，一邊伸手撫摸珍寶貝耳朵，狗狗則抬頭用充滿愛意的目光看他。

「至少我們曉得這是真的。」語畢他還露出淘氣的笑容。

「什麼？讓波夏吹暖氣、穿高跟鞋只是浪費？」

他搖搖頭，輕輕用手拉起金色的狗掌。

「誰也別想把珍寶貝困在角落！」

尤妮絲譏笑起來。

「還在背《熱舞17》的台詞啊？派屈克．史威茲可以出門了！」

23

「安東尼．派爾杜的《有失有得》，我就知道家裡有這本書！」

蘿拉得意走進廚房，揮舞著薄薄的短篇故事集。原本俯首於餐桌上筆記型電腦的佛萊迪抬起頭來，他從她手裡接過書本，翻了幾頁。

「寫得好嗎？」

「要看你的好指的是什麼。」蘿拉在他對面坐了下來。「書賣得很好，顯然安東尼當時的出版商非常高興。我似乎記得他是個很古怪的小矮子，他來過家裡一、兩次，每次髮膠都噴太多。」

「太多！」佛萊迪爭論起來：「我覺得只要噴髮膠都算太多，除非你是美國鋼琴歌手列勃拉斯或交際舞舞者。」

「這叫做會打理門面的男人，」蘿拉笑了笑。「但我不會說這是你的強項。」她看了看碰到他襯衫衣領的深色亂糟糟鬈髮，還有他臉上一圈強調陰影的鬍碴。

「不需要。」他對她使了個眼色。「我是天生帥。」

蘿拉暗自同意這個說法。噢，老天，她希望她沒表現出來，但她也許點了頭？她感覺到洩漏她心情的脹紅沿著她的脖子向上爬。可惡！也許他會以為她是更年期到了。可惡、可惡！他**會**以為她更年期到了，中年婦女，準備好要穿寬鬆的大內褲、棉絨睡衣跟潮紅。她才沒有呢，事實上，她還要出門約會呢。

「但妳覺得這書寫得好嗎？」

佛萊迪開口。

「抱歉，飄走了，你說什麼？」

佛萊迪在她面前揮舞著書本。「《有失有得》，妳覺得寫得怎麼樣？」

蘿拉嘆了口氣，將手攤放在面前桌上。

「我覺得很安全。文筆一如往常優美，但內容失去他原本的鋒芒，對我來說有點太『從此過著幸福快樂的日子』了。彷彿是他只要替別人寫了足夠的圓滿結局，他也能得到自己的幸福一樣。」

「但幸福一直沒有來？」

蘿拉露出哀傷的笑容。「直到現在。」

只能祝他好運囉。

「所以他才停止寫作嗎？」

蘿拉搖搖頭。「不，他根據那些失物寫了好幾本這種短篇故事集，我現在可以假設那些東西是他的靈感來源。一開始，他寫的都是正面的故事，令人愉快，賣得很好。古怪的出版社老闆布魯斯無疑很滿意這些故事帶來的收益，不過，隨著時間過去，故事變得愈來愈黑暗，角色變得矛盾，甚至充滿缺陷。圓滿結局慢慢變成令人不舒服的謎團與未解的問題。當然這一切都是在我來之前發生的，但當我有機會讀這時期的故事時，我覺得更精采，且更像他早期的作品，提供讀者想像及思考的空間。安東尼告訴我，布魯斯氣炸了，他只想要『親切』的故事，甜膩的文學檸檬茶，不過，安東尼給他的卻是苦艾酒，後來布魯斯就不肯出他的書了。」

「安東尼沒去找另一間出版社？」

「這我就不知道了。等到我開始替他工作的時候，他似乎只為自己寫作，而不在乎讀者了。最後，除了偶爾的信件以外，我也沒有幫他繕打什麼故事了。」

蘿拉從桌上拿起書本，溫柔撫摸封面。她想念她的老朋友。

「也許我們可以用『有失有得』這個名字叫網站。」

網站是佛萊迪的主意。一開始，蘿拉沒有把握，多年來，安東尼拒絕科技入侵他寧靜的家，而在他死後沒多久就對網路巨獸及其醜陋的親戚敞開大門，感覺像是侵犯了安東尼一樣。不過，佛萊迪還是說服了她。

「安東尼請妳保留下來的就只有玫瑰花園，他把房子留給妳，因為他知道妳會做對的事。現在這裡是妳家了，雖然是有附帶條件，但安東尼信任妳，相信妳能想出把失物歸回原主的好方法。」

網站會是一個巨大、虛擬的失物部門，大家可以上網瀏覽安東尼找到的東西，然後取回屬於自己的物品。他們還在思考網站的細節，包括名稱。

「有失有得，太無聊了。」陽光從書房走進廚房，尋找餅乾。「我該來泡好喝的茶嗎？」

佛萊迪開心誇張地搓揉雙手。「還以為妳都不會開口呢，我跟詹姆士．龐德的馬汀尼一樣乾。」

陽光在水壺注水，小心翼翼放在爐子上。「飲料是濕的，怎麼可能會乾呢？」

「孩子，真是個好問題。」佛萊迪如是說，心裡想的是：我也不知道答案是什麼，我這個豬頭。

蘿拉拯救了他。「那叫失物王國怎麼樣？」

陽光不滿地皺皺鼻子。「聖安東尼守護所有的失物，他是守護人，現在妳也是了，我們應該把網站叫做『失物守護人』。」

「太讚了！」佛萊迪說。

「餅乾呢？」陽光問。

蘿拉從美髮沙龍回來的時候，佛萊迪剛好要離開。

「妳看起來不一樣了。」他用近乎指責的語氣說：「妳換新毛衣了？」

她樂得踹他一腳。她的毛衣已經穿了好幾年，上頭有很多汙點可以證實。她花了人生裡美好的兩個小時跟七十英鎊，剪了頭髮，染了美髮師伊莉絲口中的閃亮低調古銅色。離開沙龍的時候，她做作地甩了甩亮麗的栗子色秀髮，她覺得自信滿滿，心情一百分。現在，不知怎麼著，她覺得自己好像浪費了這筆錢。

「我剛做了頭髮回來。」她咬牙咕噥地說。

「噢，對，那一定是這樣。」他說，然後開始在背包裡尋找車鑰匙。找到了，他對她閃過愉快的笑容，然後往門口走去。

「那我走了，明天見。」

門在他身後關上，蘿拉朝竹製傘架鬧脾氣踹了一腳，裡頭的東西統統掉在地上。她在撿起散落的雨傘跟拐杖時，告訴自己，反正她又不是為了佛萊迪才做頭髮的，所以他沒注意到也沒什麼關係嘛。

上了樓，蘿拉欣賞起掛在衣櫥門上的黑色新洋裝。根據接下蘿拉信用卡的銷售員小姐所言，這件洋裝優雅、有品味，就蘿拉的年紀來說，露出來的腿跟乳溝形成恰當好處的性感比例。蘿拉覺得衣服太緊又太貴了，她今晚只能吃一點點，還得確保食物殘渣別沾到衣服。

跟她約會的人叫做格蘭，他是文斯的地區銷售經理，她在「月空」用完午餐後，於停車場巧遇他。他們曾在車商聖誕晚宴及其他社交場合上見面多次，當時她還是文斯的太太，而他也是珊卓的老公。現在，她不是了，他最近也才恢復單身，於是他開口約她。那天她第一次與費莉絲蒂見面，心想，有何不可呢？就答應了。

但她現在沒那麼有把握了，在她掙扎穿進洋裝，再次望向鏡裡新髮型時，她開始質疑。根據沙龍椅常成為客人告解場所的伊莉絲所言，蘿拉是街坊最近最愛掛在嘴邊的話題。安東尼在世時因為是出過書的作家，多少在鄰里間小有名氣。雖然不太公平，但他死後，他的身後事自然也大剌剌地攤在公眾面前。大家對於蘿拉跟他的觀點從「不安好心等著替安東尼送終」及「淘金的蕩婦」到「忠實的朋友及理所當然的繼承人」以及「前傳統愛爾蘭舞蹈比賽國家冠軍」都有。

「但我猜莫瑞斯太太把妳跟別人搞錯了。」伊莉絲坦承：「唉，她已經八十九歲了，只有在禮拜四才吃甘藍菜。」

蘿拉心想，也許她根本不該出門約會，大家會覺得安東尼死後，她享受生活的速度也太快了。穿著新洋裝，頂著新髮型，她看起來像是在炫耀他的遺產，墳上的土還沒硬，她就在他的墳墓上起舞。當然啦，只不過他接受火化，骨灰也撒了，所以嚴格來說他沒有墳墓。哎啊，現在說這些都來不及了，她看看手錶，格蘭應該快到了。他看起來一直都是個好人，是個紳士。

「妳會沒事的，」她告訴自己。「只是吃頓晚餐而已。」

但計程車抵達的時候，她餓意全消。

格蘭的確是個紳士，他點了香檳雞尾酒在餐廳等她，臉上掛著稍微緊張的笑容。他接過她的大衣，親吻她的臉頰，說她看起來很美。蘿拉喝起飲料，這才開始放鬆。好啦，身穿這件束縛衣洋裝，她儘量囉，也許到頭來會很順利呢。食物非常美味，蘿拉努力進食，而格蘭說起他離婚的原因，就是沒火花了，他跟太太還是朋友，但已經不是情人，還有他的新興趣，也就是北歐健走。「在兩根玻璃纖維拐杖的協助下進行的全身健走運動。」蘿拉抗拒著開玩笑的衝動，他看起來還沒老到要拄一根拐杖，更別說兩根了，但她坦承他看起來的確很健壯。下次生日時，他就要四十六歲了，他的身體完全不受中年發福的影響，他肩膀寬大，燙得挺直的襯衫下有健壯的肌肉。

在洗手間，蘿拉一邊補口紅，一邊恭喜自己。她心想：她的男伴一點問題也沒有，而他的餐桌禮儀也很好。她抿了抿嘴唇，把口紅扔回包包裡。

格蘭堅持要搭計程車送蘿拉回去，因為酒精與他的陪伴，蘿拉放鬆下來，向司機報派杜瓦地址的時候，還允許自己暫時將頭靠在他的肩膀上。不過，她可不打算邀請他進來喝咖啡，無論是真的喝咖啡還是將咖啡作為某種行為的委婉藉口都沒有。她曉得她不該把流言蜚語放在心上，但她就是忍不住，而「蕩婦」更是讓她覺得最刺痛的說法。她這輩子只跟三個男人上過床，其中一個人還是文斯，所以他不算。她不覺得驕傲，事實上，她希望自己有更多經驗，如果她試過更多人，說不定就能找到最適合她的人。不過，第一次約會就上床？還是不要好了，而且格蘭是個紳士，他不會期待這種事。

十分鐘後，困惑不解的格蘭搭著計程車回家了。他沒有走到前院，更別說上一壘了。蘿拉在廁所用抗菌漱口水又吐又清潔，她把刺鼻液體吐進水槽時，瞥見鏡子裡自己那還是很驚嚇的倒影。睫毛膏已經隨著淚水一條一條劃過她的臉，唇膏抹成一團可怕的小丑紅唇，她看起來就像個蕩婦。她憤怒地從洋裝裡掙脫出來，將衣服猛力向上扯開脫掉，然後氣呼呼地揉成一團。進了廚房，她把衣服扔進垃圾桶裡，打開冰箱門。漱口後的義大利氣泡酒喝起來超噁心，但蘿拉還是大口大口下肚。她把酒瓶拿到花園房間，點燃壁爐的火，過程裡不小心撞到玻璃杯，杯子掉到地上碎裂。

「他媽的！見鬼！混蛋！蠢得要死的玻璃杯！」她對著銳利的碎片破口大罵，玻璃在火光裡閃著光芒。「破就破，看我會不會來收拾！」

她搖搖晃晃走回廚房，尋找另一個杯子。她一邊喝剩下的酒，一邊盯著火焰，思考她到底在演哪一齣。

喝得爛醉，哭哭啼啼又打嗝讓她好累，她在沙發上倒頭就睡，掛滿淚痕的腫脹臉旁埋在那頭新染的閃亮秀髮之間。

24

她斷斷續續昏睡了十個小時，但她醒來的時候，看起來好像昏睡了幾個禮拜一樣。她隱隱作痛的腦袋沒多久就跟從法式落地窗傳來的敲擊聲互相共振了起來，蘿拉費了九牛二虎之力才爬起身子查看到底是誰讓她的頭痛加劇。佛萊迪，等到她掙扎坐起來的時候，他沒有表情，站在她旁邊，手裡端著一杯熱氣騰騰的黑咖啡。蘿拉緊抓著毯子包住自己疼痛的身軀，佛萊迪則看著兩個玻璃杯、空蕩蕩的酒瓶跟蘿拉凌亂的模樣。

「看得出來妳的約會很成功。」他的口氣比平常更清脆。

蘿拉從他手裡接過咖啡，咕噥著什麼聽不清楚的話語。

「陽光說妳跟妳男朋友約會去了。」

蘿拉喝起咖啡，打起冷顫，用沙啞的口音說：「他才不是我男朋友。」

佛萊迪對她揚起眉毛。「這個嘛，就我看來，你們關係挺**密切**的嘛。」

蘿拉泛著淚光，但一肚子火。「這跟你有什麼鬼關係？」她沒好氣地說。

佛萊迪聳聳肩。「妳說的沒錯，的確不關我的事。」他轉身要走，然後咕噥著說：「對了，佛萊迪，謝謝你的咖啡。」

「噢，快滾啦！」蘿拉咬牙切齒低聲地說。

她又從馬克杯裡喝了一口，她到底為什麼要告訴陽光她去約會啊？

蘿拉感覺到預警的唾液在嘴裡湧出。她曉得自己來不及趕去浴室，但不嘗試一下也太沒禮貌了，半路上，她就嘔吐在拼花地板上，吐得很嚴重。她渾身發冷，悲慘就著遭到嘔吐物噴濺的雙腿站在原地，咖啡杯還握在手裡，這時，她才慶幸，至少她沒吐在波斯地毯上。

她清理乾淨，又吐了兩次，站在蓮蓬頭下十分鐘，穿好衣服，完成這些事情已經是一個小時後的事了。之後，蘿拉坐在廚房餐桌旁捧著一杯茶，盯著什麼也沒抹的白麵包。她的約會最後以災難畫上句點，想起格蘭的舌頭在她嘴裡沒精打采地蠕動，彷彿那是什麼濕黏水蛭的垂死掙扎，記憶讓她冷汗直流。對，這個加上之後的兩瓶氣泡酒，她怎麼能這麼蠢？門鈴聲打破了她哀傷的白日夢。陽光，她心想：噢，老天，不，拜託別挑今天。陽光肯定會疲勞轟炸問她昨晚的狀況，蘿拉實在無力招架。她躲進食物儲藏室裡，如果一直沒人應門，陽光最終還是會跑到後門去，如果蘿拉繼續癱坐在餐桌旁，陽光肯定會看到她。門鈴持續響下去，堅持又有耐性，然後，後門忽然開了，佛萊迪走了進來。

「妳在幹嘛啊？」

蘿拉激動地要他閉嘴，叫他過來儲藏室這邊。就連這種小小的活動都能讓她的太陽穴抽痛，她扶著層架保持平衡，架子上有很多放了很久的瓶裝醃漬物。

「老天，妳看起來氣色有夠糟的。」佛萊迪真是樂於助人，蘿拉再次把手指壓在嘴唇上。

「怎樣啦？」他開始沒了耐性。

蘿拉嘆了口氣。「陽光在前門，我今天實在沒辦法面對她。我知道你大概覺得我很可悲，但我沒辦法面對她連珠砲的問題，今天不行。」

佛萊迪不滿地搖搖頭。「我覺得這不叫可悲，這叫可惡，因為妳嚴重宿醉，大概也是妳活該，結果妳這個成年女性為了逃避一個小女孩而躲儲物間裡。這個女孩覺得妳很棒，喜歡妳的陪伴，至少鼓起勇氣去跟她面對面表達妳的藉口好不好？」

佛萊迪的語言如同光滑皮膚上的痲疹般讓人刺痛，但在蘿拉能夠開口前，門口的氣氛忽然變得很討厭。

陽光不曉得走上小徑的金髮女人是誰，但這位小姐看起來很火大。

「妳好，我是陽光，我是蘿拉的朋友，妳是誰？」

女人瞇起雙眼，上下打量陽光，想要決定該不該乖乖回答問題。

「小迪在嗎？」她質問道。

「不在。」陽光說。

「妳確定嗎？因為他那台該死的休旅車就停在車道上。」

陽光用很感興趣的目光望著這名女子臉色愈來愈紅、火氣愈來愈大，還用修剪完美的手指按下電鈴。

「那是**佛萊迪**該死的休旅車。」陽光沉著回應。

「所以他的確**在**，這個混蛋中的混蛋！」女人沒好氣地說。她再次按下電鈴，還用拳頭開始敲門。

「她不會開門的，」陽光說：「大概躲起來了。」費莉絲蒂稍微停下動作。「妳在說誰？」

「蘿拉。」

「什麼？那個古怪的女管家？她在躲什麼躲？」

「躲我。」陽光露出哀傷的微笑。

「好，那個該死的爛屁股混蛋佛萊迪最好不要躲我！」

陽光決定要幫忙，金髮女人現在看起來真的火冒三丈，而陽光擔心她可能會把門鈴弄壞。

「也許他跟蘿拉躲在一起，」她建議道，還說：「他真的很喜歡蘿拉。」陽光的話似乎沒有達到她預期的效果。

「妳是說，那個混蛋可能跟管家上床了？」女人彎下腰，開始從信箱對著屋內大吼。

佛萊迪縮進儲物間，躲在蘿拉身旁，還在身後帶上了門，現在輪到蘿拉揚起眉毛。

「是費莉絲蒂。」他壓低聲音說，他原本語氣裡的責備現在聽起來挺絕望的。

「所以呢……？」

輪到佛萊迪嘆氣了。「我們昨天要去約會，但我不能去，我一直到來不及的時候才告訴她，我猜她滿氣的……」他無奈的語氣拖得老長。

雖然蘿拉覺得又冷又想吐，還頭痛欲裂，但她實在忍不住露出微笑。她接下來的話說得跟她緊貼的層架內容物一樣充滿風味。

「至少鼓起勇氣去跟她面對面表達你的藉口好不好？」

佛萊迪訝異地看著她，但他俊俏的臉上掛著歪嘴笑容。

「我知道你在，你這混蛋！」費莉絲蒂的聲音透過信箱尖叫進來。

「你跟那個蕩婦管家！行，如果你要搞那個乾涸的蓬頭垢面老太婆，你就別高攀我！反正你就是個臭雞蛋爛渣男，你跟她就王八綠豆湊一對吧！」

陽光站在火大的費莉絲蒂身邊，不太確定該怎麼辦。她把費莉絲蒂所有說或喊出口的語言統統先記在腦袋裡，希望晚點再來慢慢理解。也許等到蘿拉肯出來的時候，她可以幫她搞清楚這些話到底在說什麼。費莉絲蒂似乎忽然沒力，臨走前，她又捶了大門一下，然後跟來時一樣大步離開。不一會兒，陽光聽到車門甩上的聲音，引擎加速，然後是費莉絲蒂火冒三丈急速把車開走時輪胎發出的刺耳聲音，柏油路上還留下不少橡膠痕跡。就在陽光準備回家時，又有人來了，這位小姐看起來年紀比較大，打扮專業，面露微笑。

「妳好。」她說：「請問蘿拉住在這裡嗎？」

陽光不曉得這個人要幹嘛。「對，但她大概躲起來了。」

女人看起來一點也不訝異。「我是莎拉。」她自我介紹：「我是蘿拉的老朋友。」

陽光跟她擊掌。「我是陽光，我是蘿拉的新朋友。」

「嗯，我相信她運氣一定很好，才能認識妳。」女人回話。

陽光喜歡這位新來的小姐。「妳也要對著信箱吼嗎？」她問。

莎拉思索了一下。「這個嘛，我想我還是試試看電鈴好了。」

陽光餓了，感覺今天她在派杜瓦吃不到午餐了。「祝妳好運。」她對莎拉說，然後啟程回家。

佛萊迪跟蘿拉依舊在儲物間裡驚慌不已，拉長耳朵，聽著門口是否還有別人。門鈴又響了，只有一聲，然後是很有禮貌的停頓。蘿拉縮回瓶裝醃菜之間。

「你去啦。」她對佛萊迪哀求地說：「拜託。」

佛萊迪心不甘、情不願地出去了，懊惱也憤怒費莉絲蒂對蘿拉說的話。

開門時，他看見一位迷人的中年棕髮女子，臉上帶著自信的笑容，還有力地與他握手。

「你好，我是莎拉，請問我可以見見蘿拉嗎？」

佛萊迪站去一邊，讓她進屋。「當然可以，前提是如果她打算離開食物儲藏室。」

聽到莎拉的聲音，蘿拉連忙走到門口迎接，順便提醒佛萊迪：「你剛剛也躲在裡面！」

莎拉看著這兩個人，然後對蘿拉使了個眼色。

「**躲在食物儲藏室！**這應該是什麼不可告人行為的委婉說法吧？」

「想都別想！」佛萊迪不假思索就回話，對蘿拉來說真是始料未及的挫折。

莎拉跟以往一樣看透狀況，便過來勾著蘿拉的手臂。

「妳怎麼不幫我泡杯好喝的茶？噢，對了，妳的頭髮看起來很美。」

25

莎拉・楚菲是一流律師，仕途順利，還有兩個健康、喧鬧的小兒子，以及吃苦耐勞的建築師丈夫。她還有讓人跌破眼鏡的才華，她超會唱約德爾調，因此在學校演出《真善美》話劇時，她所扮演的女主角瑪麗亞博得觀眾的滿堂采。她跟蘿拉在學校認識，之後就保持緊密的友誼，不是常常黏在一起的那種姊妹淘，她們一年只會見面、交談不出兩、三次，但之間的連結還是存在，這股早年維繫住的情誼因為悲劇與喜劇而加溫，維持著可靠的細水長流。莎拉見證了不幸的婚姻及自我質疑讓當年開朗、活潑、無所畏懼的小姑娘蘿拉慢慢變得無奈晦暗，不過莎拉一直沒有放棄希望，她相信有一天真正的蘿拉會以鮮豔的色彩榮耀凱旋歸來。

「什麼風把妳吹來的？」蘿拉一邊說，一邊把水加入茶壺裡。

「這個嘛，大概跟今天一大早妳在我手機裡留的六通語焉不詳語音訊息有關。」

「噢，天哪！沒這回事吧？」蘿拉用手掩著臉。

「百分之百有這回事。好了，我想聽聽到底發生了什麼事，不堪的細節統統一五一十招來。我想我們就從『可憐的格蘭』開始說起好了，這個『可憐的格蘭』是哪位？」

蘿拉把事情的經過差不多都告訴她了，先說還在垃圾桶裡的洋裝，結尾是在壁爐前乾下的兩瓶義大利氣泡酒。昨晚其他的事，包括語音留言，則永遠消失進帶著酒氣的遺忘之中。

「可憐的格蘭。」莎拉現在同意了。「妳一開始怎麼會答應跟他約會？」

蘿拉露出尷尬的神情。「噢，我不知道，大概是因為他開口了，而沒有別人約我。他看起來就是個好人，沒什麼問題。」

莎拉不可置信地搖搖頭。「沒什麼問題也不可能讓他成為『對的人』。」

蘿拉嘆了口氣，如果她能不要一直把「錯的人」當成「對的人」就好了，她又用手掩住臉。

「都是那討厭的園丁啦！」她說出來了，她實在控制不住自己。

「誰？」

蘿拉露出慘淡的笑容。「噢，沒事，我只是在自言自語。」

「妳知道，一開始都是這樣的。」

「什麼的一開始？」

「更年期吶！」

蘿拉用餅乾丟她。「當他開始講北歐健走的時候，我就知道我們行不通了。」

「他是要用他的『小手杖』取悅妳啊！」莎拉大笑起來，就連蘿拉也無法掩住內疚的咯咯笑聲。

然後她解釋他們在院子接吻，那噁心、永無止境的一吻。

莎拉看著她，惱怒地聳聳肩。「唉呦，妳在期待什麼？妳又不喜歡他，從頭到尾都沒火花，吻起來就像在吻厚紙板啊！」

蘿拉斷然搖頭。「不，才不是，感覺更糟，吻厚紙板還好一點，」她想起那令人反感的水蛭。「也沒那麼濕。」

「說真的，蘿拉，妳幹嘛不用臉頰湊上去或快點抽開？」

蘿拉的臉頰因為尷尬跟大笑而紅了起來。「我不想無禮，再說，他的嘴唇就跟登月小艇一樣吸著我的臉不放。」

莎拉實在忍不住歡笑，蘿拉覺得過意不去，可憐的格蘭，不該取笑他。她回憶起她終於把臉從他的吸盤裡抽開，慌張道了再見，逃回屋內，在身後甩上門時，他臉上出現的不解神情。可憐的格蘭，但這不代表她還會想繼續跟他交往。

「可憐格蘭個鬼！」莎拉就是有這種不尋常的能力能夠看出蘿拉在想什麼。「我覺得聽起來更像『可憐的蘿拉』吧。他拄鋼管，又不會接吻，妳快漱漱口，尋覓下一位啦！」

蘿拉難掩笑意，雖然她心情變好了，另一個記憶又跟瘋狂的碎浪一樣打翻了猶豫不前的小船。

「該死！」她向前靠在桌上，再次用手掩著臉。

莎拉放下茶杯，準備下一次的洗耳恭聽。

「佛萊迪！」蘿拉無奈地哀號：「今早是他發現我的。」

「所以呢？」

「今早是他叫醒我的，口水把我的臉黏在沙發上，昨晚的妝也沒卸，衣衫不整，旁邊是空酒瓶跟兩個玻璃杯。兩個啊！莎拉！他會以為格蘭進屋『喝咖啡』了！」

「這個嘛，雖然物證俱在，但也只是間接證據。再說，佛萊迪怎麼想很重要嗎？」

「他會覺得我是個醉醺醺的妓女！」

莎拉笑了笑，溫柔放慢速度，彷彿是在跟小小孩講話。「如果這點這麼重要，妳就跟他說到底發生了什麼吧。」

蘿拉沮喪地嘆了口氣。「那他就會覺得我是個『乾涸的蓬頭垢面老太婆』。」

「沒錯！」莎拉用雙手拍打桌面。「今天早上的抱怨打滾也差不多了，老太婆，上樓把自己弄得體面點。在妳害我今天請假跑來聽妳可悲的哭哭抱怨之後，至少妳該帶我去吃頓好的。我說的可不是三明治，我要吃熱騰騰的午餐，餐後還要來個布丁！」

蘿拉走出廚房時，還開玩笑地彈了一下莎拉的頭，故意弄亂她完美修剪、吹整的髮型。她前腳一走，佛萊迪後腳就從後門進屋。

莎拉站起身來，伸出手，露出最燦爛的微笑。

「再次見面了，恐怕我剛剛沒有好好自我介紹，我是莎拉．楚菲，蘿拉的老朋友。」

佛萊迪握了握手，但沒有注視她的雙眼，就轉身在水壺裡加水。「我是佛萊迪。我要泡咖啡，來一杯嗎？」

「不，謝了，我們正要出門。」

莎拉故意不說話，佛萊迪尷尬到說不出話，打破沉默的只有水煮開的聲音。佛萊迪到處看，就是不看莎拉，他發現蘿拉的洋裝塞在垃圾桶裡，他把衣服抽出來攤開。

「嗯，好看。」

「對，我敢說蘿拉穿起來一定很美。」

佛萊迪不甚自在地變換染泥靴子的站姿。「我怎麼會知道？」

蘿拉的腳步聲從樓梯傳來，莎拉立刻起身。

「我知道這大概不干我的事，我也不是該開口的人，但有時該說的還是要說。昨晚並不是你看到的那樣。」她轉身離開廚房時，還別過頭加了一句：「**如果**你感興趣的話。」

「這也不干我的事。」佛萊迪陰鬱地說，還一邊把滾水加進馬克杯裡。

莎拉心想：騙子、騙子，火燒褲子！

「月空」正在替一位高齡九十二歲的前拳擊教練兼馬販舉行守靈，這位先生人稱「馬仔」，本名是艾迪．歐雷根。出席的人顯然已經替他的離去喝了不少，氣氛歡快、喧鬧又感傷。她們好不容易找到一桌雅座，莎拉就著招牌紅酒、蘿拉喝著健怡可樂，搭配的是臘腸燉鍋跟馬鈴薯泥，兩人敘舊起來。安東尼過世後，她們短暫聯絡過，但之後莎拉就去忙重要的大案子，一直在法庭。

「贏了嗎？」蘿拉問。

「當然！」莎拉用叉子拿起看起來糊糊一團的香腸豆子燉菜到她的盤子裡。

「但那不重要，快把一切告訴我。」

蘿拉乖乖照辦，安東尼的遺囑與信件、堆滿東西的書房、逃避陽光、成為附近鄰里最新鮮火辣的話題人物，噢，還有費莉絲蒂。

「我是說，一方面這樣的確很美好，大宅很美，但那一堆失物則是另一回事了。我到底該怎麼把東西還給失主？真是太瘋狂了。我完全不曉得該拿陽光怎麼辦，網站不見得有用，附近的人都以為我是淘金蕩婦。我最後會待在長滿老鼠跟蜘蛛網還有別人失物的房子裡，一直活到一百零四歲，然後嗝屁。一直要到好幾個月以後，才會有人發現，等到他們破門而入時，我已經是沙發上的一灘液體了。」

「可不是頭一遭呢。」莎拉使了個眼色，不過，她放下了刀叉，把餐盤推開。

「蘿拉，我親愛、可愛、有趣、聰明、讓人超級火大的蘿拉。妳得到了一間華美的大房子、一屋子寶藏，還有帥氣的園丁小哥。安東尼把妳當成女兒一樣疼愛，將他珍視的一切統統交付給妳，妳非但沒有開心轉圈圈，反而坐在這裡抱怨。他相信妳，我也一直相信妳，妳不只是在躲陽光，妳躲的是生命的一切。現在不要再逃避，開始修理妳的人生吧，然後別管別人有什麼想法。」最後一句可是深思熟慮後才加上的。

蘿拉喝了一口健怡可樂，她不相信，而且她擔心自己又讓另一個愛她的人失望。

莎拉看著這位摯友困擾的神情，伸過手去，握住蘿拉的手。該來分享久違的重大真相了。「蘿拉，妳必須放下過去。妳值得幸福快樂的生活，但妳必須自己尋找幸福，都看妳的決定。認識文斯的時候，妳才十七歲，還是個孩子，但妳現在是成年女人了，所以開始展現出成熟女子的模樣吧。不要一直用過往來懲罰自己，但也不要拿過往當成藉口。妳現在有機會展開全新的美好人生，快抓住這個機會，好好利用。」

莎拉向後靠，觀察這番話能造成什麼影響，全世界大概只有她能也願意跟蘿拉講這種話。她決心要找回過往那位老朋友，她曉得她還藏在蘿拉內心深處。必要時，莎拉會用蠻力把她拖出來。

「妳都知道，我們當年都很迷文斯，對吧？」

蘿拉不敢置信地望著她。

「真的，不只是妳。他那麼帥，還開跑車，抽壽百年香菸，女孩還能要求什麼？我們都覺得他就是長著腿的性愛機器。他選了妳，只是妳運氣不好。」

蘿拉笑了笑。「妳總是聰明到讓人討厭。」

「對，但我是對的，是吧？好啦，蘿拉，妳的能耐不只如此！妳什麼時候變成這種哭哭啼啼的抱怨鬼了？這是一生一次的大好機會，二十四克拉純金、無所顧慮的絕佳良機，一般人只能做夢。如果妳這次龜縮，我絕對不會原諒妳，不過，更重要的是，妳也不會原諒妳自己！」莎拉舉起酒杯乾杯。「至於瘋狂這件事情嘛，對妳來說也只是剛好而已。妳本來就是個神經病哪！」

蘿拉笑了笑。在學校的時候，莎拉都叫她神經病，那個時候的人生還充滿刺激與各種可能。

「真是個混蛋！」她咕噥著說。

「抱歉，妳說什麼？」就連平常冷靜沉著的莎拉都看起來有點驚嚇。

蘿拉笑了笑。「說我，不是妳。」

「我知道。」莎拉也對她微笑。

蘿拉慢慢想起人生還是充滿刺激與各種可能，還有她希望沒有虛度多年光陰，反而努力追求的各種機會。她的確要趕一下進度。

「那陽光呢？」她問：「有什麼建議嗎？」

「跟她聊聊，她只是有唐氏症，不是傻瓜。把妳的感覺告訴她，想點辦法。妳解釋的時候，順便跟她說，妳的約會到底怎麼了。如果妳不肯直接跟佛萊迪說，我想陽光也會告訴他。」

蘿拉搖搖頭。「說不定他根本不在乎，妳暗示我們在儲物間亂搞的時候，妳也聽到他的回應了，想都別想。」

「噢，蘿拉！有時妳真的遲鈍得很。」

蘿拉克制住想拿叉子戳她手背的慾望。

「妳還記得男校的尼可拉斯．巴克嗎？」

蘿拉記得那個身材高䠷的男孩，臉上有雀斑，手臂很強壯，還穿著磨損的鞋子。「他每次都在公車上扯我頭髮，或完全不理我。」

莎拉笑了笑。「他很害羞，他那樣是因為他喜歡妳！」

蘿拉哀號起來。「噢，天哪。別告訴我，我們跟十六歲的自己沒有兩樣。」

「妳是在說妳自己啦，不過，就我看來，妳的確要加快腳步追上來了。特別是如果佛萊迪這麼明目張膽喜歡妳，而如果妳也對他有好感的話，妳真的要加把勁了。好了，現在我要加點布丁了！」

莎拉在餐廳叫了計程車送她回車站，她們站在停車場等車來的時候，蘿拉滿懷感激地擁抱她的朋友。

「謝謝妳跑這一趟，抱歉我這麼麻煩。」

「一點也沒變，」莎拉諷刺地說。「但說真的，這沒什麼，是妳，妳也會跑這一趟。」

「妳想太多了！」

蘿拉就是這樣，總用玩笑話遮掩真心，聳肩假裝不在乎別人的稱讚。不過，莎拉永遠不會忘記，八年前，在醫院病房的小隔間裡，是蘿拉陪著她，替她擦淚，而她崩潰的老公則在停車場踱步，菸不離手，淚流滿面。莎拉生產第一個孩子的時候，是蘿拉握著她的手，親愛的小女嬰卻來不及活著見到她們。這個女孩的教名會是蘿拉－珍。

這天下午，蘿拉跑去找陽光，她就坐在屋外綠地對面的長椅上。

「我可以坐下來嗎？」她問。

陽光微笑，溫暖、歡迎的微笑，蘿拉因此覺得內疚、羞恥。

「我想道歉。」她說。

「為什麼？」

「因為我沒有也把妳當成好朋友。」

陽光思考了一下。「妳喜歡我嗎？」

「喜歡，非常喜歡。」

「那妳為什麼躲我？」她哀傷地問。

蘿拉嘆了口氣。「陽光，因為這一切對我來說都是全新的體驗，住在這間房子裡，一堆失物，想要完成安東尼的心願。有時我會生氣，我會糊塗，我需要獨處。」

「那妳為什麼不直說就好了？」

蘿拉對她微笑。「因為有時我就是蠢得難搞。」

「妳會害怕嗎？」

「會啊，有時。」

陽光拉起她的手，緊緊握住，她軟胖的手指好冰。蘿拉把她從長椅上拉起。

「走吧，咱們去喝杯好喝的熱茶。」她說。

26

「我覺得牠要吃餅乾。」陽光如是說，還用手溫柔撫摸應該是雜種獵犬的一團皮毛與骨頭。牠用驚恐的目光望著她，眼神裡反映出曾遭受的毒打，虐待牠的人虐待夠了，就把牠踢出來，讓牠自生自滅。佛萊迪昨天傍晚在派杜瓦外面的草地發現了牠，當時下著大雨，狗狗渾身濕透，連佛萊迪把牠抱進屋時，牠虛弱到無力反抗。牠遭車擦撞，臀部有皮肉傷，蘿拉替牠清潔傷口，佛萊迪用毛巾緊緊抱著顫抖的小傢伙。牠不肯吃東西，只喝了一點水，蘿拉整晚陪著牠，在扶手椅上睡睡醒醒，狗狗則躺在火爐前面，裹著毛巾，動也不動。隨著冬天第一道鬼魅般的日光從安東尼書房的蕾絲窗簾間照進來時，蘿拉醒來了。她的脖子發出喀喀聲，抱怨起一整晚尷尬縮在椅子上的睡姿。壁爐只剩微弱的餘火努力掙扎，狗狗還是沒有動靜。

她一邊靠向前檢查毛毯的起伏，一邊禱告：上帝吶，求求你，一邊查看上帝有否回應她的請求。沒有，沒有動靜，沒有聲音，但在她眼眶裡聚集的淚水就要潰堤之際，毛毯終於抽動了一下。刺耳的呼吸聲，以及蘿拉聽著也能睡著的宏亮打呼聲又出現了。

早上，陽光發現他們有了一位狗客人時，非常開心。蘿拉從來沒有見過嚴肅、認真的陽光臉上出現如此生動的神情。狗狗縮在她們之間，她們哄著牠吃點水煮雞肉、麵包跟奶油。陽光溫柔檢視起牠柴瘦的軀體，決定要想辦法把牠餵胖。

「我們不能一次餵牠吃太多，牠的胃可能萎縮了，如果吃太多，可能會吐。」蘿拉警告道。

陽光拉長了臉，這表情是她想到嘔吐的表情。

「也許牠要再喝點水？」她充滿希望地建議道。蘿拉明白她的急切，她急著想替這隻小動物做點什麼，讓牠好起來、胖起來、健康起來、快樂起來。不過，有時無論有多麼困難，對方需要的就是你什麼也別做。

「我覺得牠只是需要休息一下。」她告訴陽光：「幫牠把毯子蓋好，然後讓牠安靜一下。」

陽光小心翼翼塞毯子塞了十分鐘，最後是蘿拉說服她一起來幫忙架網站，才讓她離開。佛萊迪今天比平常還要早來，他在書房找到她們。

「可憐的小傢伙怎麼樣了？」

蘿拉沒有從螢幕上抬頭看他。「我想比較好一點了。」

自從儲物間事件後，佛萊迪跟蘿拉之間的尷尬就如瀰漫在空中的煙霧一樣。蘿拉想要透氣，告訴他前一晚約會的真相，但不知為何就是沒辦法起頭。他走去壁爐邊，在毛毯團旁蹲了下來。一雙哀傷的大眼睛探出來望著他，佛萊迪用手背讓狗狗聞，但狗狗基於過往不好的回憶，本能地向後退。

「嘿，嘿，沒事，夥計，這裡沒有人會傷害你，是我找到你的啊。」狗狗聽著他溫柔的聲音，小心翼翼地從毯子裡伸出鼻子，謹慎地嗅了嗅。陽光嚴密監控他們之間的一舉一動，她誇張嘆了口氣，雙手扠在腰上。

「牠現在應該要休息。」她用嚴厲的口氣批評道。

佛萊迪舉起雙手投降，走到桌邊，蘿拉正面向筆記型電腦。

「所以妳會收容牠？」

陽光在蘿拉喘口氣前說：「這是絕對肯定的，句句屬實還會飛天，我們的確要留下牠！牠走失了，我們找到了牠，這是我們的任務。」她如是說，還揮舞雙手，強調也加深她的語言。她花了一點時間讓思緒追上她的感覺，等到終於跟上時，她挑釁地說：「我們不會把牠送回去。」

她望向佛萊迪、蘿拉尋求保證，佛萊迪對她眨眨眼，笑了笑。「陽光，別擔心，我覺得沒有人會想要帶牠回去。」然後，他彷彿想起自己的身分，又說：「當然，最後要看蘿拉的決定。」

蘿拉轉頭望了望還在烤火的那坨毛毯，小傢伙還不曉得在牠跨進她家門檻後，牠就安全了。從那一刻起，這隻狗狗就屬於蘿拉了。

「我們必須幫牠取個名字。」她說。

陽光又搶先他們一步了。

「牠叫胡蘿蔔。」

「是嗎？」佛萊迪說：「因為……？」

「因為牠沒看見，所以晚上被車撞。」

「所以？」佛萊迪繼續問，還狐疑地歪起頭來。

「胡蘿蔔讓你晚上看得清楚。」陽光用英國觀光客出國時緩慢、大聲的口氣解釋她的理由。

陽光守著胡蘿蔔，監控蘿拉泡「好喝的茶」，喝完茶後，佛萊迪去花園裡工作，蘿拉跟陽光將注意力放回「失物守護人」上頭。蘿拉開始將失物細節一一登錄在能夠透過網站連線的資料庫裡，這可是個大工程。陽光從層架跟抽屜裡把東西挑選出來，在蘿拉登錄完某件物品的細節後，他們會把從郵局買來的金色星星貼紙貼上去，一盒有五十張，他們買了十盒，雖然才剛開始，但蘿拉覺得貼紙可能不夠用。陽光把物品整齊排在桌上，一支鑷子、一張撲克牌（梅花K）、塑膠模型士兵，而她將好朋友幸運手環緊緊握在掌心。

紅黑相間編織手環

地點：愚人綠地與梅倫路之間的地下道

時間：五月二十一日……

第一波嘔吐感襲來的時候，克洛伊感覺到嘴裡都是口水。她彎腰嘔吐，儘量不濺到自己的新鞋上，她充滿羞恥與丟臉感覺的聲音迴盪在地下道的水泥牆上。

大家都喜歡米歇爾老師，他是學校裡最酷的老師。「男孩想要成為他，女孩想跟他在一起。」她的朋友克蕾兒昨天才唱著這句話，當時，老師正經過她們身邊。克洛伊才不這麼想，再也不會這麼想了，她只想遠離他。米歇爾老師（「叫我米奇，妳可以私底下這樣叫我，別人不會知道的」）教音樂，一開始，她也跟其他人一樣隨著他彈奏的音樂起舞。他有一種難以言喻的可靠感，加上帥氣的臉龐、迷人的氣質，米歇爾老師討人喜歡是很正常的。克洛伊曉得老師課後在自家開設唱歌課程，她哀求媽媽讓她去上。母親很訝異，她女兒是個寡言的孩子，樂得加入學校合唱團，而不是成為舞台的中心。她是個「好」女孩、「乖」女孩，歌唱課程的費用湊得很辛苦，但媽媽心想，如果這點錢能給克洛伊買點自信就好了，而米歇爾老師是個很棒的老師，他似乎真的很在乎學生，不像學校裡某些只是混時數、領了錢就跑的傢伙。

一開始，上課令人期待。在學校課堂上，他們會四目相視許久，他會朝她的方向笑。她對他來說很特別，她很清楚。第一次去上課的路上，她緊張到頭暈。她去他家的時候會塗唇蜜，名為「熱情『啵』起」的閃亮粉紅色，然後又擦掉。第三堂課的時候，他請她一起坐在鋼琴前面。他擺在她大腿上的手讓人激動、興奮，但感覺又很不對，很像是深夜抄暗巷捷徑的感覺。明知道不該這麼做，明知道這樣很危險，但也許這一次沒事。下次上課，他站在她身後，將手放在她的胸部上溫柔撫摸，他說他必須確認她有沒有正確換氣。粗暴取代幼稚浪漫幻想的是下流的事實，他摸索的雙手以及在她耳邊炙熱、刺耳的呼吸聲。所以她為什麼還要回去呢？就算發生這種事，她還是回去了，她怎麼能不去呢？她要怎麼跟媽媽說？他告訴她，他想要，她也想要，而他就用這無憑無據的話語綁住了她。一開始，她是想要的，不是嗎？

疼痛還迴盪在她的身體上，讓她更不舒服的是一切再三在她腦袋裡重播。她說了不要，她尖叫喊著不要，但也許她只是在腦袋裡吶喊，而沒有實際說出來。她就這麼失去了原本屬於自己的身體，她是主動給與還是被人占便宜？她還是不確定。她又抹了抹嘴，這時，她注意到她的好朋友幸運手環。第一堂課結束時，他把這條手環送給她，他說，他們會成為非常不一樣的朋友。她把手環從手腕上扯下來扔掉，她被人占便宜了，現在她很清楚。

陽光把手環緊緊握在掌心。蘿拉沒有看到她面露難色，她的目光依舊注視著面前的螢幕，手指在鍵盤上飛快輸入。陽光向胡蘿蔔舉起一根警告的手指抵在唇前，然後將手環扔進火爐裡。她又回到抽屜櫃旁挑選更多物品出來。

擺在層架高處的餅乾盒還等著屬於它的金色星星。

27

「胖頻先生來的時候，我該泡好喝的茶嗎？」陽光用幫忙的口氣問。

蘿拉心不在焉地點點頭，她滿腦子都在思考該把巨大的聖誕樹擺在哪裡，這棵樹現在已經開始枯萎，而門口一半的區域都是掉落的針葉。佛萊迪堅持，根據他的測量，等到樹擺好位置之後，樹梢跟天花板之間會有一寸的日光可以照進來，他去小棚子裡拿了金屬架子進來，證實他的說法，然後爭執才徹底爆發。這天早上，他們等著安裝寬頻網路的人。

「我們無法提供確切的時間。」客服小姐告訴蘿拉：「但我們可以確定是在早上十點三十九分到下午三點十四分這個空檔之間。」

陽光望著門口的時鐘，或該說她望著樹枝後面她能看見的部分時鐘。蘿拉終於多少教會她該怎麼看時間，所以陽光一有機會就展現她最新迷上的新嗜好。胡蘿蔔對一切的動靜都感到好奇，所以牠離開火爐邊舒適的床鋪，小心翼翼開始調查起來。

光是看到出現在門口的大樹就足以讓牠夾著尾巴跑回書房。佛萊迪拿著架子回來，覺得也許門口就是擺放這棵高粗大樹的好地方，他跟蘿拉在陽光毫無章法的指令下開始想把樹搬到正確的位置，而門鈴響的時候，陽光跑去開門，留下佛萊迪跟蘿拉以尷尬的姿態抱著粗大的針葉樹。

門口的男人散發出一種自以為是的感覺，也不曉得他是因為什麼原因而自命不凡，他屬於中產階級、長相一般、教育程度低下，也沒有什麼才華。簡言之，他只是個傲慢的蠢蛋，身材不高的傲慢蠢蛋。陽光還不曉得這點，但她感覺得到。

「你是胖頻先生嗎？」她謹慎地問。

男人無視她的問題。「我要找蘿拉。」

陽光看看手錶。「你早到了，現在才十點，你的空檔還沒到。」

男人用學校其他孩子嘲笑她、把她在遊樂場裡推來推去的眼神看她。

「妳他媽到底在囉嗦什麼？我只是想見蘿拉。」

他經過她身邊走進門口，蘿拉跟佛萊迪正抱著那棵樹。陽光跟著他進屋，顯然很難過。「胖頻先生來了，而且他不是很好。」她宣布。

蘿拉忽然放手，佛萊迪措手不及，樹的重量差點害他跌倒，樹也滾了開來，差點就撞到這位不請自來的先生，害得來者憤怒大喊：「老天哪，蘿拉！妳是怎樣？想謀殺我嗎？」

蘿拉從來沒有這麼做過，這是她第一次用沉著穩定的目光看著他。「現在正有此意。」

男人顯然沒有料到蘿拉變成這個樣子，她樂得享受他的不安。這意料之外的轉折讓佛萊迪覺得費解，卻努力裝出一副冷漠的模樣，陽光也好奇這是怎麼回事，蘿拉怎麼會認識胖頻先生？還叫他這麼討人厭地出現派杜瓦？她才不要泡好喝的茶招待這個人呢。蘿拉終於打破緊繃的場面。

「文斯，你想怎樣？」她嘆了口氣。「你最好來廚房。」

他跟著她離開門口時，忍不住上下打量佛萊迪，佛萊迪也用嚴厲的目光回應。進了廚房，除了解釋他為什麼出現的機會外，蘿拉什麼也沒給他。

「我連杯茶都喝不到嗎？」他用甜言蜜語開口，他們剛結婚時，她常在臥房聽到這種語氣，而他當時要的可不是一杯茶。想到這裡，她打起冷顫。客服部的賽琳娜現在無疑對這種口氣也很熟悉了，蘿拉差點可憐起賽琳娜來。

「文斯，你來這裡做什麼？你想怎樣？」

他臉上閃過一個笑容，顯然是想展現魅力，看起來卻很廉價。「我想繼續做朋友。」

蘿拉大笑出聲。

「是真的。」他繼續說，口氣也開始變得尖銳。

「賽琳娜呢？」

他坐了下來，用雙手埋著臉。實在太誇張了，蘿拉很想用芥末醬澆他。

「我們分手了，我對她的愛永遠比不上我對妳的愛。」

「她真幸運，她離開你了，對吧？」

文斯還沒有準備要放棄。「聽著，蘿拉，我一直深愛著妳。」

「怎樣？就連你服務賽琳娜的時候也是嗎？」

文斯站起身來，想要握住她的手。「那只是肉體的關係，只是性而已。我一直惦記著妳，想念妳，希望妳回到我身邊。」

蘿拉不可置信地無奈搖頭。「所以你之前都沒打算跟我聯絡，這樣是不是有點怪？生日卡、聖誕卡，連通電話也沒有。文斯，告訴我，為什麼會這樣呢？為什麼現在才跟我聯絡呢？我猜一切都跟我忽然繼承到這間大房子無關，對不對啊？」

文斯向後靠，想要整理出說得通的理由。蘿拉還是小女孩的時候就已經比文斯聰明了，他**當時**是以自己的方式愛她的，雖然那個時候他就已經知道自己是癩蛤蟆吃天鵝肉了，她讀那麼好的學校，那麼有教養。不過，當時，他還是想盡辦法要讓她刮目相看。也許，如果他們的孩子活了下來，或者，他們又生另一個孩子，事情可能會有所不同。他會喜歡跟兒子一起踢足球，或帶女兒去騎馬，但事情的確沒有往那個方向發展，最後想要為人父母的努力成為另一個讓他們分開的因素。隨著日子過去，蘿拉長大了，她變得更像他的對手，而不是婚姻上的伴侶。她注意到他的缺點，而他做的就是放大這些缺點來激怒她，他也只有這招可以使。至少賽琳娜不介意他吃飯時手肘擺在桌上，或不放下馬桶蓋。好吧，至少一開始的時候不介意。

蘿拉沉著等待他的回應，她的冷靜激怒了他，文明的假面終於從他臉上掉落，露出醜陋的真面目。「我聽說妳跟格蘭約會了，妳一直都是個冷感的賤貨。」他沒好氣地對她說。

在來這裡的路上，文斯向自己承諾，絕對不會發脾氣。他會讓自以為高尚小姐知道，他跟她一樣優秀。不過，她跟以往一樣，她只是做自己就足以讓他犯蠢，因為她的本質的確比他好太多了。

蘿拉終於受夠了，她拿起手邊最靠近的物品，也就是紙盒裝的牛奶，開口沒關起來，運氣真好，然後朝文斯不懷好意的臭臉潑過去。她失手了，但牛奶重擊他的胸膛，發酸的液體灑在他名牌馬球衫跟昂貴的深色麂皮外套上。蘿拉正在尋找額外的彈藥，但廚房門開了，佛萊迪走進來。

「這裡都還好嗎？」

她心不甘、情不願地在瀝水槽上重重放下洗碗精。

「沒事，一切都很好。文斯正要離開，對吧？」

文斯大步經過佛萊迪身邊，往門口前進，搞不清楚狀況的陽光在門口遊蕩。他轉頭面對蘿拉，想要以最泰然自若的神情說出他最後的惡言。

「希望妳跟妳的智障朋友還有妳的小狼狗在妳的大房子裡過著幸福快樂的生活。」

陽光已經不再是遊樂場裡被人欺負的小女孩，她也以令人欽佩的泰然自若神情回應他：「我不是智障，我是跳舞的蟹鴴。」

佛萊迪繼續以威脅的口氣說：「而誰也別想對我的女孩講這種話，所以你現在快滾，再也不要過來。」

文斯永遠不曉得什麼時候該閉嘴。「不然呢？」

在這話出口後幾秒，文斯就掩著流血的鼻子躺在地上，努力要從扎人的聖誕樹懷抱裡起身。當他終於站起來的時候，他往前門跑去，揚言受到重傷，還威脅要叫警察跟律師來。他一甩上大門，胡蘿蔔的腦袋便從書房門口探出來，牠就吠了這麼一聲，但對著文斯離去的足跡叫得孔武有力。他們三個人訝異望著狗狗，這是牠在派杜瓦叫的第一聲。

「夥計，幹得好！」佛萊迪彎下腰來手撫摸胡蘿蔔的耳朵。「這樣足以把他趕走了。」

又響起的門鈴讓胡蘿蔔縮回書房，佛萊迪走向前，打開大門，看到一位神色緊張的年輕人，脖子上戴了一張識別證，手裡還提著一個黑色工具箱。

「我是小李。」他亮著自己的識別證。「我是來解決寬頻問題的。」

佛萊迪站去一邊，讓他進屋，蘿拉帶他繞過倒地的聖誕樹，進入書房後，胡蘿蔔以光速逃離現場。陽光跟在他們身後，還在絞盡腦汁思索現在到底是什麼狀況，最後，她翻了個白眼，大聲嘆了口氣。

「你就是胖頻先生！」她看看手錶。「你在空檔裡來了。」

小李笑了笑，不確定該回什麼話。他先前幹過一些古怪的工作，這份差事目前算是漸入佳境。

「要幫你泡杯好喝的茶嗎？」

年輕人露出燦爛的笑容。也許這份工作可以期待。「如果可以的話，我想來杯咖啡？」

陽光搖搖頭。「我不會泡咖啡，我只會泡茶。」

小李打開工具箱，也許還是快點把事情做一做，趕快閃人好了。

「你當然可以來杯咖啡。」蘿拉連忙介入。「你喜歡怎樣的咖啡？陽光，走，我泡給妳看，這樣下次妳就會自己泡了。」

陽光思索了一下，想起文斯的威脅，於是她讓蘿拉說服她。

「那等到警察來的時候，我也就能泡好喝的咖啡給他們喝了。」

28

〈想起你〉。

歌聲讓蘿拉醒過來，雖然她不確定自己到底是夢到這首歌，還是音樂的確從樓下的花園房間傳上來。她躺在床上仔細聆聽，緊緊縮在被毯之中。沒有聲音。她心不甘、情不願爬進充滿玫瑰香氣的冷冽空氣裡，披上睡袍，走到窗邊讓冬天的晨光照進來。

然後，她看到了一縷幽魂。

蘿拉靠向結霜的窗框，不敢相信眼前的景象，一個影子，也許是人影，就跟在玫瑰蓓蕾之間吹著冷風打顫的蜘蛛網一樣透明清晰。蘿拉搖搖頭，沒這回事，她的常識忽然斷線，想像力自由發揮，拋下理智，戴起愚蠢的帽子，拉起拉砲胡鬧。就只是這樣而已，文斯的出現讓她心神不寧，他的髒鞋印在她舒適美好的新生活裡到處亂踏。她告訴自己：但他已經走了，應該不會再出現了。她面露微笑，心滿意足想起酸掉的牛奶灑在他的襯衫上，還有在聖誕樹樹枝下，他跟烏龜一樣縮著脖子。不過，也許讓她心神不寧的事不只如此。佛萊迪，他說她是「他的女孩」，她覺得受寵若驚，誇張又危險。她在腦袋裡重複播放那個畫面，但一直有個討厭的聲音出現，告訴她別蠢了。現在她完全不敢回想那件事，該去泡杯好喝的茶了。

下了樓，每個房間都有聖誕樹的氣味，感覺很美好。整棵樹亮亮的，蘿拉在閣樓裡找得到的金屬緞帶跟金屬球等裝飾統統擺上去了。每年聖誕節，安東尼都會擺聖誕樹，但他的樹比較樸素，大部分的裝飾都派不上用場。蘿拉在烤吐司機裡擺進兩片麵包，倒了杯茶。廚房裡的聲音終於讓胡蘿蔔從書房火爐旁的床舖醒來，牠走來坐在蘿拉腳邊，等著吐司跟一點炒蛋早餐。雖然他們一直想讓牠胖起來，但根據佛萊迪的說法，牠頂多只是「皮厚了點」而已。不過，牠現在看起來開心多了，不再覺得生命充滿苦難，而是一場好奇的冒險。陽光今天會跟她媽一起去聖誕購物，佛萊迪要去勞斯看妹妹及她的家人。他告訴蘿拉，光是聖誕節前跑一趟，就足以得到最新的「超讚大哥」認證印章，當然還要加上他給他那不知感恩的外甥女跟臭臉外甥準備的大方禮物吧（應該是現金）。蘿拉喝完杯裡的茶，把手指上的麵包屑拍掉。也許獨處一天也不錯，再說，她還有胡蘿蔔啊，牠的頭正枕在她大腿上。她迅速巡視結霜的花園，胡蘿蔔也在幾棵樹下撒尿，蘿拉確定玫瑰花園裡沒有鬼魂、幻影跟死亡女妖出沒。回到書房，她在壁爐裡加柴，胡蘿蔔躺回牠的床上，發出滿意的嘆息。她從層架上拿起一個盒子，將內容物放在桌上。筆記型電腦「嗶」的一聲活了過來，巨大的虛擬失物部門就此打開大門，她現在是這個部門的守護人。蘿拉拿起在她面前的第一件物品。

兒童雨傘，白色有紅色愛心
地點：紐約中央公園愛麗絲夢遊仙境雕像
時間：四月十七日……

馬文喜歡忙碌。忙起來的時候不好的念頭才不會爬進他的腦袋，如同竄爬上嗚烏死去屍體的黑色螞蟻一樣。醫生開的藥有時有用，但不總是有效。當他第一次發病的時候，他用棉花球塞耳朵，憋住氣，眼睛、嘴巴都緊閉起來。他以為只要頭上的洞口都關閉了，念頭就進不來，但他還是要呼吸啊，而且無論他張口的幅度多小，不好的念頭總是有辦法爬進來。不過，忙碌能夠阻隔壞念頭，也能阻擋那些聲音。

馬文是雨傘男。他會去紐約地鐵的失物保管部門撿那些當作垃圾丟掉的壞雨傘，回到他幽暗骯髒的小窩裡把雨傘修好。

還沒下雨，但氣象預報說會下雨。馬文喜歡雨天，雨水能夠把世界洗刷乾淨，讓萬物看起來清新閃亮，綠草聞起來也跟天堂一樣。煙硝色的雲朵在藍天翻騰，馬上就會下雨了。馬文是個高大的男人，他沿著第五大道漫步，沉重的靴子在人行道上發出聲音，長長的灰色大衣如同披風在他身後飄盪。他黑色的髮絲已經有點斑白，目光飄忽不定，眼白閃躲得如同驚嚇的野馬。

「免費的雨傘！」

中央公園是他最喜歡的工作地點。他從七十二街的入口進來，前往保護水域。他喜歡看池塘小艇像天鵝般滑過水面，放船的季節才剛開始，雖然可能會下雨，幾艘小船還是下水了。馬文平常的地點是愛麗絲夢遊仙境的雕像旁邊，在那邊玩耍的孩童不怎麼注意他，大人可是另一回事了，也許是因為他看起來也像故事裡的人物。今天這裡沒有孩童，馬文在最小的蘑菇雕像旁邊放下那袋雨傘，此時第一滴雨正滴在蘑菇光滑的圓點青銅表面上。

「免費的雨傘！」

他低沉的聲音有如雨中的雷聲。大家快步離開，沒有仔細看他提供的禮物。他永遠不懂為什麼，他只是想當個好人，雨傘不用錢。為什麼大部分的人都從他身邊逃竄，彷彿他是魔鬼一樣？不過，他還是堅守崗位。

「免費的雨傘！」

一個溜著滑板的年輕人在他面前停下，他只穿了T恤、牛仔褲跟高筒帆布鞋，臉上掛的笑容彷彿轉頭望著愛麗絲的赤郡貓。他從馬文手裡接過雨傘，用擊掌表達感謝。

「謝啦，老兄！」

他加速離開，滑板濺起層層水花，他手裡高舉大大的粉紅色雨傘。雨勢漸緩成毛毛雨，公園裡的人也放慢腳步。馬文一開始沒有看見她，那個身穿紅色雨衣的小女孩，她掉了一顆門牙，鼻子上有雀斑。

「你好。」她說：「我是愛麗絲，跟雕像一樣。」她指了指同名的雕像。馬文彎下腰來，才好看得清楚，且向她握手。

「我是馬文，很高興認識妳。」

她是英國人。馬文在電視上聽過這種腔調，他一直覺得自己很適合英國，因為他有一口歪牙，還喜歡下雨。

「愛麗絲，妳在這裡啊！我是不是跟妳說過，不要跟陌生人講話？」

女人加入他們的行列，注視他的目光彷彿他會咬人一樣。

「他不是陌生人，他是馬文。」

馬文露出最燦爛的笑容，向女人拿出袋子裡最棒的禮物。「免費的雨傘。」

女人沒搭理他，她拉著愛麗絲的手，想把她拖開。垃圾，她把他當垃圾。馬文臉頰脹紅，脖子後面的寒毛發癢，他開始耳鳴。他才不是垃圾。

「拿去！」他大吼，用雨傘戳她。

「你這智障！別碰我！」她氣憤地說，轉身踩著高跟鞋就走，拖著哭哭啼啼的愛麗絲。母親的手一鬆開，愛麗絲就掙脫開來，朝雕像跑回來。

「馬文！」她大喊，想挽回場面。他們四目相視，在她媽能把她拖走前，她給了他一個飛吻，他一把接住。馬文回家前，在白兔雕像旁邊留了一把上頭有紅色愛心的白色雨傘，說不定她會回來啊。

蘿拉打了個呵欠，在椅子上伸起懶腰。她看了看錶，今天在螢幕前面待上三個小時已經太超過了，她需要透透氣。

「走吧，胡蘿蔔。」她說：「該出門散步了。」外頭的天色有如灰色的大理石花紋。「看起來要下雨囉。」她對不想出門的胡蘿蔔說：「我覺得我們要打把傘。」

29

飯廳看起來像是童話世界裡的空間。餐桌上鋪了雪白的亞麻餐桌布及餐巾，每件銀餐具都整齊排好，水晶雕花玻璃杯在水晶吊燈下閃著光芒，彷彿在眨眼。這是蘿拉成為派杜瓦女主人之後的第一個聖誕節，她希望做到盡善盡美。如果她成功了，也許就能阻擋不愉快的念頭，這些念頭有如從食物儲藏室牆面裂痕裡爬出來的黑色螞蟻，她實在無法擺脫，感覺前任女主人還徘徊不去。她從紙盒裡把銀白相間的聖誕拉炮拿出來，一一仔細擺在摺好的餐巾上頭。

這天早上，雖然天色尚暗，但她曉得臥房裡有了變化。這種感覺就像是小時候的聖誕節早晨，晚上睡覺時掛在床腳的長襪空空如也，但現在卻裝了禮物一樣。她感覺得到這種細微的變化，就在她光腳朝窗邊走去時，她踩到的並不是地毯，而是有硬、有軟、尖銳或圓滑的物品。日光證實了梳妝台抽屜裡的東西統統倒了出來，全撒在地板上。

蘿拉拿起一個酒杯，擦拭起不存在的汙點。陽光跟她爸媽今晚會來吃聖誕晚餐，哥哥也受邀了，但他懶得動。佛萊迪也會來，她不曉得該不該邀請他，但莎拉的精神喊話說服了她。他答應了，之後，蘿拉浪費了不少時間思索原因。她有各式各樣的假設：因為她讓他措手不及、他很寂寞、他想吃烤火雞，但不會做、他沒地方過節、他可憐她。讓她心煩、欣喜、難以接受的解釋最簡單：他答應是因為他想來。

也許她是在睡夢中把東西拿出來的，就跟夢遊一樣，這叫「夢丟」吧。沒有盜賊入侵的現像，因為東西都還在。昨天，她看到陽光在花園房間裡就著開始日夜糾纏她的艾爾．包利歌曲跳舞。

「音樂是妳放的嗎？」

陽光搖搖頭。「已經放了，我聽到就來這裡跳舞。」

蘿拉從沒聽過陽光撒謊。

「好了！」陽光看著手錶跑進飯廳，她做了百果餡派，現在廚房裡有一層麵粉跟糖霜。她帶著決心與蘿拉回到廚房，然後興奮地跳來跳去，等著蘿拉將派從烤箱裡拿出來。

「聞起來好香。」蘿拉說，陽光得意地臉紅了。

「時間抓得剛剛好。」佛萊迪如是說，他從後門走進，身後跟著一陣冷冽的寒風。「正巧來杯好喝的茶跟更美味的百果餡派。」

他們環繞餐桌而坐，喝茶、吹涼一口又一口的百果餡派，食物還有點燙，佛萊迪若有所思地望著蘿拉。

「怎麼了？」他問。

「沒事。」這不是什麼回答，比較像是反射動作。

佛萊迪揚起眉毛。陽光把剩下的百果餡派塞進嘴裡，然後滿口食物說：「這是騙人。」

佛萊迪大笑起來。「哎啊，裝堅強零分，有話老實說才是上策。」

他們期待地望向蘿拉，她告訴他們化妝台、音樂，甚至還有玫瑰花園裡的幽影，陽光則不以為然。

「只是那位女士。」她說得好像這再清楚不過一樣。

「這是哪位女士？」佛萊迪的目光持續堅定擺在蘿拉身上。

「聖安東尼的髮妻，繁花聖女。」她伸手拿了另一個派，扔在桌下給胡蘿蔔吃。佛萊迪向她使了個眼色，用氣音對她說：「我看到了。」陽光差點露出微笑。

「但現在安東尼過世了，她為什麼還在這裡？」蘿拉很訝異自己居然會把這件事當真，問出這種問題。

「對啊。我們都替他們舉行那麼精巧的婚禮了，她為什麼還要在這裡搗亂、破壞人家平靜的生活？」蘿拉完全不曉得佛萊迪是不是認真的。

陽光聳聳肩。「她不高興。」

雖然蘿拉懷疑，但她的胃如同抽獎機一樣攪動了起來。

聖誕節這天早晨陽光和煦燦爛，蘿拉跟胡蘿蔔一起在花園裡漫步，她心情大好。平安夜平靜地過去了，她去附近教堂參加子夜彌撒，她跟上帝小聊了一下，也許這樣也有幫助。蘿拉跟上帝不常聯絡，但聖誕節時總會問候一下。

陽光跟她父母十二點整抵達。

「陽光八點就準備好了。」她媽把外套交給蘿拉時說：「如果我們讓她出門，她會跑來吃早餐。」

蘿拉向他們介紹佛萊迪。「這位是史黛拉，這位是史丹。」

「我們自稱『史上二人』。」史黛拉笑著說：「謝謝妳邀請我們來。」

史丹笑了笑，將一盆聖誕紅跟一瓶西班牙粉紅香檳塞給蘿拉。

「在聖誕節來點粉紅氣泡酒最棒了。」史黛拉如是說，然後理了理自己最好的洋裝的裙面，在門口鏡子裡察看儀容。陽光得意地帶他們在屋裡到處參觀，史黛拉跟史丹發出敬佩的讚嘆。回到廚房，佛萊迪正在攪拌肉汁、烤加了油脂的馬鈴薯、查看水煮抱子甘藍熟了沒，順便喝伏特加馬汀尼，偶爾也會用感恩的神情偷瞥蘿拉。他們四目相視好幾次，他不肯把目光移開。蘿拉開始覺得很熱，他堅持要在廚房幫忙，作為感謝她的邀請。他向蘿拉舉起酒杯。

「如果他們是『史上二人』，那我就是詹姆士·龐德。」

聖誕晚餐展現出這頓大餐應有的豐盛，在有如童話故事般的銀白閃亮之中，他們吃太多、喝太多、扯開拉炮、說起冷笑話。胡蘿蔔駐守桌下，等待任何一隻提供食物的手。蘿拉得知史黛拉參加了讀書俱樂部，還學跳佛朗明哥，史丹則加入附近酒吧的擲飛鏢隊伍，他們現在是聯盟的第二名，再贏三場比賽就能得到冠軍。不過，史丹真正的熱情是音樂。佛萊迪很高興，他們的品味同樣多元廣泛，從搖滾變色龍大衛・鮑伊、中音薩克斯手亞特・派柏、來自愛丁堡的普羅克萊門兄弟，到伊特・珍，可以看出陽光對音樂及跳舞的熱愛是遺傳到誰。

當蘿拉、陽光跟史黛拉收拾餐桌，準備去整理原本是廚房的轟炸據點，佛萊迪跟史丹則癱坐在椅子上，如同兩顆洩了氣的舒芙蕾。

「我已經好幾年沒吃到這麼讚的聖誕大餐了。」史丹深情地摸摸肚皮。「只是別跟太太講。」他對佛萊迪使了個眼色。

胡蘿蔔從桌子底下冒出來，心滿意足地睡在佛萊迪旁邊。佛萊迪替史丹倒了一杯威士忌。

「開火車聽起來真的有這麼讚嗎？這是男孩子夢寐以求的工作？」

史丹旋轉起玻璃杯裡的琥珀色液體，讚嘆地嗅了嗅。

「大致上來說是這樣。」他說：「有時我覺得我是世界上最幸運的人，但在我正式接下這份工作前，我差點放棄。」

他啜飲起威士忌，遙想那個他曾努力想要擺脫的回憶。「我那時才剛開始獨自駕駛兩個禮拜，那天是最後一班車，外頭又冷又黑，我期待我的晚餐。一直到撞上那位女士後，我才看見她，但之後也沒有什麼好看的了。」

他又喝了口威士忌，這次大口得多。「消息上了地區新聞。他們說她生病了，精神有問題。她就站在寒夜之中，等待我的列車，真是不幸。她有個很可愛的小女孩，他們把她的照片登在報紙上。」

佛萊迪搖搖頭，從齒縫間吹了聲口哨。「老天，史丹，我很遺憾。」

史丹喝完杯中物，將杯子放在桌上。「都是威士忌啦，害我感傷。那是很久以前的事了，感謝老天，史黛拉好說歹說，讓我恢復理智，繼續駕駛。」他們靜靜坐了一會兒，然後史丹提醒道：「但別跟陽光說，我沒有跟她提過這件事。」

「當然。」

走廊傳來腳步聲，胡蘿蔔翹起耳朵。陽光捧著托盤走了進來，身後是蘿拉跟史黛拉，她把托盤放在桌上。

「現在可以喝好喝的茶，吃更美味的百果餡派了。」她指著堆得高高的餐盤。

「然後我們要來玩遊戲。」

第一輪玩到一半，陽光忽然想起了要跟父母說什麼。

「佛萊迪是個臭雞蛋爛渣男。」

佛萊迪差點被威士忌嗆到，但史黛拉用令人欽佩的冷靜態度問：「妳怎麼會這麼想？」

「費莉絲蒂跟我說的，她是佛萊迪的女朋友。」

「前女友。」佛萊迪沒好氣地說。

史丹笑到顫抖，佛萊迪顯然很尷尬，但陽光不為所動。「所以臭雞蛋爛渣男是什麼意思？」

「那代表不會接吻。」這是第一個出現在蘿拉腦袋裡的念頭。

「也許你該多練習。」陽光好意地說，還拍拍佛萊迪的手。

陽光跟「史上二人」回家後，屋內變得好安靜，剩下蘿拉跟胡蘿蔔，還有佛萊迪，但他人在哪？蘿拉送陽光及她父母離開時，他就不見了。她覺得自己好像輕浮的青少年，不確定是該感到興奮還是害怕。她告訴自己，這是酒精作祟。佛萊迪從花園房間走出來，牽起她的手。

「來。」

花園房間裡點亮了好幾根蠟燭，冰桶裡有一瓶香檳，旁邊還有兩個玻璃酒杯。

「妳願意與我共舞嗎？」佛萊迪問。

他把唱針移到唱片上，蘿拉在心底與上帝連線，這是這幾天來的第二次，**拜託、拜託，千萬不要是艾爾．包利的歌**。

她在佛萊迪懷裡希望艾拉．費茲潔拉能即興多唱幾段〈呵護我的人〉。佛萊迪抬頭，蘿拉跟著他的目光望向掛在水晶吊燈上的槲寄生。

「練習成就完美。」他低聲地說。
他們接吻時，特芮絲的照片裱框玻璃靜靜碎裂，充滿裂痕。

30
尤妮絲
一九八九年

擺在矮櫃上的照片本來是協助高弗瑞認人用的，但不是每次都管用。轟炸機、尤妮絲跟珍寶貝走進撒滿陽光的客廳時，高弗瑞正在翻皮夾。

「我要押肯普頓園兩點四十五分『我的比爾』十英鎊。」

葛瑞絲深情地拍拍他的手。「高弗瑞親愛的，這是你兒子轟炸機。」

高弗瑞從眼鏡上方瞥了一眼轟炸機，然後搖搖頭。「少來！妳以為我認不出我自己的兒子嗎？想不起來這傢伙的名字，但他肯定是我的組頭。」

尤妮絲看著轟炸機雙眼泛淚，他則回憶起無數次，他替爸爸下注時，父親會特別叮嚀：「別告訴你媽。」尤妮絲輕輕勾住高弗瑞手臂。「你們這裡好漂亮，今天天氣很好。不曉得你是否能夠好心帶我們參觀一下花園？」

高弗瑞對她展露歡快的笑容。「小姐，這是我的榮幸，我猜我的狗也能散散步。」他用稍微不解的神情望著珍寶貝。「不過，我必須坦承，我實在忘了自己養了這個小男生。」

高弗瑞戴上葛瑞絲交給他的帽子。「走吧，轟炸機。」他對珍寶貝說：「該伸伸腿了。」

如果遭人誤認為小公狗，還用主人的名字叫牠這件事讓珍寶貝覺得冒犯，那牠掩飾得很好，遠超過轟炸機掩飾自己的哀傷，被老爸誤認為是他的組頭。葛瑞絲用手撫摸他的臉。

「開心點，親愛的，我曉得很難。昨天早上，他驚坐在床上，指控我是瑪莉安・菲絲佛。」

轟炸機還是露出微笑。「媽，走吧。咱們最好在他們淘氣使壞前追上他們。」

到了室外，劃過藍天的是飛機拖行的凝結尾跡，看起來很像史前生物一節一節的脊椎。「荒唐盡頭住宅」沒有荒唐，只有又大又美的花園供居民欣賞。葛瑞絲跟高弗瑞三個月前才搬進來，顯然當時高弗瑞的理智已經行向遠方的氣候帶，而葛瑞絲無法繼續獨自照顧他了。他偶爾會靠回現實的岸邊，但老高弗瑞大部分的意識都已經跳船了。「荒唐盡頭」是最佳的港口，他們擁有自己的房間，但需要的時候，幫手就在附近。

高弗瑞跟尤妮絲勾著手臂漫步在陽光下，用微笑向每個人打招呼。珍寶貝跑在前面。當牠停下腳步小解時，高弗瑞搖搖頭，嘖了一聲。「希望那條狗學會抬腿尿尿，不然接下來我們就會看著這個小男生插上紫丁香，開始唱音樂劇的歌曲了。」

他們坐在華美魚池旁的木頭長椅上，珍寶貝站在池塘邊上，入迷地望著錦鯉湊著討食的銀白水花看。

「想都別想，」尤妮絲警告道：「那不是生魚片。」

葛瑞絲跟轟炸機跟上了他們，高弗瑞正跟尤妮絲介紹起其他居民。

「我們有滾石樂團的米克．傑格、演過偵探白羅的彼德．烏斯蒂諾夫、擔任過兩任首相的哈羅德．威爾遜、新聞記者安潔拉．瑞彭、貓王、女演員古姬．懷特斯，還有先前在史丹利街開自助洗衣店的強森太太。而妳永遠也猜不到那天早上，我在誰身邊醒來。」

尤妮絲迫不及待地搖搖頭。高弗瑞停頓了一下，然後也哀傷地搖起頭來。

「不，我也猜不到了。我剛剛還記得，現在卻忘了。」

「你告訴我是瑪莉安．菲絲佛。」葛瑞絲想要幫忙，高弗瑞大笑起來。

「這個啊，現在我想起來了。」他說，然後對轟炸機使了個眼色。「對了，你幫我下注沒？」

在轟炸機能夠回答之前，尤妮絲帶領他的注意力望向遠方的身影，那人戴著大大的墨鏡，穿了高到不行的高跟鞋，步履蹣跚地朝他們走來。

「噢，天啊！」轟炸機哀號道：「她想幹嘛？」

波夏花了點時間才穿過草坪追上他們，尤妮絲用很感興趣的目光看著她搖晃的腳步。珍寶貝自己跳上高弗瑞的大腿，開始替怒吼暖身。高弗瑞用有點好奇的眼光看著波夏的到來，卻沒有認出她來。

「哈囉，媽咪！哈囉，爹地！」波夏冷漠地說，高弗瑞轉過身去看她是在跟誰打招呼。

「波夏。」轟炸機溫柔地說：「他不是一直都記得……」在他說完話前，她就自己湊到高弗瑞身旁的長椅上，想要握住他的手。珍寶貝發出警告的怒吼，波夏跳了起來。

「噢，真是拜託。又是這邪惡的臭狗！」

高弗瑞用手緊握珍寶貝，保護起牠來。「這位小姐，妳不准跟我的狗這樣講話。妳又是哪位？現在就走，別打擾我們的寧靜！」

波夏火氣都來了。她從倫敦開了三十幾公里的車，宿醉到頭痛欲裂，還迷路三次。而且，她還錯過了夏洛特的「名牌包與皮帶」早午餐約會。

「爹地，別鬧成這樣了，你他媽非常清楚我就是你女兒。不要因為我沒有跟你那討人厭的乖兒子及他可悲的單戀小夥伴一樣，每五分鐘在你身邊噓寒問暖，你就這樣，好不好？我是誰，你清楚得很！」她氣呼呼地說。

高弗瑞不為所動。

「這位小姐。」他望向她脹紅的臉。「妳顯然在太陽下待太久，還沒戴帽子，妳的理智下班了。我的女兒絕對不會以這種可怕的態度講話行事，而這個人是我的組頭。」

「那她呢？」波夏不屑地指著尤妮絲。

高弗瑞笑了笑。「這位是瑪莉安．菲絲佛。」

葛瑞絲好說歹說，說服波夏跟她進屋去喝一杯。轟炸機、尤妮絲、高弗瑞跟珍寶貝繼續在花園裡散步。蘋果樹下，有張準備了茶水點心的小桌子，一位優雅的老太太端起杯盤喝茶，一名小姐正在吃檸檬凝乳塔。

他們經過打招呼時，小姐說：「我最喜歡這個了，要來一點嗎？」她把玻璃蛋糕架移向他們。轟炸機跟尤妮絲婉拒，但高弗瑞自己動手。珍寶貝散發出沮喪的神情，年長的女士對她的夥伴笑了笑，說：「伊萊莎，我想妳冷落了另一位朋友。」珍寶貝吃了兩個檸檬凝乳塔。

回到屋內，他們發現葛瑞絲自己一個人。

「波夏呢？」轟炸機問。

「氣呼呼地趕回倫敦了，我可不覺得意外。」葛瑞絲說：「我想跟她講道理，但……」她哀傷地聳聳肩。

「我實在不懂她的反應怎麼會這麼嚇人。」轟炸機說。

葛瑞絲轉頭望向正在與尤妮絲交談的高弗瑞，確保他聽不見。

「我覺得我可以理解。」葛瑞絲對轟炸機說，還牽著他的手，但他走去沙發旁。

「我記得她好小好小的時候。」她哀傷地說，回想起她的小女兒，臉上掛著缺齒的微笑，還有歪歪的兩隻小馬尾。「她一直都是爹地的小寶貝。」

轟炸機握起她的手，捏了捏。

「現在她失去爹地了，」葛瑞絲繼續說：「也許這是她長大之後，第一次面對金錢無法彌補的問題。她心碎了，但她束手無策。」

「就只會傷害愛她的人。」轟炸機沒好氣地說。

葛瑞絲拍拍他的膝蓋。「她只是不曉得該怎麼面對而已。她哭哭啼啼離開，還說她親愛的爹地是可惡的老鱒魚。」

轟炸機抱了抱母親。「媽，別擔心，妳『討人厭的乖兒子』永遠都在妳身邊。」

他們要離開的時候，高弗瑞把尤妮絲叫到身邊來。

「私底下跟妳說件事。」他偷偷摸摸地對她使了個眼色，還壓低聲音。「我很確定那個女人**是**我女兒，但得了這種討厭的病，人總要來點安慰獎吧？」

31

根據陽光的說法，蘿拉讓佛萊迪「過夜」，但蘿拉**沒有**跟佛萊迪過夜。她的確跟他同床，但沒有跟他**上床**。蘿拉暗自笑了笑，覺得這種文字遊戲實在很「英國」，用同樣的字眼說不同的意思，但還是沒有說到重點。性，她沒有跟佛萊迪發生關係，還沒，說出來了。就這樣，才隔幾句話，她就從影射走進了男歡女愛之中。

聖誕夜，她跟佛萊迪共舞、喝香檳、聊起天南地北。她告訴他學校發生的一切，還有桌布巾及文斯。她告訴他那個流掉的孩子，他則緊緊抱著他。她告訴他，她替《羽毛、蕾絲及幻想小說》寫的短篇故事，他大笑到流淚。他告訴她，他曾有過一個名為海瑟的未婚妻，她是獵人頭顧問，想結婚生子，他卻不想，好吧，至少不想跟她結婚生子。他也告訴她，為什麼他要賣了小小的資訊科技顧問公司（海瑟相當錯愕，這也是壓垮他們關係的最後一根稻草），成為園丁。他受夠沒有真正生活，反而透過小視窗觀察人生。蘿拉終於告訴他格蘭及他們災難般的約會，她猶豫了一下，但在另一杯香檳的催化下，她也告訴他那個吻的事。

他笑了笑。「好吧，至少妳現在還沒有衝上樓漱口，所以我猜這是好現象，而且我希望妳還留著那件洋裝。」他沉默了一會兒，說：「一直到十七歲，我都尷尬得不敢親女生，因為這個。」他輕輕比了比嘴上的疤痕。「我出生時兔唇，外科醫生的手藝不是非常好……」

蘿拉靠上去，輕輕吻了吻他的嘴唇。

「嗯，看來兔唇並沒有阻礙你的技巧。」

佛萊迪告訴她費莉絲蒂的事。他多年老客戶牽的線，這位女客戶保證他們會「天雷勾動地火」，並沒有。不過費莉絲蒂是這位客戶的好朋友，所以佛萊迪持續與她交往，同時想辦法找出有尊嚴的逃生路線。

「有天晚上，我實在沒辦法繼續面對她的自吹自擂，還叫我小迪，所以我放她鴿子。不怎麼有尊嚴啦，我知道，但結果這個方法效果真好。我失去了那個客戶，但非常值得。」

最後，當佛萊迪跟蘿拉把話都講完後，他們依偎在彼此的懷裡，有如蓓蕾的花瓣緊緊相依而眠。

他們睡在特芮絲昔日臥房旁邊的客房裡，蘿拉起床發現抽屜物品散落地上那天，她就把自己的東西搬到隔壁去。她其實不怕，或該說是有一點。她有種恐怖的預感，如果那不是幽靈，就是不請自來加入這場盛宴的不速之客。掉了一根湯匙，桌角有一邊不穩，有瓶香檳雞尾酒洩了氣，第二小提琴的琴聲太刺耳了。派杜瓦上上下下都有點不協調，蘿拉不曉得該怎麼做才能恢復寧靜的生活。胡蘿蔔從來沒有走進特芮絲的臥房，但牠樂得在聖誕夜這天拋下位於壁爐邊的小床，窩在蘿拉、佛萊迪睡的床上腳邊。

當陽光得知「過夜」的消息時，她想知道所有的細節。佛萊迪穿誰的睡衣？他沒帶牙刷，怎麼刷牙？他會打呼嗎？他們接吻了嗎？佛萊迪告訴她，他借穿了蘿拉的睡衣，用肥皂跟法蘭絨布清牙齒，不，他沒有打呼，但蘿拉的呼聲足以撼動窗戶。噢，對，他們接吻了。陽光想知道佛萊迪現在接吻技巧有沒有進步，他說他的確上了幾堂課。蘿拉從來沒有見過陽光笑得這麼激動，但她信不信這一切實在很難說，她回家會不會一五一十重複這些話則又是另一回事。

十二月三十一日，天色還早。客房也看得到玫瑰花園，但今早在滂沱大雨下，幾乎看不清楚。佛萊迪晚一點才會過來，他們今晚會出門去附近的酒吧慶祝，但此時，蘿拉毅然決然往書房移動。她準備了兩份吐司跟一壺茶，胡蘿蔔跟在身後，她往壁爐生火，從架子上拿下小小的盒子，將裡面的東西放在桌上。外頭雨下得好大，流水聲搭配上柴火燃燒的聲音。這是蘿拉第一次不曉得自己手裡握著的是什麼東西，就算讀了標籤也一樣，她實在不知道這個東西是打哪裡來的，更不清楚其用途。

木頭小屋，畫上去的門窗，標示三十二號
地點：掉在瑪利街三十二號外頭
日期：十月二十三日……

愛德娜仔細看了看年輕人的識別證。他說自己是自來水公司的人，要來檢查管線。這只是例行拜訪，他說，在冬天抵達前，他們會替所有超過七十歲的客戶免費檢查。愛德娜七十八歲了，需要眼鏡才看得見識別證上的字，她兒子大衛總會提醒她開門要格外注意，別讓陌生人進屋。「妳不曉得對方是誰，就讓門鍊拴著。」他警告道。問題在於，門鍊拴著，她就只能把門開啟一條小縫，而距離太遠，就算戴了眼鏡，她也實在看不清楚識別證上的字。年輕人露出捺著性子的微笑。他看起來沒問題，穿了連身工作服，右胸上有個標誌，還提著黑色的塑膠工具箱。識別證上的照片看起來的確像他，她覺得她認得出「泰晤士」跟「水」這幾個字。她讓他進屋，她不希望對方覺得她是個愚蠢、無助的老太婆。

「你要來杯茶嗎？」她問。

他露出感激的微笑。「妳真是顆鑽石無誤，我快渴死了，我最後一口茶是今早七點喝的。一點牛奶跟兩顆糖，我就快樂似神仙。」

她帶他前往樓下的廁所、樓上的浴室，以及平台的曬衣間，儲水的水艙就在這裡。進了廚房，她開始燒水，在她等待水滾的時候，她望著自己長形的後花園。愛德娜住在倫敦東區的平頂房屋快要六十年了，她跟泰德婚後就搬了進來，他們在此生養孩子，等到大衛跟他妹黛安娜長大成人、離家後，貸款都已經付清了。當然，他們現在絕對買不起這種房子。愛德娜是過往留下來的唯一老人，他們一個接著一個，房子都被買走，房子改得亂七八糟，房價就跟妓女的短裙一樣，掀得高高的，拉都拉不下來，這是她家泰德會說的話。最近街道上都是開著閃亮汽車的年輕專業人士，吃瑞士小火鍋，口袋裡的錢多到不知道該去哪裡花。以前不是這樣的，孩子在街上玩，每個鄰居你都認識，他們的事情你也都一清二楚。

年輕人自己回到廚房，愛德娜正在倒茶。

「我就喜歡這樣。」他說，大口喝下。他看起來似乎在趕時間。「樓上都沒問題。」

他迅速看了一下廚房水槽底下，然後在水龍頭下把馬克杯洗掉。愛德娜讚賞這個年輕人，他是個好孩子，就跟她的大衛一樣。他媽媽顯然把他教得很好。

中午過後不久，門鈴再度響起，一天兩位訪客幾乎是前所未見的事。門縫裡有個身材瘦小、俐落打扮的黑皮膚女人，看起來約莫六十幾歲了。她穿了一身海軍藍的套裝，白色的罩衫白到會發光，在她僵硬的小鬈鬈髮上戴著一頂海軍藍的帽子，帽子上還有一層紗網，遮住她臉的上半部。在她們兩人能夠開口前，那個女人忽然腿軟，一把緊抓著門框，這才沒有跌倒。不一會兒，她就坐進愛德娜的餐桌旁，用手替自己搧風，還用濃厚的牙買加口音不斷道歉。

「親愛的，真抱歉，是我又發作了，醫生說跟我的血糖有關。」她在椅子上向前靠，差點跌下來，然後才恢復。「真不好意思讓妳看到這樣的我。」

愛德娜打發她的道歉。

「妳需要的是來杯熱呼呼的甜茶。」她說，然後又在水壺裡加水。老實說，她很高興有人作伴。女人自稱茹比修女，她挨家挨戶敲門，提供她的專長，她是靈性治療師、解讀師、顧問。她告訴愛德娜，她會看手相、解牌卡、擺水晶，她精通西非的歐比亞、印度的絕毒跟裘裘等巫術。愛德娜完全不認識什麼歐比王、絕地武士跟裘蒂的，但她一直都很熱中於算命仙之類的話題，超級迷信。在這個房子裡，新鞋絕對不會擺在桌上，雨傘絕對不會在室內打開，兩個人不會在樓梯一上一下交會。她愛爾蘭血統的奶奶會替鄰居解讀杯底的茶葉渣，而她的一位阿姨靠著「潘杜蓮加小姐」的身分在布萊登碼頭解水晶球。當茹比修女喝完茶恢復精神，提議要看愛德娜的手相時，愛德娜再樂意不過。茹比修女用自己的手握著愛德娜的手，掌心向上，然後用另一隻手劃著手掌好幾次，她花了整整一分鐘研究愛德娜掌心的皺起地形。

「妳有兩個孩子」她終於開口：「一男一女。」

愛德娜點點頭。

「妳丈夫過世了……八年前的事，他這裡痛。」茹比修女用空閒的手揪住自己胸口。從酒吧回家的路上，泰德心臟病發身亡。葬禮只接受鮮花，但歡迎捐款給英國心臟協會。茹比修女有模有樣地碰觸愛德娜的手，彷彿是要解讀什麼特別複雜的訊息一樣。

「妳擔心妳的房子。」她終於開口。「妳想留下來，但有人要妳走。是個男人，妳兒子，對不對？不，不對。」她仔細望向愛蓮娜的手，然後向後靠，閉上眼，彷彿想要在腦海裡看見這個男人。忽然間，她坐直身子，雙手用力拍在桌面上。「他是生意人！他想買妳的房子！」

在喝了第二杯茶跟吃了剛開的黑巧克力夾心餅乾之後，愛德娜把朱利斯．文斯葛夫的事統統告訴茹比修女。這個人是地產開發商、企業家，還是低級又貪婪的王八蛋（只不過她沒用王八蛋這三個字，畢竟茹比是修女）。他這幾年來不斷說服她把房子賣了，他已經買下街上其他大多的地產，還獲取暴利。最後，他惡棍般的行徑逼得大衛找了律師，向朱利斯提出禁制令，讓他沒有進一步騷擾。不過，愛德娜總覺得他像禿鷹一樣威脅盤旋，等著她斷氣。茹比修女仔細聆聽。

「他聽起來又壞又危險。」她彎下腰，從她那寬大、用了許久的提包裡開始翻找。

「我這裡有個東西肯定可以派上用場。」

她把一塊小小的平板木頭擺在桌上，正巧就是這棟屋子正面的形狀。四扇窗戶跟藍色的大門是手繪的，門的顏色就是愛德娜家門的顏色。

「請問妳家幾號？」茹比修女問。

「三十二。」

茹比修女從包包裡拿出一枝筆，在房子門上寫下大大的「三十二」。

「好了，」她說：「這是最有力量的護符，只要妳按照我的話來做，這個東西就能保護妳。」

她用雙手緊握房子，然後閉上雙眼，嘴裡低聲念念有詞了好幾分鐘，然後將房子放在廚房餐桌中央。

「就擺在這裡。」她說了算。「這是妳家的中央位置，這個房子會從這裡保護妳，不過，妳要知道，現在這棟房子——」她一邊說，一邊指著木頭的小屋子。「已經成了妳家。妳只要保護好這棟小房子，它也會保護妳的大房子。不過，妳絕對不能傷害這棟小房子，不然妳的房子也會受到同樣或更嚴重的災害，無論是水、火、破壞，什麼都一樣。魔法是不可逆的，詛咒也無法收回。」

愛德娜望著小小的木頭房子，懷疑它是否真的能夠保護她不受朱利斯．文斯葛夫的影響。好吧，試試看應該無傷大雅吧？茹比修女拿起杯碟走到水槽邊，雖然愛德娜抗議，但她還是仔仔細細地把杯子跟碟子洗得乾乾淨淨，然後放在瀝水盤上晾乾。愛德娜轉頭將餅乾放回盒子裡時，茹比修女用濕濕的手擺在木頭小屋上，還在門面上灑了三滴水。

「好啦，」她一邊說，一邊提起包包。「我已經占用妳太多時間了。」

愛德娜找起錢包，但茹比修女拒絕收費。

「跟妳聊天很愉快。」她一邊說，一邊朝門口走去。

卸妝之後，鏡子裡的面容變得比較年輕。藏在鬈鬈假髮之下的頭髮是黑色的平板直髮，穿上牛仔褲、靴子跟豹紋大衣，茹比修女消失了，席夢．拉莎爾現身。她望了望名牌手錶，提著名牌包包。到了餐廳，朱利斯已經到了，他的手指不耐地在潔白亞麻桌布巾上敲啊敲的。

「香檳，謝謝。」她用充滿自信的河口口音英文向經過的服務生點餐。

朱利斯揚起眉毛。「妳值得來一杯嗎？」

席夢笑了笑。「你覺得呢？」她說：「一切進行順利。我的男孩今早過去，搞定了水龍頭。運氣站在我們這邊，浴室就在廚房正上方。」她又看了看錶。「廚房天花板現在應該已經崩塌了。」

朱利斯笑了笑。「母子好搭擋。」

他把一個厚厚的棕色信封推過桌子。席夢點了點內容物，然後將其塞進包包裡。

服務生拿著香檳過來，替兩人斟杯。朱利斯舉杯。

「跟妳做生意真是愉快。」

送茹比修女離開後，愛德娜在沙發上小躺了一下。一天出現兩位訪客是很愉快，但讓她有點累。約莫一個小時後，她醒了，正在下雨，廚房在下雨。餐桌上的木頭小屋濕透了，顏料沖刷流光，窗戶也不見了，但三十二號這幾個字還清晰可見。愛德娜抬頭，看到天花板上有個逐漸擴大的暗色區塊，她聽到的最後一個聲響是木板條跟石膏塗層屈服落下的聲音。

「好了！好了！我投降。」蘿拉撫摸過去五分鐘不斷磨蹭她膝蓋的溫暖腦袋，胡蘿蔔餓了，還想尿尿。午餐時間老早過了，蘿拉看了看桌上眼前貼好金色星星的一堆物件，然後看看手錶，已經快三點了。

「可憐的胡蘿蔔，」她說：「我敢說你一定憋得受不了了。」

外頭持續下著傾盆大雨，所幸胡蘿蔔在聖誕節時收到一件防水的雨衣（還有很多別的禮物）。牠跑進花園，蘿拉負責張羅午餐。牠一下就回來了，還在地板上留下濕濕的狗爪印。午餐之後，蘿拉上樓尋覓晚上要穿的衣服。她花了不少時間選擇適當的內衣褲，她自己都覺得不好意思，適當得很不適當。尋找她最喜歡的耳環時，她以為她把東西放在特芮絲房裡，便過去查看。她轉動冰冷的黃銅門把，卻發現房門從裡面鎖住了。

32

佛萊迪用腳趾戳了戳被毯裡的胡蘿蔔，說：「懶狗，起床去泡茶給我們喝。」胡蘿蔔舒適地窩進毯子裡，還發出滿意的呼嚕聲。佛萊迪用哀求的眼神望向蘿拉，但她忽然用枕頭壓住自己的臉。

「我猜就是我去了。」他從床上跳起，尋找可以穿的衣服，不是為了端莊，只是為了保暖。蘿拉的睡袍基本上不符合這個條件，但方便在手。佛萊迪拉起窗簾，新年的陽光藍天露臉。蘿拉伸起懶腰，溫暖被毯底下的她一絲不掛，她懷疑她有沒有時間溜進浴室，把自己打理得能看一點，不要這麼像中年婦女。不過，這麼做有什麼意義？佛萊迪該看的都看完了。蘿拉用手指爬梳頭髮，望向床邊桌子上的小鏡子，瞧瞧昨晚的睫毛膏有沒有弄髒她的眼周，至少她的牙齒很整齊。

等到他們起床、著裝、吃起烤豆吐司時，已經是兩個小時之後的事情了，這時陽光才到。他們說好，如果今天天氣好，他們就會帶胡蘿蔔去附近的公有地散步。蘿拉、佛萊迪手牽手漫步，陽光則跟胡蘿蔔跑在前面，丟著繩結球狗玩具（又是另一個聖誕禮物），讓狗狗去撿。

「我覺得小胡蘿蔔只是配合陽光演出，自己並不覺得好玩。」佛萊迪說。

蘿拉看著胡蘿蔔乖乖把球撿回給陽光，似乎只是為了讓她隨手亂扔，然後命令牠：「去撿！」

「我懷疑在牠找到更有趣的事情玩之後，牠就不會繼續理她了。」

當然，一球之後，胡蘿蔔看著小球滾落進荊豆的多刺灌木之中，然後就跑去追兔子了。陽光指派可憐的佛萊迪作為替代胡蘿蔔的角色，沒多久，他就身陷於荊豆的銳刺裡。

「算了啦，」蘿拉在佛萊迪冒險受傷多次時說：「我們再買就好。」

「不行！」陽光哀號起來：「那是牠的聖誕禮物。牠會很難過，而且牠會討厭我，因為我不會丟直線，因為我是個蠢貨。」

陽光都快哭了。

「妳肯定不是什麼蠢貨！」佛萊迪終於從不淺的灌木裡爬出來，得意地搖晃著繩結球狗玩具。「是誰這樣說妳？」

「在學校的時候，我在打繞圈球的時候沒辦法丟球，妮可拉．克羅就會這樣叫我。」

「好，妮可拉．克羅懂個屁，而妳，年輕的小姐，妳是跳舞的蟹鴴，千萬別忘了這點。」

他把玩具交給她，把傷痛從她臉上抹去，但要求微笑還是太多了。胡蘿蔔追兔子累了，錯過了這一切，牠緩緩走回來，嗅著牠的玩具。然後，牠舔了舔陽光的手，結果得到一個微笑。

他們繼續前進，蘿拉保管起胡蘿蔔的玩具，佛萊迪檢視自己的傷口，陽光則忽然朝著草地上的一個閃亮小東西跑過去。

「看！」她用手指挖開泥巴。

「這是什麼？」佛萊迪從她手上接過，把泥土抹去，那是一枚象寶寶形狀的青銅鑰匙圈。

「我們該把它帶回家。」陽光說：「我們要替它寫一張標籤，然後放在網站上。」

「妳不覺得我們已經有很多失物了嗎？」蘿拉如是說，她想起塞在架子跟箱子裡的東西，統統還等著它們的金色星星貼紙。不過，佛萊迪同意陽光的說法。

「聽著，我在想，我們該怎麼引起大眾對網站的注意。把東西拍照上傳只做了一半，另一半功夫則需要讓對的人注意到。現在安東尼有個好故事，我相信我們能夠引發地區媒體的興趣，說不定還會有廣播節目、電視節目來採訪。不過，如果我們除了舊東西，還能有些近期的失物，也許這樣也會有幫助。」

真正有幫助的是佛萊迪用了「我們」這個詞。面對安東尼留下、令人卻步的一切，她不再是孤軍奮戰，她有幫手。這種幫手她自己實在拉不下臉，也害怕主動尋求。

回到派杜瓦，陽光直接走進書房，替鑰匙圈尋找標籤紙。陽光的爸媽邀請他們過去喝下午茶，但陽光決定要先寫好標籤，把鑰匙圈放進抽屜或層架之中，然後才要出門。蘿拉上樓換衣服，佛萊迪則用廚房裡的舊抹布把胡蘿蔔的手腳都擦一擦。經過的時候，蘿拉又試了試特芮絲臥房的門，還是上鎖。回到廚房，她在陽光嚴密監控的目光下，替鑰匙圈寫下標籤。

「陽光？」

「嗯？」她認真專注思索蘿拉要寫什麼。

「妳記得那天妳說繁花聖女不高興？」

「嗯啊。」

蘿拉放下筆，把濕濕的墨水吹乾。她一放下標籤紙，陽光就拿了起來，繼續吹，保險一點。

「妳覺得是我惹她不高興嗎？」

陽光露出「妳怎麼可以蠢成這樣」的表情與姿態，基本上就是翻個白眼、鼻孔噴氣跟雙手扠腰。

「她不只是在氣妳，」話裡還有個「當然」的感覺。「她氣每個人。」

蘿拉沒有料到這個答案，如果她相信陽光所言（而陪審團還在喝咖啡商議這點），而她不是惹毛特芮絲的唯一人選，她實在鬆了口氣，但這個說法實在沒有辦法緩和她的情緒。

「但她為什麼不高興？」

陽光聳聳肩，此時此刻，她已經對特芮絲沒了興趣，只期待吃下午茶。她看看手錶，她現在會看整點跟大多數的半點，其他不上不下的時間都叫「差不多」。

「差不多要四點了。」她說：「下午茶四點整開始。」她起身站在門邊。「今天早上，我替下午茶做了杯子蛋糕、司康、更美味的百果餡派跟大蝦點心。」

佛萊迪笑了笑。「這也解釋了妳為什麼十一點半之後才出現。」他向蘿拉使了個眼色，用氣音說：「我真走運。」

「爸爸還做了香腸麵包捲。」陽光邊說邊穿上外套。

33 尤妮絲
一九九一年

「這香腸麵包捲完全比不上道爾太太的手藝。」轟炸機如是說，然後英勇吃起第二個。自從道爾太太退休，前往馬蓋特的濱海小屋後，一間連鎖麵包店接掌了她的烘焙坊，而大量預製的複製品取代了手工蛋糕及甜點。尤妮絲給他一張餐巾紙，因為麵包屑掉到他的大腿上了。

「我相信珍寶貝會很樂意收尾。」她一邊說，一邊望向小巴哥狗殷切的小臉。雖然品質不怎麼樣，但轟炸機還是吃完他的午餐，且將身上的麵包屑朝垃圾桶拍進去。尤妮絲替他買了兩個香腸麵包捲作為特別的慶祝，偶爾為之，她實在很擔心他的健康與腰圍。他們晚點會去「荒唐盡頭」看高弗瑞跟葛瑞絲，但這一年來，造訪變得愈來愈辛苦。她希望自己能做點什麼來減輕轟炸機的心痛，他看著自己過往的父親慢慢前往常人無法抵達的遙遠地平線之中，無力可回天。相較之下，高弗瑞的身體則健康到令人覺得諷刺的程度，他的心智相當脆弱，他就像是個容易害怕、憤怒的超齡孩童一樣。「身體壯如牛，腦袋跟飛蛾一樣脆弱。」這是葛瑞絲說的。他的困境對於深愛他的人都是懲罰，對高弗瑞而言，親朋好友現在都是讓他害怕、避之唯恐不及的對象。任何想要跟他交流感情的肢體接觸，無論是碰觸、親吻、擁抱，都會換來拳打腳踢，葛瑞絲跟轟炸機身上的瘀青能夠證明這點。葛瑞絲跟以往一樣堅忍泰然，但他們搬進「荒唐盡頭」差不多兩年之後，她跟丈夫就分房了。這些日子，愛他就要保持距離，以策安全。波夏躲得遠遠的，開始動手之後，她就再也沒有來過了。

轟炸機一邊不敢置信地搖搖頭，一邊將今早才送達的咖啡色信封包裹打開，裡頭的厚重手稿掉在桌上。

「我相信她只是想氣我。」

這是他妹最新的手稿。

「她有沒有寄給其他人啊？」尤妮絲從他身後瞥看，還自動地拿起大綱介紹。

「我相信有，我現在真是尷尬死了。她肯定把上一部手稿寄給布魯斯了，布魯斯說他差點就出了，就是為了看我的表情。」

尤妮絲已經全神貫注讀起手裡的文件，靜靜地笑了起來，渾身顫抖。轟炸機向後靠在椅背上，雙手枕在腦後。「好啦，快結束我的痛苦吧。」

尤妮絲對他搖搖手指，咧嘴一笑。「你這樣講也太逗了，但我剛好想到，也許我們可以請凱西．貝茲綁架波夏，把她綁在偏遠木頭小屋的床上，用長柄大槌敲斷她的雙腿，然後指點指點她優質小說該怎麼寫。」

他們第一次去看電影《戰慄遊戲》，後來吃晚餐時，兩人列出長長的作家名單，覺得這些人可以在凱西．貝茲創意寫作學院裡好好上一課。尤妮絲真不敢相信他們居然漏了波夏。

「扭斷她的十根手指頭還簡單一點咧，這樣她就根本不能寫作了。」

尤妮絲用假裝的不滿對轟炸機搖搖頭。「但那樣我們就少了這樣的文學珍寶了。」她在空中搖了搖大綱說明。她清清嗓，停頓一下，製造戲劇效果。珍寶貝對她叫，要她繼續說下去。

「簡寧．愛是一名年幼的孤兒，由有錢又壞心的舅媽威德太太養育長大。她是個奇怪的孩子，看得見鬼魂，而舅媽到處說她『嗑藥』，送她去私立的海伍德勒戒診所。海伍德的所有人布萊克費斯特先生把錢都花在海洛英上頭，只給女孩吃麵包跟豬油。簡寧跟敏感的女孩艾倫．史高林成為朋友，但艾倫被乾麵包邊嗆死，因為現場沒有合格的急救員，而簡寧也不會哈姆立克急救法。」

尤妮絲停頓下來，看了看轟炸機需不需要哈姆立克的救援。他低聲笑到抽搐，珍寶貝坐在他腳邊，露出微微不解的神情。尤妮絲等他冷靜一點才繼續說。「布萊克費斯特先生因為違反健康與安全法規，坐牢去了，簡寧前往龐特佛雷特的普里克菲爾德莊園擔任互惠生，她負責照顧一位名為貝兒的法國小女孩，而她的老闆是皮膚黝黑的低調男子，彷彿有什麼不為人知的困擾，他叫做曼徹斯特先生。他很會大吼大叫，但對僕人很好，簡寧愛上他。有天晚上，他起床發現自己頭髮著火了，而簡寧救了他一命。他向簡寧求婚，婚禮是場災難。」

「才不只這樣咧。」轟炸機激動地說。

尤妮絲繼續：「眼看他們就要交換誓言，說時遲那時快，一位梅森先生出現，宣稱曼徹斯特先生已經跟他的姊姊邦緹結婚了。邦緹吸古柯鹼吸到腦子不正常，成天在閣樓裡爬來爬去，又吼又叫，想要咬人的腳踝，她的看護每天拿著K他命麻醉劑要替她靜脈注射。簡寧提著行囊，在她到處流浪差點凍死之際，一名善良的重生基督牧師及他的兩位妹妹發現了她，還帶她回家。運氣真好，簡寧居然是他們的表妹，而好運還沒走完，一位失聯已久的叔父過世，把財產都留給她。簡寧跟三兄妹平分財產，但不肯嫁給牧師，加入他在路厄斯罕倫敦自治市的傳道工作，因為她現在曉得曼徹斯特先生永遠都是她的真愛。她回到普里克菲爾德莊園，發現那裡已經燒毀。一位經過的老太太告訴她，『嗑藥婊子邦緹』放火，燒毀了大宅，還在著火的屋頂跳舞。曼徹斯特先生英勇救下多名僕人還有一隻貓，卻被掉落的樑柱弄傷了耳朵及雙眼，因此失明。現在，他恢復單身了，簡寧決定再給這段關係一個機會，但向曼徹斯特先生說，他們這次要慢慢來，因為她還是有『信任問題』。六週後，他們結婚了，而當他們的兒子出生時，曼徹斯特先生奇蹟似地恢復了一隻眼睛的視力。」

「這根本就是喜劇天才之作！」尤妮絲如是說，笑著把紙頁還給轟炸機。「你確定你一點也不想出？」

轟炸機用橡皮擦扔她，她彎腰躲過了。

尤妮絲坐回自己座位上，用雙手撐著自己的臉，若有所思。「你覺得她為什麼要這樣？」她問轟炸機：「我是說，她不可能只是想惹毛你而已，太費工夫了。就我對波夏的認知，現在這麼做也已經沒意思了，肯定還有別的原因。而且，如果她真的想出書，她可以自費出版，她顯然負擔得起這點小錢。」

轟炸機哀傷地搖搖頭。「我覺得她只是想要有什麼專長而已，不幸的是，她選錯領域了。她有那麼多錢，還有那麼多所謂的朋友，我猜她應該有時覺得生活挺空虛的。」

「我倒覺得也許是跟你有關。」尤妮絲再次起身，走去窗邊。她移動的時候比較容易整理思緒。「我覺得她想要大哥的認同，讚美、愛、認可，怎麼說都行，而她想要透過寫作來贏得。她在各方面都把自己逼入絕境，她粗魯、自私、膚淺，有時又鐵石心腸，她說什麼也不會承認自己在乎你對她的看法，但她的確在乎。在你小妹妹的心底，她只是希望你能以她為榮，所以她選擇寫作，不是因為她有什麼才華，更不是因為寫作讓她愉悅，這只是手段而已。你是出版社老闆，她想寫出你覺得夠好、能夠出版的書，所以，她才不斷『借用』經典文學作品裡的情節。」

「我的確愛她，但我無法認同她的行為，好比說她對爸媽的態度，還有她對妳講話的方式，但她是我妹妹，我永遠都會愛她。」

尤妮絲走到他身後，用雙手輕輕搭在他的肩膀上。

「這點我很清楚，但我不覺得波夏知道，可憐的波夏。」就這麼一次，她是真心的。

34

蘿拉坐在床上，拳頭緊握，指甲的微微半月都嵌進掌心裡了，她不曉得自己是該害怕還是憤怒。艾爾．包利的歌聲從樓下的花園房間傳上來，他誘人的語氣有如不斷刮著黑板的指甲。

「想到你就讓我受夠了！」她崩潰地說，然後從床邊桌上拿起一本書，用力往臥房中間扔去。書本打中了擺在梳妝台上的玻璃燭台，燭台掉到地上，摔成碎片。

「靠！」

蘿拉在心底向安東尼低聲道歉。她起身下樓去拿小刷子及小畚箕，還確認了她已經清清楚楚、明明白白、不容質疑的那個事實，艾爾．包利的唱片還在褪色的紙套裡，東西就放在書房桌子正中央。她昨天受夠了現在這首日日夜夜緊緊糾纏她的歌，所以她把唱片擺在桌上。雖然說現在看起來有點蠢，但她希望如果唱片不在唱機附近，也許歌聲就會停止。不過特芮絲不用按照真實世界的規矩來玩，她的死似乎免除了這種無謂的限制，而她搞破壞的方式充滿想像力。不然還會是誰？安東尼在世時對她很好，所以他不太可能在死後搞這些小把戲。畢竟，他要求的事情，蘿拉已經著手進行了。她把唱片拿起來，望著封面上帶著微笑的男人，他有一頭油油的黑髮，還有熱情的深色雙眼。

「你什麼也不懂。」她搖搖頭告訴他。她把唱片放進抽屜櫃裡，然後用身體壓著櫃子，好像是在強調櫃子關得死死的，彷彿這樣能夠帶來什麼差別。她跟佛萊迪提過特芮絲房間的事情，請他看看能否把門打開。他轉了轉把手，說門還是鎖的，但他後來又說，他覺得他們不該採取行動。

「等她準備好就會開門了。」他那時說，彷彿指的是什麼淘氣的孩子，正一個人生悶氣、鬧脾氣一樣。陽光跟佛萊迪似乎都冷靜接受特芮絲，這點讓蘿拉覺得很氣。一個人死了，骨灰撒在花園裡，結果還在這邊惹麻煩，這種事應該會讓人有點驚愕吧？特別是特芮絲吧？因為大家的努力，她現在不是應該處於新婚，或該說死後的歡喜之中嗎？這樣實在很不知感激耶。蘿拉對自己露出哀傷的微笑，但如果不是特芮絲，還會是誰？理智瓦解，妄想茂盛發展。就在她剛清完玻璃碎片後，她聽到佛萊迪、胡蘿蔔散步回來的聲音。

她進了樓下廚房，一邊享用吐司與茶，一邊告訴佛萊迪音樂的事。

「噢，那個啊。」他拿了一小塊抹了牛油的吐司給胡蘿蔔。「我也聽到了，但我都沒放在心上，我不曉得是不是陽光播的。」

「我把唱片拿走了，但歌曲持續播放，所以我現在把唱片擺進書房抽屜櫃裡。」

「為什麼？」佛萊迪把茶裡的糖攪化。

「我為什麼把唱片拿走，還是我為什麼把唱片放進抽屜櫃裡？」

「對，兩個問題。」

「因為我快發瘋了。我把唱片拿走，這樣那位小姐就不能播歌。」

「誰？陽光？」

「不。」蘿拉停頓了一會兒，然後才心不甘、情不願地說：「特芮絲。」

「啊，跟咱們住在一起的鬼魂吶。好，妳把唱片拿走，這招不管用，那妳覺得把東西放進抽屜櫃裡就有效？」

「並沒有，但我感覺稍微好一點，我一直在想她還能幹出什麼事來。她為什麼要這樣鬧脾氣？她現在跟安東尼在一起了，她對我擁有房子還能有什麼意見？這是安東尼的心願啊。」

佛萊迪喝了口茶，皺眉思索她的問題。「還記得陽光說的嗎？她說特芮絲不只是氣妳，她氣所有人。她是普遍對人都不滿，所以重點不在房子。安東尼還在的時候，有過這種狀況嗎？」

「就我所知沒有。房子裡一直都有玫瑰香味，而隱約也感覺得到特芮絲的存在，但我從來沒有聽聞什麼確切的證據，安東尼也沒有多說什麼。」

「所以夫人是在安東尼死後才開始搗蛋？」

「對，但這樣感覺很不對。我一直以為她這幾年來會在乙太還是什麼地方等著他，練習她的狐步舞或擦腳趾甲油之類的……」

佛萊迪對她搖著手指，警告現在悄悄爬上她口氣裡的些微惡意。

「我知道，我知道，我好糟糕。」蘿拉笑起自己來。「但老實說，她還想怎樣？她現在有安東尼了，她應該要心滿意足了。結果呢？她卻在這邊鬧脾氣，搞破壞，就跟什麼已故不爽天后一樣。」

佛萊迪用雙手握住她的手，捏了捏。「我知道妳心裡七上八下的，她顯然是有點激動。」

「特別是對某個該死掉的人來說，她真的很激動。」蘿拉插嘴道。

佛萊迪笑了笑。「我覺得妳們也許處得來。就安東尼告訴我的，我覺得妳跟她滿像的，只是妳不這麼覺得而已。」

「他跟你聊特芮絲？」

「對，有時，特別是到了最後的時候。」他喝完馬克杯裡的茶，然後又從茶壺裡倒了一點。「也許我們漏了什麼。我們假設，因為安東尼死了，我們把他們的骨灰撒在同一個地方，他們就能在一起，但骨灰真的有這麼重要嗎？骨灰不只是『遺骸』嗎？只是人死之後留下來的東西？安東尼跟特芮絲現在都死了，但也許他們並沒有在一起，這樣就成問題了。如果我跟你分別前往倫敦，沒有約好地方見面，我們能夠找到彼此的機率能有多高？咱們坦承吧，他們要碰頭的地方可比倫敦大上不曉得多少見鬼倍，還要知道那裡有從，呃，開始有人死掉之後所有的死人可能都在那裡。」

佛萊迪靠在椅背上，看來他的解釋讓他很得意。蘿拉大笑起來，沮喪地向後靠。「所以你是說特芮絲的心情的確在他死後變差了，因為至少之前她還知道安東尼在哪裡？好啊，真是太棒了，她可能會在這邊待上好幾年，甚至永遠。可惡！」

佛萊迪走到她身後，輕輕把手搭在她的肩膀上。「可憐的特芮絲，我覺得妳該把唱片放回花園房間了。」

他親吻她的頭頂，然後去花園幹活兒。蘿拉忽然覺得很內疚，也許這一切只是無稽之談，但如果不是呢？她現在有佛萊迪了，但如果這一段時間裡，特芮絲都沒有遇到安東尼怎麼辦？

可憐的特芮絲。

蘿拉起身走進書房。她從抽屜櫃裡拿出唱片，放回花園房間，就擺在唱機旁邊的桌子上。她拿起特芮絲的照片，仔細端詳這個女人，照片現在深埋在模糊充滿裂痕的玻璃蜘蛛網裂痕之後，這也許是蘿拉第一次仔細看著照片紙張之外的人。佛萊迪也許覺得她們很像，但蘿拉看得出不同之處。她已經比特芮絲多活了十五年了，而她很清楚，特芮絲短暫的生命與她的生命相比，過得更用力、更燦爛、更迅速。這麼年輕就過世真是太可惜了，蘿拉用指尖撫摸冰冷馬賽克玻璃之後的臉龐。莎拉是怎麼說的？「不要再逃避，開始修理妳的人生吧！」

「我會把妳修好的。」她對特芮絲承諾道。

她再次拿起唱片，擺在唱盤上。「好好播。」她對整個空間大聲地說：「我想站在妳這邊。」

35
尤妮絲
一九九四年

尤妮絲永遠也忘不了高弗瑞過世時，她與轟炸機、葛瑞絲坐在一起看著他走，而打開的窗戶傳來陣陣陽光暖照的玫瑰香氣。他就要走了，只是一具歷盡風霜的皮囊，快要結束倒數，呼吸淺到連蟬翼也無法吹動。最後幾年向他肆虐的恐懼、憤怒與困惑終於拋下他，讓他平靜下來。葛瑞絲跟轟炸機終於能夠握住他的手，而珍寶貝用牠小小的腦袋輕輕湊在他的胸口。他們老早放棄填補死亡與瀕臨死亡之間尷尬的無謂對話，就算是現在，一名護士輕輕敲門，端來茶水及沒說出口的同情，這種場面，她之前已經目睹太多次了。

尤妮絲起身走去窗邊。外頭的午後時光拋下他們繼續前進。花園裡有人散步，有人在樹蔭下打瞌睡，一群孩子在草地上彼此追逐，開心歡叫。一隻畫眉鳥站在高高的樹上，躲避灑水器規律噴出來的水。她心想：現在是個好時機，抓住完美英式夏日午後的尾巴離開。感覺葛瑞絲也心有同感，她靠在椅背上，嘆了好長一口無奈的氣。

她一直握著高弗瑞的手，她掙扎起身，坐太久了，不滿的關節都僵硬了。她吻了吻高弗瑞的嘴唇，用脆弱但平穩的一隻手撫摸他的頭髮。

「時間到了，我的愛，該放手了。」

高弗瑞動了一下，但非常微弱，透明的眼皮眨了幾下，他疲憊的胸膛吸入最後一口刺耳的氣，然後他就走了。大家都沒有動作，只有珍寶貝。小狗狗站了起來，小心翼翼嗅了嗅老人臉上的每吋皮膚，最後，終於滿意牠的朋友已經離開，牠就跳下床，用力甩動身子，然後坐在轟炸機腳邊，用再明顯不過的懇求神情抬頭看他，彷彿是在說：「那我現在真的要去尿尿了。」

一個小時後，他們坐在名為「家屬等候區」的地方，繼續喝茶。等到家屬準備好，離開剛過世的死者之後，「荒唐盡頭」會帶家屬過來休息。牆壁是褪色的櫻草黃，從棉布窗簾照進來的陽光很柔和，簾子可以阻擋刺探的目光。沙發又軟又深，還有鮮花、一盒盒面紙，這裡是用來替充滿稜角的哀傷擺上軟墊的地方。

葛瑞絲滴了幾滴淚，大哭，然後準備開口講話。其實，她老早就失去那個跟她結婚的男人了，至少現在他死了，她終於可以開始哀悼。轟炸機臉色蒼白，但很冷靜，偶爾擦拭靜靜沿著臉龐流下的淚珠。在他們離開高弗瑞的房間前，他最後吻了父親的臉一下，然後摘下高弗瑞的結婚戒指，這枚戒指從一輩子之前，葛瑞絲首次替他戴上後就沒有拿下來過。金戒指刮痕累累，還有點變形，這是長久、穩固婚姻的見證，在這段婚姻裡，愛很少說，卻天天實踐。轟炸機把戒指交給母親，她什麼話也沒說，就把戒指戴在自己中指上。然後，他去打電話給波夏。

葛瑞絲過來坐在轟炸機身邊，握住他的手。「好了，兒子，我們等你妹妹的當兒，我有些話想說。你大概不希望我談這種事，但我是你媽，所以我必須把話說清楚。」

尤妮絲不曉得她要說什麼，但提議她可以迴避。

「不、不，親愛的，我相信轟炸機不會介意妳一起聽，而我希望，如果妳不介意的話，能夠在一旁支持我。」

尤妮絲好奇地坐回位置上，珍寶貝原本趴在轟炸機旁邊的沙發上，現在也坐起身子，彷彿是在提供精神上的支持。

「好了，我要說了。」葛瑞絲用力捏了捏兒子的手，還搖了搖。「心肝，從你小時候我就知道你不是那種會結婚、替我生孫子的男孩，我想你父親內心也很清楚，只是沒說出口。現在，我要你知道，我根本完全不在乎抱孫子這種事。你是我的兒子，你讓我驕傲，只要你過著幸福、像樣的生活就好，這才是重點。」

轟炸機的臉脹成粉紅色，不知道是因為哭泣還是因為葛瑞絲的話語，尤妮絲實在不曉得是哪件事的原因。葛瑞絲的態度讓她深受感動，但掩住笑意，因為葛瑞絲用很英國人的方式講話，卻又拐彎抹角不直接說**重點**。

「上禮拜，喬思琳帶我去電影院，本來只是想出去放空一下，讓我不要一直擔心你爸。」葛瑞絲的口氣帶有一絲哽咽，但她用力嚥下，繼續說下去。

「我們沒有很留意上演什麼電影，只是買了票跟一點薄荷糖就進去找位子。」

珍寶貝在轟炸機懷裡扭動身子，想坐得舒服一點，這場對話比牠預期中還長。

「那部電影叫做《費城》，由那個很可愛的湯姆．漢克斯、保羅．紐曼他老婆還有那個西班牙小生主演。」她仔細思考接下來要說的話，然後終於出口：「那不是什麼很愉快的電影。」

她停頓了一下，心想也許說到這裡就夠，但轟炸機臉上不解的神情逼得她只能繼續說下去。她嘆了口氣。「我只是要你發誓，你會小心一點。如果你找到一位『特殊的朋友』或者——」她忽然想到。「也許你已經找到這個人了，你要發誓，你絕對不會得到什麼哀思病。」

尤妮絲用力咬住嘴唇，但轟炸機可沒掩住微笑。

「媽，是愛滋病。」

但葛瑞絲不肯聽，她要他發誓。「我不能接受我也失去你。」

轟炸機發誓：「我發誓，否則不得好死。」

36

「我發誓不是我。」陽光如是說。

她們進了書房，準備把更多失物登錄到網站上，結果卻發現安東尼珍藏的鋼筆躺在桌子中央的一潭黑色墨水之中。那是一枝很美的康威．史都華鋼筆，陽光欣賞過好多次，用充滿愛意的手撫摸其閃亮的黑紅色外殼，然後才心不甘、情不願地把筆放回抽屜裡。

蘿拉看到陽光嚴肅面容上的焦慮神情，便抱了抱她，讓她安心。

「甜心，我知道不是妳。」

她請陽光去水龍頭底下仔細把筆沖乾淨，然後放回該放的地方，她則負責清理桌上的慘案。蘿拉把沾滿墨水的手洗乾淨，回到書房時，陽光已經開始從架子上挑選物品了。

「是繁花聖女，對不對？」她問蘿拉。

「噢，我不知道。」蘿拉開始唬人。「也許是我把筆留在那裡，結果不小心就漏了。」

她曉得聽起來不太可能，而陽光的表情也證實了她一點都不信。蘿拉思考過佛萊迪的話，她愈想愈覺得擔心。如果這一切都是特芮絲幹的好事，這種實際的傷痛就代表她還是沒有跟安東尼在一起，蘿拉相信如果持續下去，狀況只會變得更糟。她想起羅柏．昆蘭的話，他那時說「她脾氣來的時候也會發瘋、激動」，老天吶，再這樣下去，她就會放火，還會砸了這個地方吧。蘿拉一直替鬧脾氣的鬼魂善後，已經覺得有點累了。

「我們該想辦法幫幫她。」陽光說。

蘿拉嘆了口氣，陽光慷慨的心態讓她覺得有點自嘆不如。「我同意，但我們到底該怎麼做？」

陽光聳聳肩，她皺起眉頭來。「我們為什麼不問問她呢？」她終於提議。

蘿拉不想刻薄，但這根本不實際，她才不要搞什麼降靈會或去拍賣網站上買通靈板咧。這天早上，她們持續把物品登錄在網站上，而胡蘿蔔愉悅地趴在火爐前面打起呼來。

午餐之後，陽光跟佛萊迪帶胡蘿蔔去散步，蘿拉留在家裡。她實在心神不寧，通常替網站建檔的工作具有療癒、分心的效果，但今天沒有。她滿腦子都是特芮絲。她好像是午睡時遭人逆毛摸的小動物，她的皮膚刺癢，思緒到處亂竄，有如水船蟲在池塘表面劃過的水痕。她需要替特芮絲做點什麼。她必須如脫口秀主持人傑里．斯普林格及他的實境電視製作團隊所言，「插手介入」這件事，前提是她如果曉得「這件事」是什麼就好了。

外頭薄紗般的陽光穿過清澈的灰色大理石天空，蘿拉從門口拿了外套，然後去花園裡透氣。她在小棚屋裡找到佛萊迪私藏的香菸，於是動手抽了一根。她只有在節日跟假日的時候抽菸，但今天來一根也許會有幫助。她好奇特芮絲抽不抽菸。

蘿拉漫無目的地在玫瑰花園漫步，吐煙吐得跟內疚的女學生一樣，陽光的話語悄悄出現在她腦袋裡。

「我們為什麼不問問她呢？」也許不實際，但這整件事實在很不尋常，蘿拉過往的方法也不太管用，所以也許陽光是對的。如果這一切都是特芮絲搞出來的（有時，蘿拉會緊抓著這個「如果」不放，就跟鐵達尼號上的乘客緊抓著救生衣一樣），那不理會她肯定只會帶來更多更多的麻煩。

「我們為什麼不問問她呢？」蘿拉光是想，都覺得尷尬，不過，她還能怎麼辦呢？一再拖延、裝聾作啞，直到……？蘿拉實在不敢去想這個句子會怎麼結束。她抽完最後一口菸，然後偷偷摸摸左顧右盼，確保附近沒人，她才開口，讓話語飄進刺骨的午後寒風之中。

「特芮絲。」她開口，只是要確定聽話的對象，以免別的鬼魂剛好聽到，她覺得這麼想很好笑。「我們需要好好談談。安東尼是我的朋友，我很清楚他有多麼想要與妳重逢。我想幫忙，如果我辦得到，我一定會幫忙，但在房裡搞破壞，把我鎖在臥房外面，用妳的音樂害我晚上無法入睡，這些手段都無法讓我發揮我最有道德的一面。顯然捉鬼不是我的專長，所以，如果妳知道我該怎麼幫忙，那妳就該想辦法告訴我。」

蘿拉停頓了一下，沒有期待回音，但總覺得應該要停頓。

「我沒有耐心解謎，『妙探尋兇』這種桌遊根本要我的命。」她繼續說：「所以妳要想辦法把線索弄得簡單明瞭一點，最好不要打破東西、放火之類的……」她壓低聲音補充道。

她又停頓了一下，不為什麼，只等到了兩隻咕咕叫又卿卿我我的鴿子出現在棚屋屋頂上，替春天做準備。她打起冷顫，愈來愈冷了。

「特芮絲，我是認真的，能幫我會盡量幫。」

她沿著花園走回來，覺得自己很蠢，需要來杯茶跟撫慰人心的巧克力餅乾。回到廚房，她煮起開水，打開餅乾金屬盒，卻發現安東尼的筆在盒子裡。

37

「好啊，如果這是她所謂的『簡單明瞭』，那我實在不敢想像她的『晦澀難懂』會是什麼模樣。」

蘿拉跟佛萊迪手牽著手前進，兩人討論起安東尼那枝神秘的筆。胡蘿蔔走在他們前面，到處嗅聞，還在不同的街燈柱上留下地域記號。他們要去「月空」喝點小酒，佛萊迪希望這樣蘿拉能夠不要一直想著特芮絲，但《開心鬼》的卡司統統在酒吧裡聊起首演之夜的成功。瑪嬌莉．沃絲蓋蘿還頂著雅卡提夫人的完整髮妝，而且一秒也沒有浪費，就在蘿拉、佛萊迪**一起**進門時對維妮．克里普指著他們。這完全不是佛萊迪想像中安安靜靜喝個小酒的場景。

「妳確定陽光有把筆放回抽屜裡嗎？」

「這個，我並沒有看著她放回去，但我相信她有。為什麼？妳該不會以為是她在玩遊戲吧？」

佛萊迪笑著搖搖頭。「不，我不這麼覺得，真的。陽光大概是我們之間最老實的人，這個我們也包括你。」他對胡蘿蔔如是說，還替牠繫上領繩，準備過馬路。

回到派杜瓦，蘿拉替他們又倒了酒水，佛萊迪把花園房間裡快要熄滅的火又重新點燃。

「好了，」佛萊迪在沙發上靠著蘿拉。「咱們看看酒精能不能啟動我們的演繹噴發能力。」

蘿拉咯咯地笑。「這話聽起來很色。」

佛萊迪裝模作樣地訝異張大眼睛，然後喝了口酒。「好，咱們再來看看這條線索，餅乾金屬盒裡的筆。」

「不是隨隨便便的筆，安東尼最棒、最喜歡的康威・史都華鋼筆，紅黑大理石紋路，還有十八K金的筆尖。」蘿拉補充道。

「大偵探小姐，感謝妳的觀察，但這對我們的調查真的有什麼幫助嗎？」

「這個嘛，那枝筆是安東尼用來寫他所有故事的筆。」

他們沉思，沒有開口，聽著柴火燃燒的聲音。胡蘿蔔開心地發出低哼聲，朝火爐伸展長腿，佛萊迪用腳趾戳戳牠。「先生，小心點。如果靠太近，腳趾頭會燒到。」

胡蘿蔔沒搭理他，繼續微微湊近。

「安東尼的故事妳都看過了嗎？也許裡面會有線索？」

蘿拉搖搖頭。「我跟她說過了，我對線索不在行，我特別請她『簡單明瞭』一點。」

佛萊迪喝完杯中物，把杯子放在地上。「這個嘛，也許對她來說簡單明瞭。」

蘿拉忍不住想說，對特芮絲來說當然簡單明瞭，畢竟她已經知道答案了啊。

「顯然，他叫我打字的東西我都看過，還有所有的短篇故事，不過那都是好幾年前的事了，我不可能統統記得。」

「那妳給我看的那本書呢？短篇故事集？」

「那只是出版的第一本，還有很多冊。我猜他一定把書都藏在什麼地方，但我不記得見過。」

佛萊迪笑了笑。「我打賭在閣樓裡。」

「為什麼？」

佛萊迪露出陽光每次覺得他們很蠢時的表情。「因為大家都把不曉得該怎麼辦的東西統統堆在閣樓裡。」他得意地說：「雖然說，如果我出版了什麼書，我肯定把書擺在書架上最得意的地方。」

蘿拉思考了一下。「但他出版的書並沒有讓他一直得意，記得嗎？我跟你說過，他的出版社想要清淡、簡單的從此過著幸福快樂生活的故事，他們最後不歡而散。」

佛萊迪點點頭。「我記得，布魯斯想要檸檬茶，安東尼卻給他苦艾酒。」

蘿拉笑了笑。「跟酒有關的，你都記得……」她打趣道。「不過我猜應該值得一試。我從來沒有好好看過閣樓裡有什麼，就算裡頭沒有書，應該也有別的東西……」

「明天，」佛萊迪起身，也拉她起來。「咱們明天去找。」

他用力地吻在她唇上。

「好了，妳剛剛說什麼很色……？」

蘿拉驚醒，她沒有繼續掉落下去。那是一個墜落的夢，還是她從夢裡滾下來？她不曉得答案是什麼。天色尚暗，只有佛萊迪跟胡蘿蔔淺淺的呼吸二重奏微微在寂靜裡發酵。佛萊迪溫暖的手背貼在她的大腿外側，等到她的雙眼習慣黑暗之後，她看得見他胸膛的起伏。她不曉得安東尼會怎麼想，希望他贊成這段關係，畢竟，他要她幸福快樂，而她現在的確很快樂。大多數的時間啦。把失物還給失主還是讓她擔心，感謝佛萊迪，網站進度順利，雖然讓安東尼失望的恐懼深深纏繞在她永無止境的自我懷疑之中，但現在，勇氣也跟著冒出來。她終於找到姑且一試的勇氣。噢，她特芮絲是個一直存在的陰影，但她在派杜瓦的每日生活總體來說是開心的。她當然擔心佛萊迪，但她相信新戀情總是會帶來這種擔憂，特別是她已經到了這種年齡了。她擔心他還沒有好好見識過她恐怖妊娠紋的威力，及大中午無情陽光照射下的魚尾紋。她擔心他也許還沒有注意到她那曾經挺翹的臀部上已經悄悄冒出橘皮組織，現在還威脅著她的大腿。她很遺憾佛萊迪沒有見過她臀部的精華時期，結果呢？那段歲月居然浪費在文斯身上。如果她年輕時或小時候認識佛萊迪就好了，如果她是跟他結婚就好了。她嘲笑自己的愚蠢，然後沒有繼續笑下去，因為會有魚尾紋吶，然後她發誓再也不會不戴大帽簷的帽子及超大太陽眼鏡就傻傻走進陽光下，而且她根本沒有要考慮到更年期，線索就在名字裡，對吧？更什麼年？只要還能受到男人吸引就好了，對吧？不去想這件事也讓她嚇出一身冷汗。她將枕頭翻過來，將臉埋進冰冷、乾淨的棉布之中。她告訴自己：蘿拉，振作點！她伸手去握佛萊迪的手，他本能地捏了捏她的手，蘿拉就這樣躺在黑暗之中，眨著眼睛等淚水流乾，最後又迷迷糊糊睡回去。

早上，一切看起來都像樣點。嘲笑蘿拉缺陷的不是陽光，而是散發質疑的黑暗，打破夜晚的寧靜，在失眠的夜裡嘲笑著她。早餐時，她沒戴帽子就前往花園房間，她瞇著雙眼看早晨的太陽。佛萊迪進城，她決定要上去閣樓看看。她從棚屋拿來工作梯，吃力把梯子搬上樓。胡蘿蔔決定幫忙，牠在樓梯上興奮地跳上跳下，吠叫不已，彷彿是在抵擋發出哐啷金屬聲的惡魔長腿一樣。蘿拉終於把梯子穩穩靠牆架開，她已經聽得到佛萊迪抱怨怎麼不等他一起。

「等我回來，我們再一起上去。」他之前是這麼說的。

但她實在沒有耐性再等下去了。再說，陽光馬上就會過來，要叫救護車，她也可以。蘿拉打開進入閣樓的艙口，溫暖的灰塵霉味向她襲來。她打開電燈開關，結果手上立刻沾上黏黏的蜘蛛網。該從哪裡開始呢？這裡有幾件老家具、捲成香腸狀的大張地毯，還有各種箱子。她打開身邊附近的箱子，裡面有各種居家雜物，好比說沒用過的茶器、一大堆雕花銀製餐具，還有許許多多只能裝飾沒有其他作用的瓷器。其中一個箱子裡是書，但就她看來，都不是安東尼寫的書。蘿拉小心翼翼穿越托樑，用奇怪的姿勢彎腰經過屋頂的椽架。一只孩童騎的木馬推車擺在一個角落，旁邊是一個巨大的咖啡色木頭行李箱跟來自倫敦裁縫師的盒子。蘿拉摸了摸小馬鼻子上柔軟的毛。

「來，你跟我下去。」她向小馬承諾道。

行李箱上頭有厚厚的灰，但沒有上鎖，蘿拉快快看了裡頭一眼，覺得如果要找什麼有用或有趣的東西，應該就是這個了。她關上生鏽的釦環，把行李箱拖到艙口去。她該怎麼把行李箱扛下去？東西太重了，她懷疑她沒辦法提這麼重的東西爬下梯子。答案當然就是等佛萊迪回來，但如果她要等，她一開始就會等他一起上來了。也許她可以讓行李箱沿著梯子滑下去，看起來挺堅固的，而且剛剛那一眼也告訴她，裡面似乎沒有什麼易碎物。結果「滑下梯子」成為直直墜落，蘿拉一放手，行李箱就砰的一聲直接掉在平台上，引發灰塵大爆炸。蘿拉回去拿小馬，小馬比較輕，她可以提著走下梯子。小馬落地的方式比行李箱緩和多了，她又上去把倫敦裁縫師的盒子拿下來。

等到佛萊迪回來的時候，梯子已經擺回棚屋，陽光在花園把小馬身上的灰塵擦掉，而蘿拉在書房桌上打開行李箱，開始翻裡頭的東西了。有幾本老舊的相簿，厚厚的頁面是深巧克力色，插在裡頭的是有花紋的薄薄面紙、兩張打字手稿、幾封信跟各種文件。相簿裡包含了安東尼生命的第一年，早在特芮絲出現之前。鬈髮的小奶娃雙腿張開坐在夏日花園的格子地毯上。修剪整齊的草地上，結實的小男孩跨坐在木馬推車上。瘦高的年輕人穿著厚厚的護腿，揮舞板球球棒，臉上掛著害羞的笑容。統統都在，海邊度假、鄉間野餐、生日、洗禮、婚禮、聖誕節的照片統統都有。一開始畫面裡有三個人，後來只剩兩個。經常身穿軍服的黝黑高瘦男子從照片裡消失，如同從他們的生命裡消失一樣。蘿拉小心翼翼從咖啡色紙張的四角取下一張照片，男子驕傲站直，身穿軍服，好帥。他的手臂充滿愛意地搭在女子的肩膀上，她非常優雅，穿了一件史嘉帕蕾莉的晚禮服。他們之間是身穿睡衣的小男孩，畫面裡是幸福的一家三口。

〈想起你〉。

蘿拉聽到音樂在腦中響起，還是花園房間播起歌來了？她不確定自己最近能夠分辨出這兩者的差別。就是這張照片，羅柏·昆蘭來讀遺囑那天跟她說過的那個夜晚，這是安東尼最後一次見到父親，最後一支舞，最後一個吻，最後一張相片。她會把照片放在銀框裡，擺在花園房間特芮絲的照片旁邊。

「找到什麼有趣的東西了嗎？」

佛萊迪端著咖啡跟三明治過來給她，他翻了翻行李箱，在文件之下拿出一個小巧的天鵝絨盒子。

「啊哈！這是什麼藏起來的寶藏？」

他翻開蓋子，出現了一枚白金戒指，上頭有一顆精巧的藍寶石星星，還有閃亮的小鑽石。他把戒指擺在蘿拉面前，她拿起盒子，對著光看，圓凸的星星上看得見矢車菊的藍色。

「這是她的訂婚戒指。」

「妳怎麼知道？」佛萊迪從她手上接過來，仔細看了看。「也許是安東尼媽媽的。」

「不，我相信不是，特芮絲不是戴著單顆無趣鑽戒的女人。」她一邊說，一邊哀傷地想起自己那枚掛在九Ｋ金上的半克拉鑽戒。「據說她跟這顆戒指一樣，非常特別。」

佛萊迪把戒指放回絨布盒子裡，將盒子交給蘿拉。「好啦，現在是妳的啦。」

蘿拉搖搖頭。「永遠都不可能屬於我。」

佛萊迪去外頭幫陽光，他承諾會給小馬的木頭馬蹄上一層新的亮光漆。蘿拉繼續把行李箱裡的東西拿到桌上，她找到購買五十盆玫瑰花花蕾的帳單，「阿爾貝汀」四盆、「大普麗絲」六盆、「瑪西亞．史丹霍普」、「亨利．摩斯太太」、「荷蘭之星」、「蓋伊夫人」等等，還有一本手冊，說明該怎麼照顧玫瑰花。手稿則是安東尼請蘿拉打字的短篇故事，她翻著紙頁，才發現出版商布魯斯刻薄的評論就直接寫在封面上。

「……完全不適合我們的讀者……沒有必要的複雜……自我感覺良好的模稜兩可……主題黑暗憂鬱……」

有人用紅筆在這些侮辱的字眼上打叉，還在布魯斯花稍的簽名上寫著「屁」，那是安東尼的字跡。蘿拉同意：「屁得好。」她晚點會仔細閱讀這些手稿，但不知為何，她覺得裡頭沒有她尋找的答案。

走廊地上傳來金屬輪子轉動的聲音，陽光推著小馬走進書房，後頭跟著佛萊迪跟好奇的胡蘿蔔。

「牠真是判若兩馬！」蘿拉驚呼，陽光得意地笑了笑。

「牠叫小蘇。」

蘿拉望了望佛萊迪，看他能否解釋這個名字的來由，但他只是聳聳肩，那就叫

「小蘇」吧。陽光急著想看行李箱裡的東西，戒指徹底吸引她的目光。她把戒指戴在中指上，不斷對著光線照，想要「捕捉光芒」，這時，蘿拉有了個點子。

「也許特芮絲要我們找到這枚戒指，也許一切都是為了這個。」

佛萊迪沒什麼把握。「嗯，但戒指跟筆有什麼關聯？」

蘿拉沒多思考她推理上的漏洞，反而繼續自圓其說。「這是她的訂婚戒指，你不明白嗎？這是他們之間的連結，連繫他們的物件。訂婚就是這個作用。」

佛萊迪還是抱持懷疑的態度。「但結婚也是啊，而我們已經替他們舉辦婚禮了，結果還是不成。」

陽光拉長了臉，露出她顯然不只不相信，還覺得他們兩個又特別犯蠢的表情。

「筆是線索，代表寫作。」她說。

她拿起安東尼及父母的合照。

「所以她才播音樂。」她說，然後把照片交給佛萊迪，於是他轉頭請蘿拉解釋。

「那是安東尼及他的父母。羅柏．昆蘭跟我們說過，他父親放假回家，父母準備出門，他下樓道晚安，發現他們就著艾爾．包利的歌跳起舞來。這是他最後一次見到父親，之後他爸就死在異鄉。」

「然後聖安東尼認識繁花聖女的時候——」陽光急著想講完剩下的故事。「他把這件事告訴她，然後她為了安慰安東尼，就在柯芬園與他共舞。」她扭了扭還掛在手上的戒指，補充說：「現在我們也要找到方法安慰她，讓她不要難過。」

「那好，我覺得戒指值得一試。」蘿拉如是說，然後向陽光伸出手，女孩心不甘、情不願把戒指摘下來，交給蘿拉。「我們就把戒指放在花園房間，她的照片旁邊。好了，我們該把這匹駿馬擺在哪裡呢？」她說這話是為了轉移陽光的注意力，但陽光看到裁縫的盒子，小心翼翼地將其打開。她的驚呼聲讓蘿拉、佛萊迪走到她身旁，蘿拉從盒子裡拿出一件精美的洋裝，這是一件矢車菊藍的絲質雪紡洋裝，顯然沒有穿過。陽光用敬愛的手輕輕撫摸精緻的布料。

「這是她結婚要穿的禮服。」陽光用近乎低語的聲音說：「這是繁花聖女的禮服。」

佛萊迪還握著照片。「我不明白的是這些東西為什麼統統塞進行李箱，藏進閣樓裡。其中某些東西顯然對安東尼來說非常重要，戒指、照片、禮服、一開始的玫瑰花園，甚至手稿也是。這些東西支持著他，他不肯拿出來，這些東西肯定讓他覺得很驕傲。」

陽光在行李箱蓋子的灰塵上畫起圈圈來。「這些東西也讓他很傷心。」她簡短地說。

胡蘿蔔在書房門口歪著頭，哀號起來，牠該吃點心了。

「走吧。」蘿拉說：「咱們把戒指跟洋裝拿去花園房間，替這匹小馬找個家。」

「牠叫小蘇。」陽光跟在蘿拉、佛萊迪後頭。「而且重點不是戒指，而是信。」

但蘿拉跟佛萊迪早就走遠了。

38

尤妮絲
一九九七年

「我他媽的相信這可惡的傢伙是為了讓我出糗才幹這種事的！」

布魯斯激動地穿過辦公室，一屁股癱坐在椅子上，彷彿他是黑白默劇裡的悲慘女主角一樣。尤妮絲有點期待他用手背抹抹額頭，好描繪出他的痛苦與難過。他不請自來，在還沒上樓之前就開始抱怨。

「老傢伙，冷靜點。」轟炸機強忍笑意，用單調的語氣說話：「你這樣是給自己找煩惱。」

珍寶貝尊貴地趴在假毛坐墊上，望向布魯斯，覺得他的存在不值得牠的注意力。

「要來杯茶嗎？」尤妮絲咬著牙問。

「只要有一大杯威士忌配就行。」布魯斯無禮地回答。

尤妮絲還是煮水去了。

「好啦，到底是怎麼回事？」轟炸機真的很感興趣，好奇想知道是誰把布魯斯惹得這麼氣。布魯斯的頭髮走的是羅曼史作家芭芭拉．卡德蘭路線，但顏色跟質感像蜘蛛網，因為他的激動而抖動不已。

「那安東尼．派爾杜真是該死！那人最好下地獄給火燒死！」轟炸機搖搖頭。「我說，這話有點太過分了吧？除非，當然啦，他是失禮冒犯了，還是對你的千金怎麼了？」

尤妮絲第一次見到布魯斯這麼娘娘腔的人時，還以為他是同性戀，但布魯斯跟一位高大的德國女性結婚，她有傲人的胸部還有微微的小鬍子，她會養可愛的小老鼠，還讓牠們去表演。令人訝異的是布魯斯跟布倫希達還是生出了兩男一女，這是生命的偉大奧秘，但尤妮絲並不打算深究這件事。

「他真是徹底發瘋了。」布魯斯抗議道。「故意寫些顛覆人心的鬼扯，他曉得我不會幫他出，統統都是些邪惡的行為跟詭異的結局，要不然就是根本沒有結局。我猜他覺得這樣很聰明或時髦，也許是想淨化他的哀傷，但我才不吃這套。我曉得正常、正當的人喜歡什麼樣的故事，就是善良、直接的故事，歡喜大結局，壞人得到報應，好人得到女孩，而性的描寫不會太**誇張露骨**。」

尤妮絲重重把茶杯放在他面前，故意把洗碟水顏色的液體從杯子灑到碟子上。

「所以你完全不會想挑戰你的讀者？也就是讓他們活動活動腦子的筋骨？就這麼一次，讓他們思索自己的意見，或評斷出自己的結論？」

布魯斯拿起杯子靠到唇邊，然後仔細看了看內容物，改變心意又把杯碟放下，還發出惱人的碰撞聲。「我親愛的，我們要讀者喜歡什麼，他們就會喜歡，就這麼簡單。」

「那你為什麼不教導你的讀者喜歡安東尼．派爾杜的新故事？」

轟炸機差點把「說得對」講出來。「安東尼．派爾杜，他是不是那個寫短篇故事集，在你那邊賣得還不錯的作家？」

布魯斯誇張揚起眉毛，高到眉毛都消失進他蜘蛛網的頭髮裡去了。「拜託喔，轟炸機！你快點跟上好不好。我說的就是這傢伙。第一本賣得很好，開心的故事，歡喜大結局，歡樂的銀行損平，但現在不是這樣了。他從《真善美》的世界走進《準午前十時》的詭異世界裡去了。不過，我的界線很清楚，我跟他說，要麼就寫『Doe是頭小鹿』，不然就直接走路！」

布魯斯曾經跟轟炸機在同一間建築物的不同公司工作，現在偶爾經過時，還是會上來討杯免費的茶跟八卦一下。不過呢，沒有成功引發轟炸機對安東尼．派爾杜的同仇敵愾，也沒有得到尤妮絲的微少同情，這代表布魯斯今天會快快離去。

「真希望我們當時搶在布魯斯之前簽下這個可憐的安東尼。」轟炸機嘆了口氣。「我喜歡他的第一本書，但他的新故事聽起來讓人很好奇，不曉得我能否把他挖角過來。」

尤妮絲從抽屜裡拿出一個小包裹，交給轟炸機。外頭有一層厚厚的灰色包裝紙，上頭還打了亮粉紅色的緞帶。

「我知道你生日是下禮拜——」轟炸機的臉跟小男孩一樣亮了起來，他喜歡驚喜。「但我想說討厭鬼布魯斯前腳剛走，也許你會需要一點提振精神的東西。」

那是電影《鳥籠》。他們去年在轟炸機生日時一起去看，他笑得超誇張，差點被爆米花嗆到。

「真希望老媽能看到這部電影。」他那時說：「這電影比《費城》歡樂多了。」葛瑞絲距今已經過世八個月了，她比高弗瑞多活差不多一年，然後突然在睡夢中平靜死去，就在「荒唐盡頭」斷氣。她跟高弗瑞合葬在教堂墓園裡，他們都是教區信徒的一分子，也是花藝小組、夏日慶典及豐盛晚餐委員會的中堅分子，長達幾乎半世紀。葛瑞絲過世那天，轟炸機跟尤妮絲並肩站在充滿繁花樹影的教堂墓園裡，他們的思緒飄進了他們想要舉辦的葬禮上。

「我要火葬，不要土葬。」轟炸機宣布，「比較不會出錯。」然後補充道：「我要妳把我的骨灰跟道格拉斯、珍寶貝的骨灰混在一起，如果我活得比牠久啦，然後把我們撒在很棒的地方。」

尤妮絲看著參加葬禮的人慢慢走回車上。「你為什麼覺得你會先走一步？」轟炸機攬著她的手臂，他們也開始離開墓園。「因為妳年輕我好幾歲，而且妳的生活單純得多。」

尤妮絲哼了一聲表示不滿，但轟炸機繼續說：「而且妳是我最忠實的助理，妳一定會照我的命令做。」

尤妮絲大笑起來。「『很棒的地方』聽起來是個有點模糊的命令。」

「等我想到某個特定的地點，我會告訴妳。」

就在他們快到停柩門之前，轟炸機忽然停下腳步，緊握她的手臂。「還有一件事。」他注視著她的雙眼，眼光泛淚。「答應我，如果我最後跟老爸一樣，瘋得像一窩青蛙，還困在什麼安養之家，妳會想辦法……妳知道的，讓、我、解、脫。」

尤妮絲擠出一個微笑，彷彿這一刻有人踐踏她的墳墓一樣。「我答應，否則不得好死。」她對他說。

現在轟炸機把他的禮物拿給珍寶貝看，她一發現那不能吃，就沒有又叫又跳，根本一點興趣也沒有了。

「好，你生日的時候想幹嘛？」尤妮絲一邊問，一邊用手指把玩起粉紅色的緞帶。

「這個嘛，」轟炸機說：「要不要把我的生日跟我們的年度出遊行程結合在一起？」

尤妮絲笑了笑。「那就去布萊登！」

39

「重點不是戒指，現在特芮絲生氣了。」

蘿拉無奈地踢起草地上多顆給胡蘿蔔玩的網球，佛萊迪從挖地工作中停下動作，靠在圓鍬上，準備展現同情。蘿拉從花園房間過來，佛萊迪正在這邊把堆肥挖進玫瑰花園裡，沒什麼目的，為了要讓她振作起來，佛萊迪對她笑了笑。

「別放在心上，我們遲早會搞清楚的。」

蘿拉沒心情聽這種陳腔濫調，特芮絲跟陽光都生起悶氣來，理由無疑很不一樣，但在此刻都令人摸不著頭腦。蘿拉登錄網站物件的進度耽擱了，新的郵差來送包裹時，胡蘿蔔太興奮，在門口的中國地毯上尿尿了。她又任性地踢了一顆網球，落空還差點跌跤。佛萊迪繼續挖起東西，掩飾他的大笑。蘿拉希望藍寶石戒指就是一切問題的解答，她把特芮絲照片的玻璃換了一片，還把安東尼及他父母的照片擺在旁邊，盒子裡的戒指擺在她面前。蘿拉甚至想替她播放艾爾．包利的歌。

「妳怎麼知道特芮絲生氣了？」佛萊迪恢復了一點理智，現在想要幫忙。

「因為臥房門沒開，那首該死的歌也沒繼續播了！」

佛萊迪皺起眉頭。「但我印象裡已經好幾天沒播了。」

蘿拉惱怒地揚起眉毛。「拜託喔，佛萊迪！你跟上進度好不好，我剛剛就在說這個！」

佛萊迪扔下圓鍬，過來擁抱她一下。「唉啊，恐怕不是講得很清楚，我對線索不在行，妳要想辦法把線索弄得『簡單明瞭』一點。」他一邊說，還用手指在「簡單明瞭」四個字上頭比括號。

「說的也是。」蘿拉忍不住笑了笑。

「就是。」佛萊迪說：「特芮絲**不**播老艾的歌怎麼代表她在生氣呢？」

「因為現在沒有早中晚播，她也不准任何人播那首歌。」

佛萊迪露出狐疑的神情。「我好像聽不懂。」

蘿拉嘆了口氣。「我一直想要播那首歌，但就是不成功。一開始，我好聲好氣的，把照片跟戒指放在一起，然後我要開始放歌，他們的歌，但就是播不出來，她不肯讓我放。」

佛萊迪謹慎選擇接下來要出口的話。「這個嘛，那是一張老唱片，而唱機也歷史悠久了。也許唱針需要清潔，還是唱片刮到了……」

只消看蘿拉一眼，就讓他把理由吞回去。

「好啦、好啦，妳都檢查過了，當然、當然，東西都沒問題。」

蘿拉撿起另一顆網球，朝他扔去，但這次邊丟邊笑。「噢，老天，對不起。我真是頭情緒化的老母牛，但我已經儘量幫忙了，她卻變得很討厭。走吧，我泡茶給你喝，如果陽光手下留情，也許我們還有巧克力餅乾可以吃。」

佛萊迪拉起她的手。「我可不會抱持期待。」

回到廚房，陽光剛剛才開始煮水。

「時間抓得剛剛好！」佛萊迪說：「我們進來喝杯好喝的茶。」

陽光又擺出兩組杯盤，沒有多說話，氣氛怪怪的，佛萊迪則去水槽洗手。

「還有巧克力餅乾嗎？」他使了個眼色問。

陽光沒有微笑，沒有說話，就把餅乾放在他面前，然後回去等水煮開。佛萊迪跟蘿拉交換了不解的眼神，然後討論起網站的進度。他們決定為了要引發更多人的興趣，失主把東西拿回去的時候，如果想要，也可以把他們跟失物的故事貼在網站上。佛萊迪設計出線上表單讓失主填寫，失主必須提供精確的資料，以及他們在哪裡丟失要領回去的東西。網站只會擺上失物的照片、撿到的年份跟月份，以及大致的地點。安東尼標籤上的細節並不會公開，這樣他們才能確定出面領回東西的人是真正的失主。蘿拉還有好幾件失物要拍照上傳，但他們已經有足夠的東西能讓網站活躍起來。再怎麼說，這都是一份「持續進展」的工作，因為他們還是會撿回別人弄掉的東西。本週，當地報紙會有一篇報導，而蘿拉已經去地方電台進行過訪問了。距離網站正式上線只剩幾天的時間。

「要是沒有人來領東西怎麼辦？」蘿拉焦慮起來，還緊張地咬起指甲。佛萊迪開著玩笑把她的手從嘴邊拍開。

「當然會有人來！」他說：「對不對，陽光？」

陽光誇張地聳聳肩，她的下唇翹得老高，她倒了茶，然後重重把杯碟擺在他們面前。佛萊迪投降，舉起雙手。「好了、好了，我放棄。孩子，怎麼了？」

陽光雙手扠腰，用最嚴厲的目光看著他們，低聲地說：「都沒有人聽我講話。」

他們現在肯聽了。她的話語瀰漫在空中，徘徊不去，期待回應。佛萊迪跟蘿拉都不曉得該說什麼，兩人都覺得內疚，覺得陽光可能真的言之有物。她矮小的身材跟天真的五官會讓人習慣把她當成孩子，因此將她的話當成童言童語。不過，雖然她是跳舞的蟹鴴，她也是年輕的女人了，也許他們是該把她當大人來看。

「我們很抱歉。」蘿拉說。

佛萊迪點點頭，終於沒有嘻嘻哈哈的了。

「我們很抱歉，妳想跟我們溝通，但我們不肯聽。」

「對。」佛萊迪說：「如果我們再犯，妳就直接打我們。」

陽光考慮了一下，然後輕輕敲了他的側腦一記，只是作為警告。然後，她又嚴肅起來，對他們兩個人說：「不是戒指，是那封信。」

「哪封信？」佛萊迪問。

「聖安東尼的遺書。」她說：「來。」

他們跟著她從廚房走進花園房間，她把艾爾·包利的唱片擺在唱機上。

「是遺書。」她又說了一次，然後把唱針擺在圓盤上，音樂就開始演奏。

40 尤妮絲

二〇〇五年

「想到你出版這……」尤妮絲在腦子裡的髒話資料庫裡尋找字眼，卻找不到有如吹箭般，能夠表達出她強烈不滿的惡毒字眼。「這種東西！」

精裝版的下流書籍，還有廉價的紅色、金色封面，一半裸露在咖啡色的包裝紙外頭，旁邊還有一瓶布魯斯送來的酒，卡片上寫著：「謹獻上你不自己出版的安慰獎。」

轟炸機不可置信地搖了搖頭。「我還沒讀過，妳看了嗎？」

波夏的新書已經霸占暢銷排行榜整整三週，她的出版商布魯斯是個得意虛榮到不知收斂的人。他的自我感覺跟銀行損平緊緊連結，感謝波夏，現在他得到了白金信用卡，分行經理還會用名字親暱地招呼他。

「我當然讀了！」尤妮絲驚呼。「我為了要以全面的角度詆毀這本書，我才讀的。我也看完了所有的評論，你知道你妹的書被推崇為『當今甜蜜陳腔濫調商業小說之中的銳利諷刺之作』嗎？一名書評說這本書『犀利解構現代關係裡的性別角力，將當代文學提升到全新高峰，且用中指招呼那些持續對布克獎及其他古板一丘之貉評審團卑躬屈膝的傑出文學作家』。」

尤妮絲雖然氣，但也沒辦法板著臉了，轟炸機也跟著竊笑起來，他終於冷靜到可以說：「但那書在講什麼？」

尤妮絲嘆了口氣。「你真的想知道嗎？這本比她其他的故事都還要可怕。」

「我覺得我撐得住。」

「好，你已經痛苦地注意到，這本書有個令人費解的書名，叫做《哈利葉．哈特與硬糖球電話》。」

尤妮絲停頓了一下，製造效果。

「哈利葉年紀輕輕就成了孤兒，由可怕的阿姨及肥到有病又很愛流汗的姨丈照顧長大。她發誓只要一有辦法，她就要離開這個家，靠自己去世界闖一闖。她成績非常好，在王十字路口附近的比薩與土耳其烤肉店得到了一份工作，這間店叫做『土薩』，她工作時不斷因為上流社會的口音及雙焦點眼鏡遭人嘲笑。有天，有位戴著怪帽子的長鬍老人來到店裡買土耳其烤肉跟薯條，說她『很特別』，給她一張名片，要她跟他聯絡。時間快轉半年，哈利葉經營起色情電話熱線，賺了不少錢，客戶特別愛她，因為她有上流社會的口音，聽起來彷彿嘴裡『塞滿硬糖球』一樣，這裡就巧妙地解釋了書名。女主角不滿於金錢上的報酬，想要尋求自我實踐，增加工作帶來的成就感。她跟長鬍老人合作，老人名叫查思特．方不利多，她建立了一所充滿抱負的電話性愛員工訓練學院，名為『噢個哇滋』，她教學生要把每位客戶當成帥氣的王子，但他們大多都是讓人想要去旁邊『噢個哇滋』嘔吐慘叫的癩蛤蟆。在第一批學員裡，波賽芬妮．蘭傑跟唐娜．斯理成了她最好的朋友跟訓練助理，她們一起建立了巨大的客服中心，她們的學員能夠一邊受訓，一邊賺錢過腳踏實地的生活。哈利葉發明了一種名為『虧低級』的遊戲來增加工作場合的生產力及戰鬥力，贏家會得到現金分紅，還有一整個月的硬糖球，條件是她要在一個小時裡滿足最多客人，還要在每通電話裡巧妙地安插進『妓院』、『小弟弟』（兩次）跟『精探子』這幾個詞。」

轟炸機笑得超大聲。

「轟炸機，這不好笑！」尤妮絲火大。「真是丟臉丟到家，怎麼會有人想把這種垃圾擺在架上？多少人將辛辛苦苦賺來的血汗錢浪費在這種鬼東西上頭！這還不是文筆多好的鬼東西，這是文筆很爛的鬼東西！波夏彷彿接受所有名不見經傳的談話型節目還不夠一樣，外頭有誇張的謠言說她今年會受邀去海伊村的文學藝術節。」

轟炸機歡樂地拍起手來。「那我**可要**買票進去瞧瞧。」

尤妮絲瞪了他一眼，他聳聳肩。

「我怎麼抗拒得了？我只能謝天謝地老爸老媽已經不在了，不用見證這場誇張的鬧劇。特別是老媽，她還是地區婦女組織的會長。」

轟炸機想到這裡又笑了起來，然後換上比較嚴肅的神情，提出他的下一個問題：「好，我幾乎是誠惶誠恐地問，但我大概需要知道，這書是不是寫得很……露骨？」

尤妮絲發出嘲弄的噓聲。「露骨?!記得那次布魯斯跑來這裡抱怨那個派爾杜老兄，還替我們上了一課暢銷書的關鍵要素嗎？」

轟炸機點點頭。

「他告訴我們，我用他的話來說，性的描寫不能太**誇張露骨**。」

轟炸機再次點頭，這次速度慢得多。

「好，除非他跟布倫希達的肉體關係已經提升到我們難以想像的境界，他因此對『**誇張露骨**』的定義改觀，不然我想他只是改變立場而已。」

轟炸機把手擺在桌上道格拉斯旁邊的小木頭盒子上，警告地說：「珍寶貝，耳朵摀起來，不要聽這個。」

尤妮絲露出有點哀傷的微笑，繼續說：「哈利葉的一名客人會跟麵包機發生關係，另一個喜歡長鬍子、背上有毛、腳趾甲內彎的女人，還有一個人會把睪丸泡在消毒用酒精裡，然後撫摸《粉紅小馬》的鬃毛。這只到第二章而已。」

轟炸機從包裝紙裡把書拿出來，翻到前摺頁，向他打招呼的是他妹，身穿絲質性感睡衣，臉上掛著得意的笑容，他用力地把書闔上。

「好吧，至少她這次沒有整本書都偷別人的劇情，她自己想了一些出來。」

「希望如此。」尤妮絲說。

隔天，亮亮的海浪及溫暖的布萊登溫暖海風將與波夏有關的一切統統帶走。他們每年往例小旅行，這是第一次道格拉斯跟珍寶貝都沒有一起來的出遊。自從尤妮絲二十一歲生日跟轟炸機一起來之後，他們每年都會來，每年行程都差不多，他們這一小團的成員總是能夠玩得很開心。首先，他們會沿著濱海步道散步，之前先是道格拉斯，然後是珍寶貝陪他們來的時候，狗狗總會吸引路人的目光，贏得大家的讚美。然後，他們會去碼頭，花一個小時在鏘啷作響、散發閃光的投幣遊戲機上大肆揮霍。接著，他們午餐吃炸魚薯條配粉紅氣泡酒，最後會去皇家行宮。不過就在他們前往碼頭的同時，焦慮沖走了尤妮絲的快樂，十分鐘內，轟炸機已經問了兩遍，他們是不是來過這個地方。第一次，她以為他只是在開玩笑，但問第二次的時候，她望著他的臉，無辜與好奇的神情徹底讓她的世界偏了軸。這表情她非常熟悉，恐怖又讓人心痛，高弗瑞。轟炸機跟上了父親痛苦的後塵，也要前往尤妮絲不敢想像的目的地。至今看來只是可靠理智上有如髮絲般的細碎裂痕，但尤妮絲知道隨著時間過去，他會變得脆弱無比，如同寫在沙灘上的名字，等待浪潮無情的沖刷。只不過轟炸機似乎還沒有注意到自己輕微的斷線，如同小癲癇發作一樣，他歡快無慮地跨了過去，但尤妮絲活過這些時刻的每一分、每一秒，而她的心已經碎了。

碼頭電動遊樂場的七彩燈光與鈴聲、音樂聲歡迎他們進來揮霍，尤妮絲留轟炸機一個人在兩便士的投幣遊戲機旁邊，看著排得緊緊密密的銅板前後搖動，哪一區邊緣的錢會掉下來。尤妮絲則去換錢，她回來的時候，發現他跟走失的孩子一樣，銅板握在手裡，盯著機器的投幣孔看，完全不曉得該怎麼操作。她溫柔從他手裡接下硬幣，投進孔裡，他看著好多零錢掉落，鏘啷鏘啷地滾進下方的金屬盤裡，他的臉亮了起來。

接下來的時光過得風平浪靜又愉快。這是他們第一次沒有帶狗狗出遊，他們終於能夠好好欣賞皇家行宮內部充滿異國風情的裝潢，對著水晶吊燈發出讚嘆的聲音，然後對廚房裡的烤肉架發出噁心不滿的聲音，聽說，這個架子一開始烤了一條倒霉的狗。他們坐在花園長椅上，享受四、五點珊瑚色午後陽光時，轟炸機握起尤妮絲的手，發出幸福的嘆息，這一聲嘆息，尤妮絲放在心底珍惜。

「這是個超棒的地方。」

41

深藍色真皮手套的主人已經過世了，這不是「失物守護人」最有前途的起點。網站上線隔天，一位退休記者捎了電子郵件來，她在地方報紙工作多年，記得很清楚，這是她第一篇像樣的新聞報導。

報導登上了頭版。可憐的女人才三十幾歲，她跳到鐵軌上，列車司機狀況很不好，可憐的傢伙，他也才剛開始工作，單獨上路不過兩個禮拜。她的名字叫做蘿絲，生病了，那時會說她精神有問題。我還記得那個小女孩，可愛的小傢伙。蘿絲大衣口袋裡有女兒的照片，他們把照片跟報導一起刊登，我覺得不妥，但我爭不過總編。我參加了她的葬禮，怎麼說都很慘，根本沒有多少東西可以埋葬，不過，照片還是擺在她的大衣口袋裡，而她只有戴一隻手套。這只是小小的細節，但感覺很深刻。那天夜裡好冷，肯定因為如此，多年之後，我還難以忘懷。

那天手套從抽屜掉出來，陽光撿起，卻嚇得把手套扔掉，她那時說：「那位女士死了」及「那位女士很愛她的小女兒」。蘿拉目瞪口呆，看來陽光說對了，而他們再次因為低估她而覺得內疚。她有很特別的天賦，他們必須更仔細聽她說話。陽光面無表情地又看了那封信一遍，她只有說：「也許小女孩會想拿回去。」

陽光跟胡蘿蔔出門了，她最近一直往外跑，去撿更多東西放在網站上，她隨身攜帶小筆記本跟鉛筆，這才好在她忘記之前，記錄下可以寫在標籤上的細節。佛萊迪去替客戶鋪草坪了，所以蘿拉一個人在家。噢，還有特芮絲。

「我知道，我知道！」她大喊著說：「我發誓我今天就會去找。」

自從陽光宣布安東尼的遺書才是他們所需的證據後，蘿拉就努力回想她到底把東西放在哪裡。一開始，她以為她把信放在特芮絲房裡的梳妝台上，但房門持續上鎖，所以她沒辦法進去看。再說，特芮絲不可能要她找東西，還不讓她進門吧？就算是特芮絲也沒這麼討厭吧？蘿拉前往書房，她又收了一次信。網站滿熱門的，已經有好幾百次點擊。收到兩封信，一封信來自一位年長的女人，自稱自己已經八十九歲，兩年前成為「銀髮網民」，都要感謝附近的退休中心。她在廣播節目裡聽說網站的事，決定上來瞧瞧。她覺得多年前在古柏街尋獲的拼圖可能是她的，應該說，是她姊姊的。兩姊妹處不好，有天，她姊實在很討厭，她偷了一塊姊姊正在拼的拼圖。她出門散步，然後把拼圖扔在水溝裡。「我知道這很幼稚。」她說：「但她實在很邪惡，她發現少了一塊之後，整個人超生氣的。」年長的女士並沒有把拼圖要回去，她姊姊早就過世了。不過，這樣很好，她說，這樣她才有機會可以練習打電子郵件。

第二封信來自一名年輕女孩，她想把萊姆綠的髮圈拿回去。她媽買髮圈想替她打氣，那時她隔天就要去新學校上課，她很緊張。跟媽媽去公園回家的路上，她把東西弄掉了，如果能夠把髮圈拿回來作為紀念品就太好了。

蘿拉回覆這兩封信，然後開始尋找安東尼的遺書。等到陽光跟胡蘿蔔回來的時候，蘿拉正盯著擺在廚房餐桌上的信，她發現信就塞在花園房間的寫字桌裡。她一找到，就想起來了，當然啊，她當時把信塞在那裡，想要保存起來。陽光替她們泡了好喝的茶，坐在蘿拉身邊。

「上頭說什麼？」她問。

「什麼說什麼？」佛萊迪從後門闖入，他的靴子上都是泥巴。蘿拉跟陽光一起看著他的腳，異口同聲說：「脫掉！」

佛萊迪一邊笑，一邊把靴子脫掉，擺在外面的門墊上。「是說這裡女人當家啊！」他驚呼。「好啦，這是什麼？」

「這是聖安東尼的遺書，我們現在要來尋找線索。」陽光的口氣比蘿拉更有自信。蘿拉打算要把信讀出來，但在她能夠唸完第一行之前，哀傷哽咽了安東尼慷慨的文字。陽光溫柔接過信件，開始讀信，故意緩慢朗讀，偶爾讓佛萊迪幫她認出幾個比較難的字眼。當她讀到最後一段時，也就是安東尼請蘿拉跟陽光做朋友的地方，她露出了微笑。

「但是我先來找妳的！」她說。

蘿拉握起她的手。「我很慶幸妳先來跟我做朋友。」

佛萊迪拍了拍桌子。「兩位姑娘肉麻兮兮的，夠了。」他把椅子向後翹，只剩兩支椅腳在地上。「線索是什麼？」

陽光用盡責的興趣望著他，但她發現他沒有在開玩笑的時候，她公然不屑了起來。

「你是認真的嗎！」她說，然後望向蘿拉尋求支持。

「這個，可能是任何東西啊……」蘿拉沒把握地試探。

佛萊迪又看了一次信。

「好了，快點，網球皇帝約翰．馬克安諾。」他對陽光說：「快啟蒙我們。」

陽光嘆了口氣，如同對學生失望透頂的學校老師一樣，她搖搖頭說：「超明顯的啊。」

她解釋起來，他們才發現真的超明顯的。

42

尤妮絲

二〇一一年

今天是個好日子，但好不好只是比較出來的，現在沒有一天是真正的好日子。尤妮絲只能期待幾個困惑的微笑、偶爾想起她是誰，最重要的是，別讓她愛了大半輩子的男人掉眼淚。她跟轟炸機手攬著手，漫步在蒼涼的光禿土地及水泥行道板上，「幸福避風港」安養之家的負責人用「玫瑰花園」這種浮誇的字眼形容這種空間。玫瑰花的唯一痕跡就是從地上冒出來的幾枝咖啡色彎曲樹枝，彷彿是野火燒完之後的產物。尤妮絲自己就想哭了，而今天還算是好日子。

轟炸機原本想去「荒唐盡頭」，那時他還沒有常常動不動就迷失進虛無之中，他很清楚自己不可逆的命運，他把話說得很清楚。他一直都希望等時間到了，他能夠讓尤妮絲作為他的代理人，這才好挽救他蒼涼晚景僅剩的尊嚴與保障。無論他這條命會變得多沒有價值，他都用生命信任尤妮絲，她總會做正確的事情。不過，波夏捷足先登。帶著誇張但具有無限權利的財產及近親的血緣（不是情感），她誘騙轟炸機去看一位「專家」，在波夏的財務鼓勵下，專家非法宣判轟炸機「無理智及行為能力」，將他未來的福祉交給了他的妹妹。

下一個禮拜，轟炸機就住進了「幸福避風港」。

維護轟炸機的權益，尤妮絲盡力了，她激動理論要讓他住進「荒唐盡頭」，但波夏不為所動。對她來說，「荒唐盡頭」太遠了，不方便造訪，而且，她冷血宣稱，再怎麼說，要不了多久，轟炸機就不會知道他到底人在何方了。不過，現在，他還是很清楚，真是要他的命吶。

令人訝異的是波夏的確常常來看他，但他們的見面總是生硬、不舒服。她要麼就是對他頤指氣使，要麼就是害怕躲著他。他對這兩種態度的反應都一樣，都是痛苦的不解。她剝奪了哥哥唯一的心願，卻買了很多沒有用的昂貴禮物送他。他完全不曉得義式濃縮咖啡機是什麼，更別說如何操作使用了，他把名牌鬍後修容水倒進馬桶裡，拿漂亮的相機作為門擋。到頭來，波夏的探訪時間大多跟席爾維亞一起喝茶打發，她是很會拍馬屁的負責人，還是「哈利葉．哈特」系列的頭號書迷，對，現在這套書已經不幸發展為三部曲了。

尤妮絲努力讓轟炸機的房間看起來比較像家，她把他公寓裡的東西帶來，在每個架子與桌上擺放道格拉斯跟珍寶貝的相片。不過，這樣不夠，他還是持續漂離，她放棄了。

花園裡除了尤妮絲跟轟炸機之外，還有別人。尤萊麗雅正用早餐省下來的吐司餵食一隻喜鵲，她是一個上了年紀的枯瘦女人，只剩皮包骨，皮膚還是煮過梅子的顏色，眼神瘋狂，還會令人擔憂地叨唸個沒完。她扭曲的雙手緊握著拐杖的圓形握把，這是她用來定錨、推進不穩且拖曳腳步的工具。其他居民都避著她，但轟炸機總會以友好的揮手向她打招呼。他們繞著圈子，心不在焉，就像監獄操場裡的人犯一樣，尤妮絲，因為她不願多想；轟炸機，則因為他大部分時間的確無法思考。尤萊麗雅把最後一塊吐司扔給身上有黑色與白色羽毛的鳥兒，鳥兒從地上叼起，狼吞虎嚥吃下，亮亮接骨木果實般的雙眼都沒有離開過尤萊麗雅。她對小鳥揮舞著拐杖，用粗啞的聲音說：「你現在可以走了！滾！不然他們要把你抓進鍋裡煮晚餐了！他們會的，你知道。」她轉頭向尤妮絲瞇起一隻眼睛，使起詭異的眼色。「他們這裡都餵我們吃各種垃圾。」

廚房的窗戶打開正對花園，從氣味聞起來，尤妮絲同意她的確言之有物。

「這傢伙，他是個瘋子。」尤萊麗雅用扭曲的爪子比著轟炸機，不曉得她為什麼還能拄著拐杖。「瘋得跟屁股著火的螞蟻差不多。」她用拐杖頂在水泥地上，開始痛苦地往室內拖著不靈活的腳步前進。

她經過尤妮絲身邊時告訴她：「但他裡面還是個可愛的人。很可愛，但凋零中。」

回到轟炸機的房間，尤妮絲拉開窗簾，讓微弱的冬日陽光多少照進來。他的房間位於二樓，還不錯，空間很大，有一扇巨大的法式大窗戶跟別緻的陽台，但轟炸機不能用。

尤妮絲第一次來看轟炸機的時候，那是一個酷熱的夏天，房裡又熱又悶，她開了窗戶。窗戶的鑰匙就插在鎖上，但一位多管閒事的看護進來查看轟炸機的時候，就把窗戶關上且上鎖了，還把鑰匙鎖進房裡牆上的醫藥櫃裡。「健康與安全理由。」她沒好氣地對尤妮絲說，之後，尤妮絲再也沒有見過那把鑰匙。

「咱們來看部電影吧？」

轟炸機點點頭，對現在的他來說，他的生命故事有如沒有認真編輯的未裝訂手稿。某些紙稿順序不對，某些破裂，某些重寫，或根本就不見了。他再也找不回原版的故事，但他還是能在他們一起看過好幾遍的老電影老故事裡找到樂趣。他現在常常想不起自己的名字，或他早餐吃過什麼，但他還是能夠一字不漏地引用《第三集中營》、《相見恨晚》、《捍衛戰士》裡的台詞，或哼起其他電影裡的歌曲。

「這部好嗎？」尤妮絲拿起《鳥籠》。

他看了看，露出一閃而過的珍貴微笑，迷霧清散開來。

「我的生日禮物。」他說，而尤妮絲曉得轟炸機還在這副軀殼之中。

43

「牠還在那裡。」陽光用擔憂的口氣說話。

胡蘿蔔守著棚屋，牠捕捉到老鼠居民的氣味，陽光擔心老鼠會出現在狗狗的午餐菜單上。一位失主從網站上聯絡，下午會來取回失物，蘿拉正在書房把那件物品找出來。

「陽光，別擔心。我相信只要胡蘿蔔在那裡，老鼠連一根鬍鬚也不會露出來。」

陽光不太相信這個說法。「但牠可能會跑出來，胡蘿蔔就會殺了牠，成為殺鼠兇狗。」

蘿拉笑了笑。她現在對陽光的理解夠深了，事情沒完成，她是不會放棄的。兩分鐘後，蘿拉回來了，她拖著頑強的胡蘿蔔，把牠拖回屋內。進了廚房，她從冰箱裡拿出一根香腸給牠，解開牠的狗鍊。在陽光提出反對看法前，蘿拉先安撫她。

「不管是米妮，還是米奇，老鼠現在都安全了。我剛剛把棚屋的門關上了，現在胡蘿蔔吃了香腸，肚子不餓了。」

「牠老是肚子餓。」陽光嘀咕地說，看著胡蘿蔔偷偷溜出去，顯然還想繼續淘氣。「那位女士什麼時候會來？」她問蘿拉。

蘿拉看看手錶。「差不多囉。她叫愛麗絲，她到的時候，妳也許會想幫忙泡杯好喝的茶。」

彷彿聽到指令一樣，門鈴響了，陽光從起跑線就搶在蘿拉前面趕到大門口。

「愛麗絲女士，午安。」陽光對著門口有點嚇到的青少女講話。「我是陽光，請進。」

「真是個好名字。」

跟著陽光穿過走廊的女孩又高又瘦，還有一頭長長的秀髮，鼻子上有一抹雀斑。蘿拉伸出手。

「嗨，我是蘿拉，很高興見到妳。」

陽光敏捷地帶領愛麗絲前往花園房間，留蘿拉自己泡茶。等到她把茶具端過去時，她發現愛麗絲跟陽光聊起彼此的音樂偶像。

「我們都愛大衛．鮑伊。」陽光得意地對蘿拉說，然後倒起茶來。

「我相信大衛一定很開心。」蘿拉面露微笑。「妳喜歡怎麼樣的茶？」她問愛麗絲。

「建築工人茶，謝謝。」

陽光露出擔憂的神情。「我不曉得我們有沒有那種茶，有嗎？」她問蘿拉。

「陽光，別操心。」愛麗絲立刻注意到她的不自在。「只是我犯蠢而已，我是說又濃又香的茶，加牛奶跟兩顆糖。」

愛麗絲是來拿雨傘的，小孩的雨傘，白色的傘，上頭有紅色愛心。「我並沒有真的弄掉這把傘，」她解釋道：「我甚至不確定這把傘是要給我的……」

陽光拿起擺在桌上的雨傘，交給她。「就是。」她說得簡單明瞭。不過，從陽光臉上毫不掩飾的仰慕之情看來，蘿拉猜測要陽光把家裡珍藏的金銀珠寶及整棟派杜瓦雙手奉上也沒問題。

愛麗絲從她手裡接過雨傘，輕輕撫摸縐摺的表面。「那是我第一次去美國，」她告訴她們：「媽媽帶我去紐約。對她來說那是一趟邊玩邊工作的旅程。她是時尚雜誌編輯，她要求要訪問一位自命不凡，且馬上會在紐約時尚圈闖出一番名號的新秀設計師。他後來也的確成功了，不過，我對他的印象就是他看我的眼神，彷彿我是從什麼痲瘋病療養院逃出來的人一樣，顯然他『不來小孩這一套』。」

「什麼是痲瘋病療養院？」陽光問。

愛麗絲看了看蘿拉，但決定自己解釋。「那是古時候的地方，他們會把生病的人丟進去，這些病人會因為疾病而失去手腳。」

蘿拉敢打賭，接下來五分鐘裡，陽光會偷偷數起愛麗絲的手指與腳趾，還好她穿涼鞋。

「我們沒有太多時間觀光。」愛麗絲繼續說：「但媽答應會帶我去看中央公園裡的愛麗絲夢遊仙境雕像。我記得我超興奮的，我一直以為那座雕像是用我的名字命名的。」

她踢掉涼鞋，腳趾踩在冰冷的草地上，陽光也有樣學樣。

「那天下午下起雨來，媽媽的下一個約會已經遲到了，所以她脾氣不是很好，但我還是很興奮。我跑在她前頭，我到雕像的時候，有個看起來很古怪的黑人留著髮綹，穿著厚厚的靴子，正在發送雨傘。他彎腰向我握手，我還記得他的臉，他的表情結合了慷慨與哀傷，他叫馬文。」

愛麗絲喝完茶，然後以青少年的輕鬆態度自己再倒了一杯。

「我當時最喜歡的故事是奧斯卡．王爾德的《自私的巨人》，對我來說，馬文看起來就像個巨人，但他一點也不自私，他正在發送免費的雨傘。總之，等到老媽跟上時，她把我拖走，但不只這樣，她對馬文的態度很糟糕。馬文想要送她雨傘，但我媽基本上就是個賤貨。」

陽光的眉毛訝異彈起，居然有人能夠用這麼輕鬆的方法說人家壞話，但陽光的表情卻是崇拜的。

「我跟他相處只有一下下，但我永遠不會忘記我媽把我拖走時，他臉上的表情。」她嘆了好大一口氣，但馬上又露出微笑，因為最後的回憶出現了。「我給了他一個飛吻，」她說：「而他捕捉到了。」

雨傘標籤上的日期符合愛麗絲前往中央公園的時間，而且雨傘是在雕像旁邊發現的。蘿拉很開心。

「我想這一定是留給妳的。」

「我希望是。」愛麗絲說。

接下來，胡蘿蔔嚴守在棚屋門口，陽光聊起她的新朋友愛麗絲。愛麗絲是大學生，主修英語「文鞋」與戲劇。愛麗絲喜歡大衛．鮑伊、馬克．博蘭、很窮的瓊．邦．喬飛，而「好喝的茶」馬上就被建築工人口味的變化取代。

這天晚上，就著番茄肉醬義大利麵這頓很晚的晚餐，蘿拉把訪客的故事告訴佛萊迪。

「那就成功了，」佛萊迪說：「網站有用，正在執行安東尼指派給妳的任務。」

蘿拉搖搖頭。「不，並沒有，還沒啦。記得信裡是怎麼說的？他說『如果妳能物歸原主，讓一個人開心、修補一顆破碎的心……』我還沒有完成這件事。當然愛麗絲找回雨傘她很開心，但我們不能確定那把傘的確就是留給她的。還有那個來領髮圈的女孩，她掉東西的時候顯然沒有心碎。」

「好吧，至少是個開始。」佛萊迪如是說，然後把椅子向後推，帶著胡蘿蔔在上床睡覺前再去花園散步一趟。「我們最後會完成這項任務的。」

但重點不只是失物，還有線索，陽光一說，他們都發現是再明顯不過的線索。也就是這一切的開端。安東尼說那是「我跟她之間最後的連結」，她過世那天，他失去了那件物品，彷彿最後的連結也斷裂了。如果聖餐獎章真的是讓特芮絲、安東尼團圓的關鍵，他們又該從何找起呢？佛萊迪建議他們可以在網站上張貼尋物啟事，但他們完全不曉得東西長什麼樣，也不知道安東尼是在哪裡搞丟的，他們實在無法提供什麼有用的資訊。

蘿拉收拾餐桌上的碗盤，今天好漫長，她累了。愛麗絲告辭後的心滿意足感覺慢慢消失，取而代之的是熟悉的不安。

而花園房間的音樂又開始播唱了起來。

44

尤妮絲

二〇一三年

在「幸福避風港」的居民大廳裡，音樂又響了起來。那是阿農齊奧．保羅．曼托瓦尼的成名作〈夏曼〉（Charmaine），一開始很低調，但愈來愈大聲，太大聲了。伊笛把音量調到最高，沒多久，她就在舞池裡隨著滑奏的弦樂披著一抹網子跟亮片開始滑行。她的雙腳在她最美的金色跳舞涼鞋之中旋轉掃動，她整個人散發出閃亮光澤，彷彿她是彩虹般的風暴。

尤妮絲跟轟炸機經過大廳前往轟炸機房間的時候，他們看到一位可以說是衣不蔽體的年長細瘦女性，她有一頭亂糟糟的油膩白髮，還穿著格子拖鞋。她閉著雙眼在空間裡翻滾，充滿愛意的雙手擁抱著其他人看不見的舞伴。忽然間，一張扶手椅上傳來咒罵聲跟拐杖的敲擊聲。

「別又來了！真他媽的老天爺啊！別又來了、又來了、又來了！」

尤萊麗雅從椅子上奮力起身，罵個沒完，不斷敲地。

「不要再跳了，妳這個愚蠢、骯髒、神經有病的瘋婊子！」她怒吼著說，然後用拐杖瞄準舞者扔過去，舞者停下腳步。拐杖距離伊笛還很遙遠，但她發出痛苦的哀號，眼淚流洩而下，而尿夜也沿著她的雙腿流進拖鞋裡。尤萊麗雅吃力走來，用爪子指著對方。

「現在她尿褲子了！尿褲子！尿在地板上！」她用吐著口沫的嘴唇憤怒高聲地說。尤妮絲想要轟炸機繼續前進，但他愣在原地。其他居民都開始哭喊哀叫，有人傻傻盯著遠方看，或者假裝看著遠方。需要兩名工作人員才能把尤萊麗雅架走，而席爾維亞帶著可憐的伊笛離開。她渾身顫抖，涕淚直流，緊抓著席爾維亞的手臂，拖著腳步悲慘前進，還有尿沿著睡衣的裙襬滴滴答答的，然後心想，舞池怎麼不見了？

回到轟炸機安全的房間之後，尤妮絲替他泡了茶。她喝著自己的茶，欣賞起轟炸機持續成長的戰利品。他開始順手牽羊，都是些隨機的小玩意兒，他不需要的東西，花瓶、茶壺保溫套、餐具、好幾捲塑膠垃圾袋、雨傘。他不會從其他居民房裡偷東西，只會在公共區域下手。這顯然是他疾病所帶來的症狀，偷小東西的賊，不過，他也遺失了什麼。他現在遺忘語言文字的速度有如秋天落葉的樹。床可能會變成「睡覺軟軟的四方型」，鉛筆則是「有字出來的黑心棒棒」。他不直接說出那樣東西的名字，他說的是線索，或者，他現在更常什麼也不說。尤妮絲提議來看場電影。他們現在之間就只剩電影了。尤妮絲與轟炸機，成為同事多久，就成為密友多久，轟炸機偶爾會有往來的男朋友，但一直在他身邊的人還是尤妮絲。他們是沒有性愛與結婚證書的夫妻，他們曾經豐富有趣的關係就只剩下這微不足道的殘骸：散步跟看電影。

轟炸機選了《飛越杜鵑窩》。

「你確定嗎？」尤妮絲問。她原本希望能看一些比較歡樂的東西，為了她好，也為了他，畢竟剛剛才見識過那麼混亂的場面。轟炸機很堅持，他們看著州立精神療養院的病人沿著操場的鐵鍊欄杆行動，轟炸機指著螢幕，對她眨了眨眼睛。

「就是我們。」他說。

尤妮絲注視著他的雙眼，訝異發現他對她的目光返照出清明的神智。這是昔日的轟炸機在講話，銳利、風趣、開朗，偶爾會回來探望老朋友的轟炸機，不過他能待多久？就算是最短暫的停留都很寶貴，卻也讓人心碎，因為他肯定知道他遲早會回去那個地方，但那又是什麼地方？

這部電影他們先前一起看過好幾次，但這次不一樣。

就在酋長用枕頭壓在麥克可悲無神的臉上，柔情悶死他後，轟炸機握起尤妮絲的手，說出他的最後一句話。

「讓、我、解、脫。」

他正在喚醒她的承諾。尤妮絲盯著螢幕，緊握著轟炸機的手，而高大的酋長在澡堂地板扭下巨大的大理石冷水機，將其從大窗戶扔出去，然後投奔自由，向破曉的曙光跑去。片尾字幕出現，尤妮絲完全動不了。轟炸機用他的手握著她的另一隻手，他的眼眶裡滿是淚水，但他面露微笑，低聲對她點頭說：「求求妳。」

在尤妮絲能夠回應之前，一名護士沒敲門就闖了進來。

「該吃藥啦。」她忙亂地說，還用一串鑰匙叮叮噹噹地打開牆上的醫藥櫃。她打開，伸手要去拿藥片時，忽然外頭走廊上傳來恐怖的尖叫聲，然後是不可能認錯的尤萊麗雅高喊聲。

「那可惡的女人！」護士咒罵道，沒把櫃子鎖回去就急忙跑去外頭查看狀況了。

尤妮絲該走了。她必須走，但在她離開之前，她還擁有轟炸機，所以她捨不得走。每一分鐘都只是現在與過往的標記，而不是值得珍惜的時光，因為已經做出決定了。尤妮絲曉得她只有一次機會，只有這一刻，她對這個男人所有的愛都會結晶成難以想像的力氣，她需要這份力量。時間到了，鑰匙在她掌心壓出鮮明的痕跡，因為她握得很緊。尤妮絲解開窗戶的鎖，將窗戶開了一點小縫。她多想擁抱這個男人最後一次，擁抱他的溫暖，感受他抵著她的呼吸。不過，她曉得如果自己擁抱，她的力氣就會消失，所以她只有把鑰匙塞進他手裡，親吻他的臉頰。

「轟炸機，沒有你，我不會走。」她低聲地說：「我不會留你一個人這樣，你跟我一起走，咱們啟程吧。」

然後她就離開了。

45

年長男性跌落安養之家身亡

警方正在調查週六傍晚發生於布萊克希斯「幸福避風港」的年長男性居民跌落二樓陽台死亡案件。死者身分不詳，患有阿茲海默症，據聞是退休出版社負責人。本週將進行驗屍，警方正在深入調查這起所謂的「難解命案」。

《倫敦標準晚報》

46

「書房裡有個死人。」陽光用聊天的口氣講這件事。她去找蘿拉，蘿拉正在花園裡剪玫瑰花，打算進屋裝飾。陽光告訴她這個消息，順便催促她該做午餐了。胡蘿蔔懶洋洋地躺在陽光下，四肢舉得高高的，但陽光一過去，牠就跳起來招呼她。

距離網站開張已經一年了，蘿拉跟陽光因此忙碌。陽光學會拍照，且將照片跟物品的細節登錄到網站上，佛萊迪甚至教她該怎麼經營「失物守護人」的Instagram帳號，蘿拉負責回電子郵件。他們持續將安東尼的蒐集陸續貼上網站，同時也增加幾件陽光跟胡蘿蔔散步時帶回來的失物。蘿拉跟佛萊迪現在也習慣邊走邊找東西，更有人會把撿到的失物寄給他們。按照這個速度，書房的架子永遠都會哀號。

「死人？妳確定？」

陽光用招牌表情望了蘿拉一眼。蘿拉進去屋內查看，到了書房，陽光讓她看一個天藍色的杭特利與帕默斯餅乾金屬盒，上頭的標籤寫著：

杭特利與帕默斯餅乾金屬盒，裡面是人的骨灰？

地點：下午兩點四十二分從倫敦橋前往布萊登的列車，前面算來第六節車廂。

死者身分不明。願上帝保佑此人，且願他安息。

一九二七年開張的盧平與布斗葬儀社就開在精巧烘焙坊對面的忙碌轉角。尤妮絲站在外頭，對自己微笑，回想起道爾太太，以及這裡好適合轟炸機。他過世六個禮拜了，尤妮絲還是沒聽說葬禮的細節。驗屍官最後認為這是意外死亡，但「幸福避風港」工作人員對於健康安全的散漫流程還是遭到嚴厲的批評，差點遭到起訴。波夏想把席爾維亞的腦袋扔進便盆裡，她在報章媒體上大肆哀悼，但尤妮絲實在忍不住好奇這引發強烈哀痛的行為是否跟波夏即將展開第四本新書的巡迴宣傳有關。波夏現在太有名了，不會直接跟尤妮絲聯絡了。這種小事，助理會幫她打理，所以尤妮絲才會發現自己望著乾淨無瑕的厚片窗戶玻璃，看著裡頭的靈柩馬車比例模型及很有品味的海芋插花。她從換了兩個人的低階助理口中問出來的訊息就是葬儀社的名字，她可以打通電話來就好，但想跟轟炸機共處一室的誘惑實在太高了。

門鈴響了，櫃台後方的小姐抬起頭來，對尤妮絲露出歡迎的微笑。寶琳是個高大的女人，身穿瑪莎百貨裡最好的套裝，散發出能幹又善良的氣質，她讓尤妮絲想到棕色的貓頭鷹。不幸的是，這位小姐接下來對尤妮絲說的話卻是難以入耳的冷血、震驚消息。

「葬禮非常小，只有家屬能進火葬場。那個妹妹策畫的，寫了很多爛書的作家。」

從寶琳用「妹妹」這個字眼的反感就感覺得出來她跟波夏沒有什麼共鳴，尤妮絲感覺自己的腦袋混沌了，然後地板迎上來撞擊她的臉。沒多久，她就坐在舒適的沙發上，喝起熱騰騰的甜茶，還加了點白蘭地。寶琳拍了拍她的手。

「妳是太震驚了，親愛的。」她說：「妳的臉白得跟鬼一樣。」

有了茶、白蘭地跟餅乾壯膽，尤妮絲聽著寶琳徹頭徹尾把這恐怖的故事解釋清楚。波夏希望葬禮愈快舉行愈好。

「妳知道，她正要啟程參加書籍宣傳活動，而她不希望打亂行程。」寶琳喝了口茶，不贊同地搖搖頭。「但她回來之後，開始把狀況搞得很誇張，她要一場紀念喪禮，之後還要埋葬骨灰。她邀請了一堆有頭有臉的人物，她講話的語氣彷彿教皇尊者的天使合唱團要來搞音樂會一樣。顯然相較之下，戴安娜王妃的葬禮都不算什麼了。」

尤妮絲聽得很害怕。

「但他要的完全不是這樣。」她哭哭啼啼地低語：「他跟我說過他要什麼，他是我這輩子的愛。」

最後一刻，她還是辜負他了。

寶琳很會聽人講話，也很會拭淚，這是她的工作，但在她舒適的套裝及加入合成塑料的防綯罩衫底下是抗議分子的勇敢之心。許久以前，她金色的鮑伯頭還是粉紅色的莫希干頭，而她鼻子上也還有安全別針穿過的小小傷疤。她給尤妮絲另一張面紙。

「今天下午，這邊的男孩都去一場盛大的葬禮幫忙了。我通常不會幹這種事，但……跟我來！」

她帶尤妮絲穿過接待區，走進一條走廊，經過員工茶水間、安息堂以及其他很多空間，最後抵達存放等著家屬帶回去的火化骨灰房間。她從架子上抱下一個精美的木頭骨灰罈，看了看標籤。

「他在這兒。」她溫柔地說，然後看看手錶。「我讓你們獨處，妳可以獻上妳的敬意。男孩還要一個小時才會回來，所以沒有人會打擾妳。」

不到一個小時之內，尤妮絲就已經坐在火車上，而轟炸機的骨灰就擺在她旁邊座位上的杭特利與帕默斯餅乾金屬盒裡。寶琳一離開她，她就必須快點思考、動作。她在寶琳剛剛泡茶的茶水間裡找到一個塑膠袋跟餅乾金屬盒，她把餅乾倒進袋子裡，然後把轟炸機倒進餅乾盒裡。她把餅乾裝回骨灰罈裡，但感覺太輕了。她焦急尋找增重的東西，另一個房間裡有裝飾的小石頭樣本，她抓了兩大把石子進去，使出吃奶的力氣扭緊罈蓋，然後把骨灰罈抱回架子上。就在她緊抓著餅乾盒經過接待櫃台的時候，寶琳沒有從座位抬頭，只是對尤妮絲比出大拇指，祝她好運。寶琳什麼也沒看見。

保全吹響哨子的時候，尤妮絲充滿情感地拍了拍餅乾盒，露出微笑。

「那就去布萊登。」

蘿拉很訝異。她拿起餅乾盒，輕輕搖晃，感覺的確很沉重。

「別搖！」陽光說：「妳會把死人叫醒的。」然後她對著自己的玩笑話笑了起來。

蘿拉想知道還有什麼東西躲在書房的暗角之中。

「難怪這個地方鬧鬼。」她對陽光說。

午餐時，蘿拉幫忙把骨灰的資料登錄到網站上，但她很確定沒有人會為此前來聯繫。

這天傍晚，佛萊迪、蘿拉、陽光、胡蘿蔔、史黛拉跟史丹一起去「月空」的花園吃慶功宴，慶祝網站開張週年。陽光開口閉口都是最近登錄的失物故事，但她特別著墨於餅乾盒。

「掉這種東西真的滿怪的，」史黛拉一邊說，一邊吃起她的油煎麵包粉鳌蝦尾及手切薯條。「而且怎麼會有人把摯愛的人放在餅乾金屬盒裡？」

「也許答案就是這個，愛。」史丹說：「也許金屬盒裡的傢伙沒人愛，所以人家才想把他扔掉。」

「也許那根本不是人類的骨灰，只是人家從壁爐裡掃出來的東西，看起來都一樣。」佛萊迪如是說，然後又喝了一大口冰涼的啤酒。

陽光正要考慮抗議，但他向她使了個眼色，她才曉得他只是在開玩笑。

「那是死人的骨灰，他是一位小姐今生的摯愛，她會把他接走。」陽光挑釁地說。

「好，」佛萊迪說：「咱們來打賭。妳覺得會有人來把餅乾盒領回去？賭注是什麼？」

陽光專注地揪著臉，一邊拿著薯條餵胡蘿蔔，一邊思考。忽然間，她臉上浮現大大的笑容，她向後靠在椅背上，雙手插放胸前，呈現志得意滿的模樣。

「你輸了就要娶蘿拉。」

蘿拉訝異地把酒噴出來。

「老姑娘，穩住。」史丹說：「真是的，陽光，妳還真會打草驚蛇耶。」

蘿拉感覺自己臉都紅了，史黛拉跟史丹暗自發笑，陽光則是露出燦爛的笑容。蘿拉恨不得現在天崩地裂，讓大地吞沒她，於是她迅速灌完葡萄酒，又快快點了另一杯。佛萊迪沒有說話，他看起來彷彿出現類似煩惱又失望的神情，但當他注視著蘿拉臉龐時，他卻跳了起來，用一隻手指著陽光。

「好，說賭就賭！」

這天晚上很熱，空氣裡帶有玫瑰花絲絨般的濃郁香氣，佛萊迪跟蘿拉在花園裡散步，胡蘿蔔則在灌木裡尋找不速之客。蘿拉還是很擔憂佛萊迪跟陽光的打賭，從酒吧回家的路上，他都沒有說話。雖然他們已經交往超過一年了，佛萊迪可以說是已經住進派杜瓦，但他們並沒有實際規畫未來。她覺得自己已經非常幸運了，在戀情與生活都能擁有第二春，但她還是害怕無論多無心，想要保住這段戀情的舉動也許都會把愛嚇跑，而且她的確愛他。不是她小時候被文斯沖昏頭的愚蠢小姑娘迷戀，對她來說，這份愛已經悄悄成為永恆的愛，一開始點燃的只是激情，後來加入友誼與信任成為細水長流的愛。不過，存在於她對佛萊迪這份愛旁邊的卻是失去他的恐懼，這兩種情緒無情地牽制在一起，互相滋養存在。蘿拉必須開口說點什麼。

「你跟陽光的打賭只是玩笑，我不期待你……」她實在很不自在，不曉得該怎麼說下去。忽然間，她發現自己的確想要嫁給佛萊迪，所以她才這麼難過。她愚蠢的「從此過著幸福快樂的生活」期待結果卻只是個玩笑，她覺得自己彷彿成了笑柄。

佛萊迪牽起她的手，讓她轉過頭面對他。「賭了就賭了，男子漢大丈夫，一言既出，駟馬難追。」

蘿拉把他的手抽開。這一刻，他們關係裡所有的質疑，所有失望的恐懼，她對自己所有缺陷的無奈統統彙集成一股超完美風暴。

「別擔心，」她沒好氣地說：「你用不著等到找到『有尊嚴的逃生路線』！我很清楚我在這段關係裡才是高番的人！」

「高攀，」佛萊迪低聲地說：「妳要說的應該是高攀。」

他只是想打破她攪起來的情緒漩渦，但蘿拉完全不肯聽。

「我不是日行一善的對象！可憐的老蘿拉！管不住自己那個偷吃的老公，而她多年來的唯一交往對象也只是一場災難，所以，佛萊迪，你怎麼看？跟她交往，讓她覺得自己好棒棒，然後找到更好的對象就默默離開她？」

她就像是困在捕獸網裡的小鳥，她愈掙扎，卻陷得愈深，但她實在控制不了自己。她曉得自己現在很不講理，很傷人，但她真的停不下來。侮辱跟指控不斷出現，佛萊迪只有靜靜站在原地等著她把話說完，當她轉身想要進屋時，他叫住了她。

「蘿拉！女人，拜託！妳明知道我有多愛妳，我本來就要開口向妳求婚。」他哀傷地搖搖頭。「我本來都計畫好了，結果陽光真的嚇得我措手不及。」

蘿拉停下腳步，但沒有回過頭來，也沒有止住她即將讓自己心碎的言不由衷最後一擊。

「那我必須拒絕你。」

她走回屋內的時候，靜靜的淚水沿著她的臉龐流下，但在玫瑰花園的暗處也有另一個人哭泣的聲音。

47

尤妮絲
二〇一三年

波夏以超級盛大的排場送了餅乾最後一程，她原本想在聖保羅大教堂或西敏寺舉行，但發現就算她有錢到誇張也訂不到這些地方，她後來選擇了時髦的梅費爾酒店舞廳。尤妮絲坐在後側，座位已經安排好了，每張椅子都有鋪張的黑絲雪紡蝴蝶結裝飾，以融入華麗的周遭環境。這個空間真的很美，地板是彈性絕佳的木頭地板，從地板到天花板都有古董鏡子，而且，從正在播放的莫札特〈安魂彌撒曲〉在稀薄空間的立體換氣聲聽來，音響系統是最高級的東西。要麼如此，要麼波夏就是把整個愛樂樂團跟合唱團藏在銀幕後面。鏡子返照出架子及有如白化食人樹支架上各種充滿異國情調的百合花與蘭花。

尤妮絲跟蓋文一起來，他是轟炸機學生時代就認識的老朋友，他的工作是替天才及加工製造出來的名人剪髮、染髮、呵護他們的頭髮，波夏就是看在他客戶名單的分上，才邀請他來。「真見鬼了！」蓋文壓低聲音說，呃，差點成功壓低了。「租用什麼臨時演員啊？這些人連誰是轟炸機，誰是碧姬．芭杜都分不清吧？」

他對在走廊一排排座椅間出現的攝影師露出高傲的笑容，攝影師專門來捕捉大眾可能感興趣的「哀悼者」。波夏會依照狀況把圖片版權賣給雜誌社，有腦子的女人會承認她們只在髮廊看這種雜誌。座椅上都是波夏自己的朋友、認識的人跟馬屁精，偶爾會有名人出現加持，彷彿他們是無趣洋裝上面偶爾出現的金屬亮片一樣。轟炸機的朋友都跟尤妮絲、蓋文一樣坐在後方，彷彿他們是買便宜票看戲的觀眾一樣。

在空間前方，一張以更多鮮花裝飾的桌上擺著一個骨灰罈。旁邊是兩張照片，一張是轟炸機超大的裱框照片（「他才不會選那張。」蓋文低聲地說：「他頭髮超亂的。」），另一邊則是轟炸機跟波夏小時候的照片，波夏坐在轟炸機腳踏車的橫桿上。

「她一定要在照片裡露一下臉才高興，是不是？」蓋文氣呼呼地說：「就連轟炸機的葬禮，她都要搶別人的鋒頭！但至少我說服她邀請幾個轟炸機真正的朋友來參加，還在這失敗的場合裡安排幾個轟炸機真的會喜歡的元素進來。」

尤妮絲很訝異。「你是怎麼辦到的？」

蓋文笑了笑。「威脅啊。只要她拒絕，我就去找媒體，『自私妹妹罔顧哥哥遺願』，這種標題可不是她出版社樂見的，她也心知肚明。說到這個，澎假髮布魯斯在哪？」他掃視前方好幾排的座位，尋找那顆討人厭的頭。

「噢，我猜他會跟波夏一起來。」尤妮絲回應道：「你到底要幹嘛？」

蓋文看起來非常得意。

「這是個驚喜，但我可以給妳一個線索。妳記得在電影《愛是您，愛是我》一開始的時候，樂團成員藏身在會眾之中吧？」

在他能夠進一步解釋之前，音樂響起，波夏及她的跟班在〈布蘭詩歌〉的〈噢，命運〉歌聲中橫掃過走道。她穿了一身白色的亞曼尼褲裝，還戴了一頂帽簷大到誇張的帽子，上頭還有黑色的紗網。

「真是老天爺啊。」蓋文氣急敗壞地說：「不說妳還以為她是米克．傑格的老婆呢！」

他緊抓尤妮絲的手臂，歇斯底里了起來。尤妮絲眼眶泛淚，不過那是歡笑的淚水。她只希望轟炸機能夠在此同歡，事實上，她只希望自己曉得轟炸機到底身在何方。她還沒告訴蓋文那件事，她想等到最恰當的時機。葬禮的過程非常歡樂，真是太奇怪了。附近昂貴私立學校的兒童合唱團登場，獻唱〈彩虹深處〉，布魯斯代表波夏讀了一段悼詞，彷彿他是在表演《哈姆雷特》裡的獨白一樣，接著是一位二線連續劇的女演員上台朗讀奧登的詩。禱告由一名退休主教主持，他的女兒顯然是波夏的昔日好友。過程非常簡短，難以解讀老人家到底想說什麼，大概是因為他搭配早餐的威士忌吧，或者，也許他的早餐就是威士忌。

然後輪到蓋文。

他從座位起身，站到走道上。他拿著藏在椅子底下的麥克風，用誇張的舞台效果對著大家講話：「各位先生，各位女士，接下來的表演獻給轟炸機。」

他坐了回來，觀眾席騷動興奮不已。蓋文看著尤妮絲，向她使了個眼色，低聲地說：「好戲開始！」

先是令人欣喜的單一和絃，然後空間後方傳來一個男人輕柔的歌聲，僅有鋼琴伴奏。歌聲來自一名非常帥氣的男子，他穿了正式完美的西裝，還畫上精細的眼線，的確獨樹一格。《一籠傻鳥》音樂劇歌曲〈我就是我〉的開場音符飄盪在靜默的空氣之中，蓋文得意地搓起雙手。

隨著歌手走向舞台中央，歌曲節奏也加快，而他也點起六名安插在靠走道座位上的歌舞女郎。每個人都輪流起身，脫去體面的大衣，露出有傷風化的服裝、誇張的珠寶，還有令人讚嘆的尾翼羽毛，尤妮絲很訝異他們居然能夠在羽毛上坐這麼久。等到帥氣歌手跟他亮眼的舞團走到空間前方時，歌曲才唱到高潮。他在骨灰罈前方轉身面對觀眾，高聲飆唱最後的歌詞，而合音排排站在他後方，整齊踢著大腿。加上最後大膽的音符，現場只有一個人沒有立刻起身歡呼鼓掌。波夏暈倒了。

一路開車前往肯特鄉間教堂墓園的路上，蓋文不知羞恥地沉醉在他的成就之中。這罐餅乾會埋葬在葛瑞絲跟高弗瑞旁邊。波夏準備了黑色加長型禮車隊伍接送每位賓客，但尤妮絲跟蓋文選擇自己去，他們開著蓋文的奧迪敞篷車，一路聽電影歌曲，吃鹽醋口味洋芋片。尤妮絲覺得要讓葛瑞絲跟高弗瑞與一鐔綜合餅乾埋葬在一起實在很過意不去，但她希望在這種情況下，這對父母能夠明白這種事情在所難免。他們把車子停進教堂墓園時，尤妮絲這才向蓋文坦白，而這間墓園就是尤妮絲答應轟炸機要替他完成最終心願之處。

「哎呦喂呀，聖母瑪利亞，上帝他老媽，還有變裝藝人塞在同一個鞋盒裡啦！」他驚呼：「我親愛又可憐的女孩，妳現在有什麼打算？」

尤妮絲在後照鏡裡查看自己的帽子，然後伸手開門。

「我真是一點頭緒也沒有。」

48

雪莉打開電腦，查看語音訊息。今天是禮拜一早上，禮拜一通常是最忙的日子，因為週末時會送來很多流浪動物。她已經在巴特西貓狗之家工作了十五年之久，經歷不少變化，但一件事不會變，那就是狗貓一直進來。信件已經送達，雪莉開始在一疊信封裡翻看起來。一個信封是用鋼筆寫的，字跡誇張地彎來彎去，雪莉很好奇。裡頭是一封手寫信。

敬啟者：

謹附上紀念本人近日過世摯愛兄長之捐款支票。他相當愛狗，曾於貴機構領養兩隻。此筆捐款有一附加條件，請在貴機構公開空地豎立一只紀念碑，內容如下：

謹此紀念轟炸機——

少見的乖兒子、敬愛的兄長、真摯的朋友，以及熱誠的愛狗人

與道格拉斯、珍寶貝一同長眠

我會在時間內派人過去查看貴機構是否按照要求建立紀念碑。

敬此

波夏・布勞克利

雪莉不敢置信地搖搖頭，真要命耶！他們的確很感謝每一筆捐款，但這種紀念碑會花不少錢，她看了看用迴紋針古怪夾在信紙上的支票，差點沒暈倒。太多零了，導致最前面兩個數字看起來好像吹出來的泡泡。

49

蘿拉覺得自己好像卡在斷崖邊緣，不曉得自己即將墜落還是飛起。她確定今天只有她一個人在家，陽光難得要跟她媽出去，而自從蘿拉在玫瑰花園羞恥爆炸之後，她就沒有見過佛萊迪了。她試著打電話給他，但他的手機直接轉進語音信箱，她留了一則真心、謙卑的道歉，但似乎已經來不及了。她完全沒有聽到回音，而那晚之後，佛萊迪就再也沒有回到派杜瓦了。她想不出來還能做什麼，陽光一直告訴她，佛萊迪會回來，但蘿拉現在曉得不可能了。她睡睡醒醒，起床時擱淺在興奮及不祥之間的三不管地帶。房子感覺好壓迫，就連胡蘿蔔都躁動不安，走上走下，爪子在磁磚上發出聲響。蘿拉替訪客準備的時候，感覺得到風雨就要過去了。派杜瓦過去幾天非常安靜，特芮絲臥房的門依舊上鎖，也沒有播放歌曲，但那不是什麼安祥滿意的寧靜，那是荒蕪挫敗的痛苦寂靜。蘿拉辜負了特芮絲，因此，她也辜負了安東尼，她還是沒有完成他的遺願。

有人要來取回餅乾盒裡的骨灰，有人要來領。蘿拉還沒有告訴陽光這件事，不只是因為打賭的原因。她想自己一個人進行這件事，她沒辦法解釋原因，就算對她自己也說不清楚，但感覺很重要。門鈴在兩點整準時響起，這是她們相約的時刻，蘿拉打開門，看到一位六十多歲的嬌小、苗條女子，打扮入時，還戴著亮藍色的帽子。

「我是尤妮絲。」她說。

蘿拉握起她的手，她感覺得到讓她緊繃的感覺默默消失。

「妳要來杯茶，還是要更烈一點的飲料？」蘿拉問道。不知什麼原因，感覺她們好像是要慶祝什麼一樣。

「妳知道，我的確想喝點烈的飲料。我作夢都想不到我能把他找回來，現在我就要與他重逢了，說真的，我還真有點緊張。」

她們為了紀念安東尼，準備了萊姆琴酒，然後端去花園，半路還去書房拿餅乾盒。尤妮絲一手拿著飲料，一手捧著餅乾盒，雙眼滿是淚水。

「噢，親愛的，真抱歉。我只是犯傻了，但妳完全不曉得這對我來說意義有多重大。妳修復了愚蠢女人破碎的心。」她喝了口飲料，深呼吸。「好，我猜妳會想知道這究竟是怎麼回事，對吧？」

尤妮絲跟蘿拉透過網站相互寫過幾封電子郵件，但她們只是要建立起足夠的資訊，確定搞丟骨灰的人是尤妮絲而已。

「妳坐得舒服嗎？」她問蘿拉：「恐怕這個故事滿長的。」

尤妮絲從頭開始，把一切告訴蘿拉。她是說故事的天生好手，蘿拉很訝異她居然從來沒有想過自己寫作。在葬儀社綁架轟炸機的骨灰讓蘿拉笑到流淚，這份歡笑，尤妮絲終於可以跟別人分享，畢竟，她現在把轟炸機找回來了。

「一切都很順利，直到我搭上火車。」她解釋道。「我在車站上車之後，我跟一個帶著兩個小小孩的女人同車廂，兩個孩子顯然吃了太多糖、喝太多汽水，從他們嘴角的痕跡跟他們難以控制的行為就看得出來。他們可憐的母親根本沒辦法讓他們乖乖坐在位置上，然後小女孩說她現在就要尿尿！那位母親問我能否幫忙看著小男孩，而她帶小女孩去廁所。我實在無法拒絕。」

尤妮絲喝了一口酒水，然後緊抱著餅乾盒，彷彿擔心她會再次弄丟一樣。

「他媽剛離開，小男孩就在座位上對我吐舌頭，然後拔腿就跑。好巧不巧，偏偏列車就要進站了，我沒有即時逮住他，讓他趁開門時跳車了，我被迫跟他一起下車。我的包包掛在手上，但等到我想起來轟炸機還在座位上的時候，一切都來不及了。」回憶讓尤妮絲顫抖起來。「我相信妳想像得到接下來的混亂。那位母親激動不已，不斷指責我綁架她的兒子。說真的，我恨不得快點把這小混蛋還給她。把轟炸機留在列車上讓我非常焦急，我立刻反應，但等到列車抵達布萊登時，他已經不在車上了。」

蘿拉喝完酒水。「轟炸機，這是個很不尋常的名字。」

「噢，那不是他的真名啦，他本名叫做查爾斯．布蘭姆威爾．布勞克利，但我從來沒有這樣叫過他。他總用轟炸機這個名字，而且他肯定會喜歡你，」她對胡蘿蔔說，還輕輕撫摸牠現在擱在她大腿上的頭。「他愛所有的狗。」

「妳說他是出版社老闆？真不曉得他認不認識安東尼。安東尼．派爾杜，主要寫短篇故事的作家。」

「噢，對，」尤妮絲說：「這個名字我記得很清楚。他是個很棒的作家，妳知道，安東尼跟特芮絲，一書房滿滿的收藏，還有網站，肯定要有一本書來講這個故事。」

蘿拉想起她小時候想要成為作家的夢想，露出哀傷的微笑，現在開始已經太遲了。

尤妮絲還緊緊握著餅乾盒。

「妳還在出版業工作嗎？」蘿拉問她。

尤妮絲搖搖頭。「不了、不了，轟炸機離開之後，我就沒有心思了……」她的話拖得長長的。「但如果妳有興趣嘗試寫書，我樂意幫忙。我還是認識一些人，我可以把妳推薦給一些經紀人。」

兩個女人靜坐了一會兒，享受飲料、玫瑰花香以及暖陽午後的寧靜與平靜。

「那妳呢？蘿拉？」尤妮絲終於開口：「在妳的生命裡，妳有沒有遇過這樣的人，像我愛轟炸機一樣多的人？」

蘿拉搖搖頭。「幾天前還有，但我們吵了一架。」她停頓了一下，仔細想想**真正的**事發經過。

「好，是我開始吵的，吵得很可悲、很荒謬、很幼稚。唉，那根本不算吵架，因為他完全沒有回嘴。他只是站在那裡聽我跟歇斯底里的智障一樣亂吼，然後我跑掉了，之後就再也沒有見過他。」

蘿拉有點訝異把話說出來之後居然感覺這麼輕鬆。「我叫蘿拉，而我是個超級大白癡。」

「親愛的，妳對自己太嚴格了。」尤妮絲捏了捏她的手，面露微笑。「但妳愛他嗎？」

蘿拉哀傷地點點頭。

「那跟他談談吧。」

「我試過了，但他不肯接電話，我實在不能怪他。我那天**真的**很可怕，我留了一堆道歉的訊息，但他顯然不感興趣。」

尤妮絲搖搖頭。「不，我不是這個意思。跟**他**談，不要跟他的電話談。找到他，跟他面對面把話說清楚。」

忽然間，尤妮絲伸手進包包裡，拿出一個小盒子。

「我都差點忘了，」她說：「我替網站帶了東西來。這是我多年前去跟轟炸機面試時撿到的。我一直把東西留在身邊，作為幸運符。我從來沒有想過失主會有什麼樣的心情，但現在感覺應該擺在妳這裡。我知道希望渺茫，但也許妳能幫忙找到失主。」

蘿拉笑了笑。「當然，我會試試看，我需要把妳記得的細節統統記錄下來。」

尤妮絲想都不用想，就輕鬆說出日期、時間、地點。「妳看看，」她說：「因為那是我生命裡最棒的一天。」

蘿拉從尤妮絲手裡接過盒子。「可以打開嗎？」她問。

「當然。」

蘿拉一把圓型獎章從盒子裡拿出來，她當下就知道陽光的感覺。手裡的物品對她開口，彷彿它擁有自己的聲音一樣。

「妳還好嗎？」尤妮絲的聲音聽起來非常遙遠，好像是收訊很差的電話線。蘿拉步履蹣跚地起身。

「跟我來。」她對尤妮絲說。

特芮絲的房門輕鬆打開，蘿拉將有玫瑰的聖特芮絲小小照片的金邊受洗獎章擺在安東尼及特芮絲的合照旁邊，原本停擺的小小藍色時鐘忽然自己走了起來。蘿拉屏住呼吸，兩個女人一度靜靜站在原地，而樓下的花園房間裡，音樂開始播放，一開始又輕又柔，後來愈來愈大聲。

〈想起你〉。

尤妮絲訝異地望著這一切，蘿拉則歡快地在空中揮拳，而從啟開的窗戶飄進來的是漩渦般的玫瑰花瓣。

蘿拉送尤妮絲前往花園柵門時，佛萊迪剛好把他的歷盡風霜的休旅車停在屋外，下了車。他向尤妮絲客氣打招呼，然後看著蘿拉，說：「我們需要談談。」

尤妮絲吻了吻蘿拉的臉頰，向佛萊迪使了個眼色。「我就是這麼說的。」

她在身後帶上柵門，面帶微笑離去。

50

他們五個一起沿著濱海步道前進，尤妮絲、蓋文手牽著手，用條紋帆布購物袋裝著轟炸機、道格拉斯及珍寶貝。尤妮絲原本想自己來，但蓋文聽不進去。轟炸機一開始被迫住進「幸福避風港」的時候，他請蓋文以朋友的身分照顧尤妮絲，但蓋文不曉得該怎麼做才不會冒犯到尤妮絲惡名昭彰的自由奔放心靈。不過呢，自從紀念會時尤妮絲坦白之後，蓋文在她的盔甲上找到一處縫隙，於是把握機會遵守他對轟炸機的諾言。這天很適合來海邊，陽光燦爛，微風輕拂，天空是庫拉索酒的藍色。蓋文沒有開車出門，他們搭火車，這樣才能替馬上就要離開的三位朋友好好喝個痛快。

尤妮絲希望這一整天都能好好懷念轟炸機，所以他們沿著昔日的行程走。他們朝碼頭前進時，遇到了一對遛著迷你巴哥犬的年輕情侶，狗狗脖子上還掛著閃亮亮的「他的」跟「她的」項圈。尤妮絲實在忍不住停下腳步欣賞。兩隻小狗接受適當的小題大作及讚美，然後開心繼續前進。蓋文望向尤妮絲低下的臉，捏了捏她的手臂。

「老姑娘，開心點，比爾・貝利馬上就會到家了。」

尤妮絲終於允許自己領養一隻狗。在轟炸機死後，她一直想養狗，但她後來弄丟了他的骨灰，她就覺得自己不配養狗。她已經榮耀了對老朋友的責任，現在她才可以擁有新的朋友。黑白相間還有黑白斑點的牧羊犬，悲慘的這輩子大多被人栓在棚屋外頭的一角，而巴特西的工作人員對牠適應的狀況覺得並不樂觀。不過，這隻小狗擁有一顆勇敢的、很大的心，願意再給這個世界一次機會。工作人員叫牠比爾．貝利，因為有首歌叫做〈比爾．貝利，你怎麼不回家〉，希望藉此能夠替牠找到最適合的家。牠也的確找到了，就是尤妮絲，她一見到牠，立刻喜歡上牠尖尖的耳朵跟深色的大眼睛。牠一開始很緊張，但在幾次探訪過後，牠覺得尤妮絲就是對的人，於是擺低姿態，舔了舔她的手。下禮拜，狗狗就永遠是她的了。

尤妮絲跟蓋文輪流提購物袋。一開始，尤妮絲不肯放手，但她的三位朋友加在一起實在重得不得了，她很樂意讓蓋文提一下。

「見鬼了！」他驚呼：「我們應該要把他們擺在那種老女人專用的格子購物推車裡，為什麼要用袋子裝啊？」

尤妮絲猛然搖頭。「開什麼玩笑？然後讓我看起來成為那個老女人？」她回口。

蓋文對她使了個眼色。「別擔心，老姑娘，妳看起來沒有超過四十。」

他們進了遊樂場，裡頭又熱又吵，空氣凝重，彌漫著熱狗、甜甜圈跟爆米花的氣味。從蓋文臉上的表情看來，他以為尤妮絲把他拐進了萬惡之都巴比倫。霓虹燈閃啊閃的，還搭配上瘋狂的電子器材音效。錢幣投進、滾出機台的叮噹聲，當然前者是比後者來得頻繁。蓋文上好的雕花皮鞋踩到一塊爛掉的薯條時，他已經決定要逃離這裡了，但尤妮絲在他手裡塞入硬幣，且朝著轟炸機最喜歡的遊戲機點點頭。

「你來，把錢投進去！轟炸機最喜歡這台了。」

隨著尤妮絲把銅板投進，她想起最後一次跟轟炸機來這裡的時候，他臉上浮現的困惑神情，但當她前來拯救時，他又立刻換上笑容。今天只要記得開心的回憶就好，不要去想不開心的事情。尤妮絲逼蓋文玩了差不多半個小時，到最後他差點也喜歡上這個遊戲。雖然機率很低（還是固定賠率），但他在夾娃娃機裡抓到一隻長得很醜的泰迪熊，他得意地送給尤妮絲。她看著熊熊誇張的歪臉，忽然有了個念頭。

「我們該為他們分別買一個紀念品。」她提起條紋袋子。

在碼頭的小攤子裡，他們找到巧貝形狀的鑰匙圈，這是給道格拉斯的。在小巷子裡，蓋文看到斯塔福郡巴哥狗的陶瓷骨董。

「牠看起來像是小公狗。」蓋文說：「但也許珍寶貝會喜歡這樣。」

他們午餐吃炸魚薯條，蓋文點了香檳，向購物袋裡的東西敬酒，袋子自己也有一個座位。尤妮絲決定不要讓袋子離開她的視線一秒。香檳給了她勇氣，讓她能夠面對接下來必須做的事情，她必須放他們自由。皇家行宮在陽光下閃著白光，圓頂跟尖塔冒著熱氣指向天空。

詔令建立逍遙宮……

尤妮絲總會想起詩人柯勒律治抽鴉片時所寫下的詩。他們先進室內逛，這是轟炸機最後一次來，卻是道格拉斯、珍寶貝第一次進來。尤妮絲小心繞過展示烤狗肉的地方，到了紀念品店，她買了一個行宮下雪的圓頂來紀念轟炸機。就在她要付錢的時候，另一個東西吸引了她的目光。

「我還要加這個餅乾，謝謝。」她告訴櫃台後面的女人。

「已經餓啦？」蓋文幫她拿東西的時候問。

尤妮絲笑了笑。「我欠一個名叫寶琳的女人一盒餅乾。」

他們在外頭的池塘邊找到一張長椅，坐了下來，行宮在水裡的倒影就像掛在聖誕樹上的小球兒。尤妮絲從包包裡拿出剪刀，在條紋購物袋的底部剪了一個洞。她已經用力也思索許久自己該如何完成轟炸機的遺願，一旦決定好地點，只要想出方法就好。她甚至不曉得這樣是否合法，但她沒有問，免得答案是不行，所以還是要偷偷來。最後，靈感跟平常一樣，來自他們最喜歡的電影：《第三集中營》。如果十幾個男人能夠用褲管把挖通三座隧道的泥土在持槍警衛的看守下偷偷分撒出來，那尤妮絲也肯定可以透過購物袋的底部小洞替她三位親愛的朋友撒骨灰，且不引起任何不必要的注意。成不成呢？她馬上就會知道了。

「妳要我陪妳過去，順便把風嗎？有必要的話，我可以吹那部電影的主題曲。」

尤妮絲笑了笑，這裡她真的得自己來了。蓋文看著小小的身影帶著決心穿過草地，背脊打直，抬頭挺胸。一開始，她看起來像是在亂走，但馬上就讓人發現這是有目的的。當她回到長椅時，購物袋已經空了。

「轟炸機對這個地方的感覺真的沒錯，」蓋文盯著池塘的倒影看。「這裡真的是個很棒的地方。對了，妳剛剛寫了什麼？」

「準備起飛！」她說。

51

她面前的螢幕游標閃啊閃的，彷彿是在使眼色鼓勵她。藍寶石星星戒指掛在蘿拉左手上，她開始打字的時候，戒指的重量還是讓她不太習慣。佛萊迪，三天前才開口求婚的未婚夫現在正在廚房裡跟陽光一起泡好喝的茶，胡蘿蔔則靠在她腳邊睡覺。蘿拉終於準備好要追逐自己的夢想，她找到最完美的故事，絕對不會有人說這個故事太「安靜」。這會是一個什麼主題都有的故事，愛與失去，生命與死亡，最重要的，還有救贖。這是一則訴說遠大熱情的故事，持續燃燒了四十年，終於找到其歡喜結局。她面露微笑，開始打字。她有最完美的開頭……

《失物守護人》

第一章

查爾斯．布蘭姆威爾．布勞克利獨自搭乘下午兩點四十二分從倫敦橋前往布萊登的列車，他沒有買票……

致謝

現在寫到這裡，代表我的夢想終於成真，而我終於成為像樣的作家了。這趟旅程不簡單，有些讓人分心的怪事、讓人沮喪的塞車，以及一路上的高低起伏。不過，我還是走到這裡了。太多人協助我走到這裡，如果我一一列出你們，也許就是另一本小說了，但你知道你是誰，而我感謝你們每一個人。

一開始當然要責怪我的父母。在我還沒上學前，就教會我閱讀，還帶我去孩童圖書館註冊，讓我的童年裡充滿書本，我因此永遠感恩。

感謝我了不起的經紀人蘿拉．麥克杜爾格，因為她從一開始就相信我與這本書。我們第一次見面約在聖潘克拉斯站的詩人約翰．貝傑曼雕像下面（顯然是個好兆頭），當下我就知道我想跟妳合作。感謝妳慷慨的支持與熱情、無比的專業及決心，在我一開始用推特跟Instagram時的特別指導，還有妳的檸檬凝乳塔。

感謝提柏．瓊斯的夏洛特．麥朵。感謝妳負責我所有的海外授權，還是本書最熱情的啦啦隊。以及提柏．瓊斯經紀公司的全體團隊，無疑是全世界最酷的經紀公司，謝謝你們讓我感覺自在愉快。你們最棒了！

感謝我在雙路出版社的編輯及「陽光小組」的費德・阿多尼諾，感謝妳肯為本書冒險。妳的幽默、耐心、無限的熱情讓我們的合作非常愉快！感謝雙路出版社的全體團隊，特別是麗莎・海頓、蘿西・蓋勒、羅斯・費瑟，溫暖歡迎我，及你們讓本書成真的努力。同時也要感謝安珀・柏林森及明梅・洛帕泰利絕佳也仔細的校對能力。

感謝威廉・墨羅的芮秋・柯涵，又是一位「陽光小組」的成員，妳無價的編輯輸入及輸出的幽默感。感謝我所有海外的出版社，謝謝你們將本書帶到全世界！

強烈感謝愛達・伍迪德比。妳從一開始就在，且從來沒有對我失去信心。

貝德福老鷹書店的彼得・布笛是我的朋友、導師、開心難過都可以哭著依靠的肩膀。他也泡了好多杯茶給我喝，提供無價的建議，以及各種厲害的研究素材。彼得，你真是個傳奇！現在你至少快寫完一本屬於你的書吧！

我瘋狂的朋友崔西，妳在我寫本書的時候過世了，我很難過妳沒有在此分享我的喜悅，但妳在我打算放棄時，啟發我繼續嘗試。

感謝貝德福及安得布魯克斯醫院的全體工作人員，謝謝你們的關照，確保我寫完本書的同時還能健在。特別感謝「報春花小組」的成員，以及你們對我寫作的支持與興趣。

我也要感謝保羅容忍我。寫作本書的同時，我在家裡堆滿了我挖回來的失物，到處都是紙張筆記，他忍受我的東西爬進每個空間。我把自己鎖在房間裡好幾個小時，然後臭臉鬧脾氣出來吃晚餐，還要求一堆，不過，你還是在我身邊！

最後，我也要感謝我最棒的狗狗。牠們好幾次都必須接受「等我寫完這章就去散步」的說詞。比利跟緹莉都在我撰寫本書時過世，我每天都想念牠們，但提摩西熊熊跟公爵此時此刻還在沙發上睡到打呼。

國家圖書館出版品預行編目資料

失物守護人 / 茹思．霍根 著；楊沐希 譯--初版.--
臺北市：皇冠, 2018. 11
面；公分. --(皇冠叢書；第4722種)(CHOICE；319)
譯自：The Keeper of Lost Things
ISBN 978-957-33-3405-7(平裝)

873.57　　107017171

皇冠叢書第4722種
CHOICE 319
失物守護人
The Keeper of Lost Things

作　　者—茹思．霍根
譯　　者—楊沐希
發 行 人—平雲
出版發行—皇冠文化出版有限公司
台北市敦化北路120巷50號
電話◎02-27168888
郵撥帳號◎15261516號
皇冠出版社(香港)有限公司
香港上環文咸東街50號寶恒商業中心
23樓2301-3室
電話◎2529-1778　傳真◎2527-0904
總 編 輯—龔橞甄
責任主編—許婷婷
責任編輯—蔡承歡
美術設計—王瓊瑤
著作完成日期—2017年
初版一刷日期—2018年11月

法律顧問—王惠光律師

讀者服務傳真專線◎02-27150507
電腦編號◎375319
ISBN◎978-957-33-3405-7
Printed in Taiwan
本書定價◎新台幣380元/港幣127元